Hans Ernst

Die silberne Ähre

Hans Ernst

Die silberne Ähre

Roman

rosenheimer

Besuchen Sie uns im Internet:
www.rosenheimer.com

7., überarbeitete Auflage

Bearbeitung, Lektorat und Satz:
Pro libris Verlagsdienstleistungen, Villingen-Schwenningen
Titelfoto: Michael Wolf, München
Druck und Bindung: Oldenbourg Taschenbuch GmbH,
Hürderstraße 4, D-85551 Kirchheim

ISBN 3-475-53500-9

1

Mehr als alles andere haben mich die Sommer in meiner Kindheit geprägt, die ich mit meiner Mutter in der einsamen, aber friedlichen und schönen Abgeschiedenheit der Alm verbracht habe. Von mir aus hätten diese Monate endlos dauern können.

Wenn ich abends, nach Feierabend, mit meiner Mutter vor der Almhütte saß und den Abend heraufziehen sah – die grauen Schatten, die sich langsam ins Bergland hineintasteten, die Berge, die sich langsam von sonnenbestrahlten, leuchtend hellen Steingebilden in schwarze, aneinander gereihte Buckel verwandelten, der Wind, der durch das Latschenfeld rauschte, und die silberne Scheibe des Mondes, die dann schließlich hinter den Bergen heraufstieg und die Welt in einen geheimnisvollen Glanz tauchte – dann hätte ich mit keinem Menschen auf der Welt tauschen wollen, obwohl ich genau wusste, dass niemand auf die Idee gekommen wäre, mich oder meine Mutter um unser Leben zu beneiden.

Meine Mutter, Maria Reichertseder, war Magd beim Hartauerbauern Josef Liegl von Ödlberg, dem diese hoch gelegene Alm gehörte. Die Mutter war nicht sonderlich groß gewachsen und hatte kastanienbraunes Haar, von dem ihr eine widerspenstige Locke in die Stirne hing. Braun waren auch ihre Augen. Und ihre ganze Liebe gehörte mir, ihrer kleinen Tochter.

Früher hatte sie auch einmal einen Mann geliebt, einen gewissen Georg Koffler, der nach Amerika ausgewandert war. Manchmal erzählte sie mir von ihm.

Und wenn sie dann so im Erzählen war, dann kramte sie ein kleines hölzernes Kistchen hervor und holte ein Bild von ihm heraus. Das musste ich dann anschauen.

Ich schaute es gerne an, denn auch wenn ich ihn nie gesehen hatte, war ich ein bisschen stolz darauf, dass mein Vater ein so groß gewachsener, gut aussehender Mann war. In kurzer Lederhose war er abgebildet, die graue Lodenjoppe nur lose über die Schultern gelegt. Den rechten Fuß mit dem Nagelschuh hatte er auf einen Felsbrocken gestellt, in der rechten Faust hielt er einen langen Bergstecken, die linke Hand hatte er tief in die Hosentasche gesteckt. Das sah aus, als klimperte er da drinnen mit Geldstücken, fand ich damals.

Er hatte einen runden Trachtenhut auf, den eine Feder zierte, und unter der Hutkrempe stahl sich eine Locke hervor, von der meine Mutter sagte, dass sie genauso blond gewesen sei, wie es auch meine Haare waren. Auch hätte ich seine blauen Augen geerbt.

Niemals jedoch gab sie zu, dass mein Vater sie einfach hatte sitzen lassen. Im Gegenteil, sie lobte ihn immer in den höchsten Tönen, und sie war sicher, dass er uns eines Tages zu sich holen würde. Also wollte sie auf ihn warten.

Er sei nur schnell einmal auf Amerika hinübergefahren, meinte sie, um dort eine Farm aufzubauen. Dort bekomme man den Grund von der Regierung fast geschenkt, man müsse ihn nur bearbeiten und fruchtbar machen. Es sei ein guter Boden, den man dort habe, von dem man zweimal im Jahr ernten könne. Gleich nach seiner ersten Ernte würde er uns Geld schicken.

Ich war noch nicht auf der Welt gewesen, als er statt einer Heirat seine Auswanderung betrieben hatte, und seitdem hatte meine Mutter nie wieder etwas von ihm gehört. Dennoch hörte sie niemals auf, daran zu glauben, dass er uns beide eines Tages nach Amerika holen würde. Bis dahin würden wir beim Hartauer bleiben, auch wenn es dort kein schönes Leben für uns war, von den Sommermonaten auf der Alm einmal abgesehen.

Alle auf dem Hof ließen meine Mutter und auch mich die Geringschätzung spüren, die zu dieser Zeit ledigen Müttern allgemein entgegengebracht wurde. Meiner Mutter wären eigentlich vier Mark Wochenlohn zugestanden, aber man zahlte ihr bloß drei Mark aus, weil ich ja auch mit verpflegt wurde. Dabei musste ich schon als Schulmädchen sehr viel auf dem Hof mitarbeiten. Ich musste Holz hereintragen, Geschirr spülen und im Stall mithelfen. Dafür durfte ich die abgetragenen Kleider von Liesl anziehen, der Tochter der Bauersleute, die zwei Jahre älter war als ich, sodass ich wenigstens immer ordentlich gekleidet daherkam. Diese kleine Vergünstigung wurde mir aber auch immer wieder von der Bäuerin vorgehalten, die mit Genugtuung feststellte, dass ich ohne sie wohl kaum anständige Kleidung haben würde.

Da meine Mutter also zusätzlich zu ihrem Lohn Essen und Kleidung für mich bekam, fand der Bauer, dürfe sie sich überhaupt nicht über den geringeren Wochenlohn beklagen, denn er müsse für sie ja auch noch zwanzig Pfennige Rentenversicherung draufzahlen. Das habe so ein »Saupreiß« namens Bismarck erfunden, ein Mensch, der vom Bauernleben keine blasse Ahnung habe. Früher habe es so etwas doch auch nicht gegeben, und trotzdem hätten die Leute gelebt.

Ja, so sah das Leben einer Bauernmagd damals, in den zwanziger Jahren, noch überall aus. Maschinen, so wie sie heute allgemein üblich sind, waren damals zwar schon erfunden, aber noch wenig verbreitet; und so gab es auf jedem Hof zahlreiche Knechte und Mägde, die sich mit dem abfinden mussten, was die Bauern ihnen boten: Eine Kammer als Dach über dem Kopf, Essen und Trinken und dazu einen meist sehr geringen Arbeitslohn. Doch man kannte es ja nicht anders, und so gab man sich damit zufrieden.

Auch meine Mutter begehrte nicht auf, sondern war froh, für sich selbst und mich ein Zuhause zu haben, und dieses Zuhause liebte sie nicht weniger, weil es ihr nicht gehörte.

Sie war ja auch schon viele Jahre auf dem Hof des Hartauers, und so nannte auch niemand sie die Maria Reichertseder, sondern sie war für alle einfach die Hartauermarie von Ödlberg.

Je älter ich wurde, desto mehr wurde ich auch in die täglichen Arbeiten mit eingespannt, im Winter unten im Hof, und im Sommer droben auf der Alm. Als ich in die fünfte Klasse kam, machte der Bauer eine Eingabe, dass er mich noch notwendig auf der Alm brauche zur Arbeit, man möge deshalb meine Ferien, die eigentlich am ersten September beendet gewesen wären, noch um drei Wochen verlängern.

Ob das im Ermessen des alten Lehrers Tischlinger gelegen hat, so etwas zu genehmigen, weiß ich nicht. Es war ihm aber wahrscheinlich keine andere Wahl geblieben, denn von unserm Hof – jetzt sage ich auch schon »unser Hof«, obwohl mir von ihm ja gar nichts gehört hat – also, vom Hartauerhof bezog er jeden Tag zwei Liter Milch, die ich immer am Morgen mitnehmen musste. Wenn eine Sau geschlachtet wurde, bekam er auch immer ein Stück Fleisch, außerdem im Herbst Kartoffeln und Äpfel.

Für solch großzügige Gaben konnte er dann ruhig auch einmal ein Auge zudrücken, wenn der Hartauer eine Eingabe machte, oder auch der Hartauer Liesl im Rechnen und Aufsatz einen Zweier in die Noten schreiben, obwohl sie eigentlich einen Vierer verdient hatte. Der Bauer hätte es nämlich nicht gerne gesehen, wenn seine Liesl so viel schlechtere Noten in der Schule bekommen hätte als ich, der »Bankert« seiner Magd.

Was die Schule betraf, sie machte mir Spaß. Ich lernte leicht, und manchmal, wenn niemand um die Wege war, dann legte mir der Lehrer Tischlinger die Hand aufs Haar und sah mich durch seine dicken Brillengläser lange an, als hätte er Mitleid mit mir.

»Ach, Suserl«, sagte er dann. »In dir steckt so viel. Dich müsste man auf eine höhere Schule schicken können.«

Ich verstand das damals noch nicht und stellte mir unter einer höheren Schule vor, dass sie hoch oben in den Bergen liegen müsse, noch höher gelegen als unsere Alm. Das erschien mir einleuchtend, denn wie sollte man sonst auf einer solchen Schule mehr lernen können als auf einer Alm?

Ich war nicht unglücklich, dass ich erst drei Wochen später zur Schule gehen würde, denn die Alm gefiel mir noch viel besser als die Schule. Ich lag oft zwischen den Almrosenbüschen in der hellen Sonne und spürte, wie der Wind die Gräser um mich herum leise bewegte. Über den hohen Latschenbüschen knisterte die Hitze. Es raschelte manchmal leise, vielleicht schlüpfte dann ein Murmeltier tiefer in die Schatten der Latschen hinein. Ein Salamander kroch langsam an einem herumliegenden Felsbrocken hinauf und lag dann, grünlich schillernd, regungslos im prallen Sonnenlicht. Ach ja, wie oft war auch die Mutter so dagelegen, die Hände hinter dem Kopf verschränkt, die Füße weit von sich gestreckt, die Augen hinaufgerichtet zu den Gipfeln der Berge, über die runde, weiße Wolken hinzogen. Wohin zogen diese Wolken wohl? Vielleicht bis nach Amerika, wo ein Farmer namens Koffler gerade die zweite Ernte schnitt?

Dass ich noch drei Wochen auf der Alm bleiben sollte, das machte mich außerdem sehr stolz, denn es war doch ein Beweis dafür, dass man mich brauchte und dass ich also kein unnützer Esser war, wie man es meiner Mutter früher manchmal vorgeworfen hatte.

Ich half meiner Mutter nach Kräften bei der Almarbeit.

Zum Beispiel trieb ich zur Melkzeit die Kühe vom unteren Almfeld herauf, und ich saß auch vor dem Butterfass und drehte die Kurbel, bis aus dem Rahm Butter wurde.

Für mich war es ein herrliches Leben auf der Alm, und mein Herz zog sich in leiser Wehmut zusammen, wenn ich daran dachte, dass ich doch wieder hinunter musste ins Tal, auf den Hof zu den Menschen, die mich eigentlich nicht mochten, obwohl ich immer versuchte, es allen recht zu machen.

Um bei der Wahrheit zu bleiben, einige mochten mich schon. Der Pferdeknecht zum Beispiel, der Ferdinand, oder auch der kleine Michael, der Sohn des Hartauers, der vier Jahre jünger war als ich. Die Bäuerin konnte mich aber offensichtlich nicht leiden. Vielleicht deshalb, weil ich bessere Noten heimbrachte als ihre Tochter Liesl, und das obwohl der Lehrer bei der Liesl oft alle beide Augen bei den Noten zudrückte. Obwohl ich zwei Jahre jünger war, musste ich der Liesl oft bei den Rechnungen helfen, oder beim Aufsatz.

Dass ich kein unnützer Esser war, davon musste doch jeder überzeugt sein, wenn er erfuhr, dass ich eine Kalbin, die sich verlaufen hatte, wiedergefunden und vor dem Absturz in den Abgrund gerettet hatte! So dachte ich jedenfalls. Ich hatte mir bei der Suche, weil ich mich durch Latschen und Jungholz zwängen musste, die Waden so aufgerissen, dass sie bluteten. Endlich hatte ich sie dann gefunden – sie stand verängstigt vor einem Abgrund und wagte sich erst nicht zu rühren, als ich sie heranzulocken versuchte. Dann aber sprang die Kalbin schließlich mit torkelnden Sprüngen und hoch erhobenem Schweif über das Almfeld hinunter, gerade als ob sie sich freute, der Gefahr entronnen zu sein.

Ich setzte mich nach der ausgestandenen Gefahr erst einmal auf einen der herumliegenden Felsblöcke und betrachtete meine zerschundenen Beine. Huflattichblätter müsste ich jetzt darauf legen, so viel wusste ich schon. Aber so hoch heroben wuchs kein Huflattich, und so musste ich halt doch hinunter zur Mutter in die Almhütte, die mich mitleidig in ihre Arme schloss, dann meine Beine wusch und verband.

Es gab auf der ganzen Welt wohl kaum einen besseren Menschen, als meine Mutter es war, da war ich in diesem Moment ganz sicher. Es war nicht gerecht, dass sie so arm sein musste. Um ihretwillen wünschte ich mir, reich zu werden und ihr jede Freude machen zu können, die ich mir vorstellen konnte. Wenn ich so meinen Tagträumen nachhing, dann sah ich mich selbst mit einem roten Sonnenschirm durch das Dorf gehen, einen weißen Pudel an der Leine führen und gnädig das Haupt neigen, wenn Hüte vor mir gezogen wurden, genauso wie es die junge Frau des Kunstmalers Lipold machte, wenn sie durchs Dorf ging und sich mit »Frau Professor« grüßen ließ, obwohl diesen

Titel doch nur ihr Mann verliehen bekommen hatte und nicht sie selber.

So schöne Kleider wie die Frau des Kunstmalers sollte auch meine Mutter haben, und in einem Haus wohnen, das genauso war wie die Villa Lipold, die ein kleines Stück außerhalb des Dorfes auf einem Hügel lag und mir vorkam wie ein stolzes Märchenschloss, soviel größer und schöner als alle anderen Häuser war dieses Gebäude.

Ja, ich malte mir immerzu aus, wie es wäre, reich zu sein und wie schön ich meiner Mutter dann das Leben gestalten würde.

Die Tage gingen rasch dahin, viel zu schnell für mich. Ein Gewitter kam, ein Septembergewitter von ungeahnter Wucht, viel heftiger als die Gewitter im Hochsommer. Es krachte und polterte um die Hütte, und der Regen klopfte auf das Schindeldach wie mit tausend Hämmern. Ich schrie nicht, obwohl ich Angst hatte. Die Mutter aber kam herauf zu mir ins Heu, legte sich neben mich und schlang den Arm um meine Schultern.

Ein paar Tage regnete es noch nach. Doch dann brach der graue Himmel wieder auf, und die Sonne stand an einem strahlend blauen Himmel und lachte herunter, als wollte sie sagen: ›Noch bin ich da, um euch zu wärmen, aber ich wollte euch schon jetzt einmal zeigen, wie es in ein paar Wochen sein wird.‹

Wunderschöne Herbsttage folgten darauf. Nur die Abende fielen früher ins Land und wurden kühler, aber man konnte noch auf der Bank vor der Hütte sitzen. Die Mutter hatte einen alten Janker über die Knie gebreitet und setzte einen neuen Flecken auf die durchgescheuerten Ellbogen. Sie nähte in großen Stichen, die Feinarbeit sparte sie sich für das Taglicht auf. Die Haarlocke hing ihr wieder in die Stirne herein, und manchmal schob sie die Unterlippe vor und blies sie zurück.

Ich hatte meinen Kopf an ihre Schulter gelehnt und betrachtete meine Hände, die ein bisschen wehtaten, weil ich heute zum ersten Mal eine ungewohnte Arbeit getan hatte. Die Mutter hatte mich unter eine Kuh gesetzt und mir den Melkeimer zwischen die Knie geschoben.

»Wir versuchen es zuerst einmal bei der Frieda«, sagte sie. »Die gibt die Milch am leichtesten her. Und jetzt pass auf, Herzerl. Nicht mit Gewalt drücken, mehr streicheln, mit einem leichten Druck der Handballen. Das beste ist, du denkst dir, du hättest ein paar Eier in den Händen, die du nicht zerdrücken darfst. Mit Kraft und Gewalt geht da gar nichts. Mit Gewalt geht überhaupt nichts im Leben. So – ja – siehst du, es geht ganz schön.«

Ja, es war ganz schön gegangen, aber meine Finger waren noch zu kurz und zu klein. Für sie war es eine große Anstrengung gewesen.

»Tun dir die Finger arg weh?«, fragte meine Mutter, legte den Janker weg und nahm meine Hände in die ihren. Ich schüttelte den Kopf, und die Mutter redete weiter: »Das ist bloß am Anfang so. Und überhaupt ist es ja nicht so, dass du es unbedingt lernen müsstest, denn aus dir soll ja einmal etwas anderes werden als eine Bauernmagd.«

»So? Was denn, Mutter?«

»Das weiß ich noch nicht. Aber wenn dein Vater einmal schreibt, dass wir kommen sollen ...« Sie unterbrach sich und reckte lauschend den Kopf ein bisschen vor, denn es war plötzlich ein feines Klingen in der Luft, als ob man mit einem Klöppel an eine Silberschale klopfte. Es kam über die hohen Hügel her, bald leiser, dann lauter – so, wie der aufgekommene

Wind die Klänge trug. Es war das Abendglöcklein von Birkenstein.

Die Mutter ließ meine Hände los, faltete die ihren unter der Brust und betete halblaut: »Der Engel des Herrn brachte Maria die Botschaft ...«

Danach lehnte sich die Mutter ein wenig zu mir herüber und legte ihren Arm um meine Schulter. Sie sagte jetzt zu mir: »Warte nur, eines Tages kommt der Vater, und dann fahren wir zusammen nach Amerika. Dort gibt es riesige Weizenfelder, und unter den Tausenden von Ähren soll da und dort auch eine silberne herausleuchten.«

Übrigens hatte dieser Georg Koffler meiner Mutter auch ein Gewehr zurückgelassen. Es hatte zwei Läufe und einen braunen Schaft. In diesen Schaft waren ein wenig ungeschickt die Buchstaben G. K. eingekritzelt. Man konnte es in der Mitte auseinandernehmen, und meine Mutter hatte die zwei Teile in eine alte Decke gewickelt. Sie nahm das verschnürte Paket immer mit auf die Alm und versteckte es unter ihrem Bett. Manchmal holte meine Mutter das Gewehr aus der Verpackung und streichelte mit ihren Fingern andächtig darüber.

Vielleicht hatte dieses Gewehr auch eine Rolle dabei gespielt, dass der Vater so schnell verschwunden war, denn die Mutter hatte einmal erzählt, dass die Jäger ihrem Georg dicht auf den Fersen gewesen seien. Die Jäger hätten dann auch bei ihr nachgeforscht, und sie hatte sagen müssen, der Georg wäre die ganze Nacht bei ihr gewesen. Sie habe immer die Lüge verabscheut, aber aus Liebe könne man auch einmal lügen.

Einen solchen Satz hätte ich niemandem außer meiner Mutter einfach so geglaubt. Lügen war doch eine Sünde! Aber wenn sie es sagte, dann musste das wohl so sein.

»Ich muss noch mal davon reden«, sagte jetzt die Mutter in meine Gedanken hinein. »Was tun wir denn, wenn der Vater schreibt, dass wir kommen sollen?«

»Er schreibt aber nicht, Mutter.«

Wir schwiegen lange. Es war so still um uns, dass man den Holzwurm im Gebälk der Hütte nagen hören konnte.

Die Mutter seufzte und sagte dann auf einmal: »Und wenn du ihm schreibst? Du hast so eine schöne Schrift.«

Ich fasste es als Spaß auf und lachte. »Aber Mutter, wir haben ja gar keine Adresse.«

»Amerika einfach. Wenn du schreibst, Herrn Georg Koffler, Amerika. Wir fragen auf der Post, ich glaube, so einen Brief kann man auch einschreiben lassen.«

»Ach, Mutter. Amerika ist doch so groß und hat viele Staaten. Das sagt wenigstens der Lehrer, und er hat es uns auch auf dem Globus gezeigt: Mexiko, Texas, Florida, und wie sie alle heißen. Da kann man jemanden nur finden, wenn man weiß, in welchem Staat er wohnt.«

»Ah, so? Ja, das kann schon sein.« Die Mutter lehnte sich jetzt mit einem harten Ruck gegen die Bretterwand. Sie strich mit der Hand über ihre Stirne und seufzte.

»Ach ja, Herzerl, manchmal rede ich dummes Zeug daher, ich weiß schon. Aber im Ernst, ich mach mir schon manchmal Sorgen um deine Zukunft. Du sollst einmal keine Bauernmagd sein.«

»Warum eigentlich nicht, Mutter? Ich finde das Leben, so wie wir zwei es da heroben leben, einfach wunderschön.«

Langes Schweigen.

Wenn sich ihre Stirn so in Falten legte, dann war sie immer am Nachdenken, als versuchte sie, den Rätseln des Lebens näherzukommen.

»Eigentlich hast du Recht«, sagte sie dann. »Es ist schon etwas Merkwürdiges: Ein Leben als Magd ist nichts anderes als ein Dienen um einen Hungerlohn. Und trotzdem tut man seine Arbeit mit einer Hingabe, als müsste man sich später einmal im Himmel dafür verantworten.«

Das war die andere Seite meiner Mutter, aber vielleicht liebte ich sie gerade deshalb so abgöttisch. Einmal fühlte sie sich verlassen und einsam wie in großer Hilflosigkeit, dann wieder stellte sie sich dem Leben und all ihren Pflichten, als könne sie überhaupt nichts erschüttern.

Die Sterne flimmerten unruhig in dieser Nacht, bis dann der Mond heraufkam. Er war nicht voll, trotzdem vermochte er ein silbernes Licht über das Almfeld zu werfen, sodass ein wunderliches Gezack von Licht und Schatten durcheinanderspielte. Das Mondlicht fiel auch ein wenig auf unsere Gesichter, und als ich einmal den Kopf wandte und meine Mutter anschaute, da musste ich unwillkürlich denken, dass ich eine wunderschöne Mutter hatte. Das Mondlicht beleuchtete ihr Gesicht so sonderbar, dass mir dies zum ersten Mal bewusst wurde. Die hohen Wangenknochen verliehen ihm etwas Markantes, ihr Mund war sinnlich geschwungen, ihr Hals schlank und biegsam. Ein paar Augenblicke lang sah ich sie an, mir war, als hätte sie sich plötzlich in eine Märchenfee verwandelt. Dann streckte sie sich unvermittelt und stand auf. »Zeit zum Schlafengehen«, sagte sie, und nun war sie plötzlich wieder von der Märchenfee zu meiner Mutter geworden. Ich erhob mich ebenfalls und folgte ihr in die Hütte.

Als ich noch kleiner gewesen war, hatte ich immer mit der Mutter in einem Bett geschlafen. Aber das Bett war so schmal, dass es zu zweit immer unbequemer wurde, je älter ich geworden war. Seit diesem Jahr schlief ich lieber im Heu. Das Heu war angenehm weich, und es war noch voll von den Gerüchen des Sommers.

In dieser Nacht verfolgten mich die Gedanken an meinen Vater im fernen Amerika bis in den Schlaf, und ich hatte einen sonderbaren Traum. Ich ging durch ein mächtig großes Ährenfeld und sah da und dort eine silberne Ähre. Aber wenn meine Hand danach griff, dann zerfiel sie zwischen meinen Fingern.

Sehr viel zu tun hatten wir in dieser Woche, denn am Samstag sollte Almabtrieb sein. Wir flochten Kränze aus Fichtenzweigen und fertigten Papierröserl an, rote und gelbe. Im Vorjahr war uns diese Arbeit erspart geblieben, weil eine Kuh abgestürzt und daraufhin verendet war, was einen herben Verlust für den Bauern bedeutete, der uns deshalb auch viele lautstarke Vorwürfe machte, obwohl das Unglück nicht unsere Schuld gewesen war.

»Zefix«, hatte der Bauer geflucht. »Ihr blöden Weibsbilder, habt ihr nicht aufpassen können? Für dieses Jahr ist der Profit schon wieder beim Teufel. Von euch ist eine blöder wie die andere.«

Diesmal aber stand die Herde vollzählig, sauber gestriegelt und wohlgenährt da. Der Bauer kam gegen Mittag. Er warf mir die Zügel zu, damit ich das Pferd ausspannte. »Gib ihm ein Büschl Heu«, sagte er. Dann lehnte er sich mit beiden Armen über das Gatter und musterte die Herde, Stück für Stück, nickte wohlwollend und sagte dann zu meiner Mutter: »So ist's recht. Es geht also auch anders, wenn man die Augen aufmacht und aufpasst, dass keine abstürzt.«

Ich sah, wie die Mutter errötete und demütig den Kopf senkte. Dazu sagte sie auch noch: »Dank dir schön, Bauer.«

Zum ersten Mal regte sich etwas wie Aufbegehren in mir. Warum diese Unterwürfigkeit? Es wäre doch eher angebracht gewesen, wenn der Bauer sich bei ihr bedankt hätte für die Mühe und Hingabe, die nötig gewesen war, dass sein Vieh nun so prächtig auf der Weide stand.

Der Hartauer war sonst eigentlich kein unrechter Mensch. Ein Mann von mittlerer Größe, der bereits einen recht ansehnlichen Bauch hatte, obwohl er erst vierzig Jahre alt war. Er dürfe nicht so viel Bier trinken, sagte er immer. Aber er trank trotzdem jeden Tag seine fünf bis sechs Maß.

»Willst du etwas essen, Bauer?«, fragte jetzt die Mutter. »Soll ich einen Schmarrn kochen?«

»Ja, einen Schmarrn mag ich schon. Aber pack du die Sachen zusammen. Den Schmarrn kann doch die Kleine auch kochen. Wär ja noch schöner, wenn sie das noch nicht könnte.« Zehn Jahre war ich alt, aber man hielt es für eine Selbstverständlichkeit, dass ich schon alles konnte. Und natürlich konnte ich es auch, denn ich hatte der Mutter oft genug zugesehen. Vier Eier, Mehl, Milch, Butter und eine kleine Prise Salz. Goldgelb lag der Schmarrn in der Pfanne, die ich nach einer Viertelstunde auf den Tisch stellte. Teller gab es nicht, denn das Geschirr war schon in der großen Kiste verpackt, also aßen wir gemeinsam aus einer Pfanne. Nachdem er ein paar Brocken gegessen hatte, nickte der Bauer anerkennend und lobte: »Kleine, du machst dich. Der Schmarrn ist gut, sogar fast besser als daheim.«

Die Mutter wurde ein bisschen rot vor Freude über das Lob, das mir galt. Ich aber sagte ohne Scheu der Wahrheit gemäß: »Das glaub ich schon, weil die Bäuerin immer so spart mit der Butter und den Eiern.«

»Susanne«, rief die Mutter tadelnd und errötete noch mehr, diesmal aus Verlegenheit. »So was sagt man doch nicht.«

»Und warum nicht, wenn es die Wahrheit ist?«, begehrte ich auf.

Der Bauer sah mich abwägend an und meinte dann: »Die Wahrheit, ja, die soll man schon sagen, auch wenn sie manchmal wehtut. Von dir hört es sich allerdings ein wenig vorlaut an.«

So demütig war meine Mutter nun auch wieder nicht, dass sie einen solchen Vorwurf gegen mich ohne Widerspruch hingenommen hätte. »Vorlaut ist das nicht gewesen«, meinte sie und knüpfte dann rasch die Frage an: »Ist drunten am Hof alles in Ordnung?«

»Wie man's nimmt«, antwortete der Bauer. »Der Michl hätte am ersten September in der Schule anfangen sollen, da hat er die Masern bekommen.«

»Masern«, sagte meine Mutter, und man konnte ihr ansehen, dass sie den sorgenvollen Ton nicht begreifen konnte, den der Bauer dabei angeschlagen hatte. Ich hatte auch vor ein paar Jahren die Masern gehabt, aber da hatte man keinen Doktor geholt. Das hatte sie ganz allein kuriert mit Kräutern, die sie vom Berg mit heimgebracht hatte. Der Bauer aber lamentierte noch eine Weile, erzählte, dass sogar der Doktor sorgenvoll geschaut hätte, als er die roten Flecken am Körper des Knaben gesehen habe. Aber dann sei es an ihm selbst gewesen, sorgenvoll zu schauen, als er die Rechnung des Doktors bekommen habe.

Wir hatten an diesem Morgen die Tiere nicht mehr auf die Weide getrieben, sondern im Stall gelassen. So konnten wir ihnen jetzt die grünen Fichtenkränze um die Hörner winden und die Papierröslein zurechtzupfen. Der Bauer blies die Backen auf vor lauter Stolz, als er seine geschmückte Herde betrachtete. Er sagte nichts, er nickte nur vor sich hin. Und da schien es meine Mutter doch für angebracht zu halten, dem Bauern zu sagen, dass ich unter eigener Lebensgefahr die scheckige Kalbin vor einem Absturz an der Schludererwand gerettet hätte. Aber das rührte ihn nicht sonderlich, er griff nur mit Daumen und Zeigefinger in seine Westentasche, und ich frohlockte schon, dass er mir jetzt vielleicht etwas schenken würde, ein Geldstück, ein Zehnerl vielleicht, für meine mutige Tat. Aber er zog nur ein Zuckerstückl heraus, drehte sich um und hielt es auf der flachen Hand dem Pferd hin, das bereits vor den Almkarren gespannt war.

Die Hütte wurde sorgfältig abgesperrt. Im letzten Moment fiel meiner Mutter noch ein, dass sie etwas vergessen hatte. Sie sperrte noch einmal auf und kam mit einem verschnürten Bündel zum Vorschein, mit dem Gewehr meines Vaters. Sie warf es aber nicht auf den Karren, wo das übrige Gepäck lag, sondern klemmte es unter den Arm. In die andere Hand nahm sie den Bergstecken. Dann setzte sich der lange Zug in Bewegung. Der Bauer war aufgesessen und fuhr voraus, dann kam die stattliche Herde, und hintennach ging die Mutter. Ich schloss das Gatter noch, dann trippelte ich neben der Mutter her. Der Bauer hätte mich leicht zu sich auf den Wagen setzen können, aber auf die Idee kam er nicht. Er saß da vorne mit gekrümmtem Rücken und sah sich nicht einmal um.

Im Wald war es kühl wie in einer Kirche, aber nicht so still, denn die Glocken der Rinder machten einen unglaublichen Lärm, und das Echo tat ein Übriges dazu. Es übertönte jedes andere Geräusch, das Rädergerassel des Karrens, den Hufschlag des Pferdes und das Geklirr unserer Nagelschuhe. Zwischen den Glockentönen hörte man das viel leisere, schnelle und helle Gebimmel der Kälberschellen heraus.

Endlich lichtete sich der Wald, und man sah in der Tiefe das Dorf liegen. Eng zusammengeschmiegt drängten sich die Häuser um den Ortskern. In der Mitte ragte der spitze Turm der Kirche empor wie ein erhobener Zeigefinger. Auf der linken Anhöhe dann lagen noch verstreut einzelne große Höfe, zu denen sich schmale Sträßlein hinaufzogen.

Nun fing das andere, das normale Leben wieder an. Die freie, ungebundene Zeit auf der Alm war zu Ende.

Ich hatte meiner Mutter das verschnürte Paket mit dem Gewehr abgenommen und trug es auf meinen Armen, so vorsichtig, als wäre es eine Garbe mit silbernen Ähren. Erst als wir uns den ersten Häusern näherten, nahm mir die Mutter das Paket ab und klemmte es wieder unter den Arm.

Aus den Bauernhäusern strömten nun die Menschen und betrachteten neugierig die Herde. Marianne, die junge Frau des Kunstmalers, stand unter den Bäumen des Wirtsgartens vom Lamplwirt mit ihrem weißen Pudel und einem Fotoapparat. »Bleib stehen«, sagte sie zu mir, »und lächle ein bisschen, mein Kind.«

Ich lächelte, weil es mir befohlen worden war. Aber mir war eigentlich gar nicht danach, denn da vorne lag bereits der Hartauerhof, und dort, das wusste ich, würde ich nun viele Monate lang wenig Grund zum Lachen haben.

Die Bäuerin stand unter der Türe, und die Liesl neben ihr und bohrte in der Nase. Vom Fenster des oberen Stockwerkes schaute der Michael herunter und hatte ein wollenes Tuch um den Hals. Kein Wort des Grußes kam von der Bäuerin oder die freundliche Frage: »So, seid ihr jetzt wieder da?« Nur das Vieh war für die Bäuerin von Interesse. Da empfand ich es wieder, dieses Gefühl, dass wir eigentlich ein Garnichts waren, die Mutter und ich. Nur der kleine Michael lächelte mir vom Fenster herunter in kindlicher Freude zu.

Es dauerte eine ganze Weile, bis das Vieh vom Tannenschmuck und den Glocken befreit und dann im Stall untergebracht worden war. Still und bedrückt folgte ich der Mutter in unsere Kammer, die zu ebener Erde neben dem Stall lag. Die Mutter schob das verschnürte Paket gleich unter ihr Bett und öffnete dann die Fenster, denn die Luft war zum Ersticken schlecht. Offensichtlich hatte man den Raum den ganzen Sommer über nicht gelüftet. Ich aber sah auf meine Schlafstatt hin, die ich insgeheim den »Sarg« nannte. Es war eine längere Kiste, in der sich der Bauer einmal Maschinenteile für den Dreschwagen hatte schicken lassen. »Maschinenfabrik Röhrle, Düsseldorf« stand auf der Seite mit großen schwarzen Buchstaben geschrieben. Da hinein hatte man einen Strohsack gepreßt, ein Kissen und eine Wolldecke dazugegeben. Das Ganze befand sich gegenüber von einem richtigen Bett, in dem meine Mutter schlief.

Außer den beiden Betten, dem eintürigen Schrank meiner Mutter und einer Truhe, die wir gerade wieder von der Alm mitgebracht hatten, waren keine weiteren Möbelstücke in der Kammer. Über dem Bett der Mutter hing ein Kruzifix und daneben ein Bild mit der Mutter Gottes, die das Jesuskind auf dem Schoß hielt. Das Jesuskind hatte einen roten Apfel in der Hand und streckte die Hand mit dem Apfel so weit vor, dass ich manchmal meinte, danach greifen zu können. In der Mitte der düsteren Kammer hing noch eine Fünfundzwanzig-Watt-Birne, die nicht imstande war, die Kammer auszuleuchten. Immerhin, wir hatten in unserer Kammer auch einen Anschluss für elektrisches Licht bekommen, als vor ein paar Jahren im Dorf die Stromleitungen gelegt worden waren. Davor hatten wir uns mit einer Petroleumlampe begnügen müssen.

Wir setzten uns eine Weile auf den Rand von Mutters Bettstatt und hielten uns an den Händen. Die Bäuerin hatte sich vorhin doch noch ein halbes Lächeln abgerungen und die Bemerkung, dass wir wohl froh seien, wieder daheim zu sein. Aber wir waren nicht froh, sondern kamen uns wie zwei Sünder vor, die man aus dem Paradies vertrieben hatte.

2

Um vier Uhr in der Frühe klopfte die Faust des Bauern an die Türe. Es war eine harte Faust, und wenn es sich so traf, dass er mit seinem Ehering die Füllung traf, dann gab es einen beinahe schrillen Klang. So oder so, man wachte jedenfalls sofort auf, wenn er klopfte, und ich reckte mich in meinem »Sarg« hoch und blinzelte schläfrig zur Mutter hinüber. Die gähnte zunächst laut, seufzte ein paar Mal und stieß dann mit den Füßen die Decke zurück. Dann richtete sie sich auf und schwang die Füße aus dem Bett, dass es leise auf den Dielen klatschte. So saß sie ein paar Sekunden lang, rieb sich die Augen und schaute dann zu mir herüber.

»Armes Kind«, sagte sie manchmal. Ich tat ihr wohl Leid, weil ich auch schon so früh aufstehen musste. Die Liesl durfte liegen bleiben bis um sieben Uhr. Sie war ja auch die Tochter des Bauern, ich aber nur das uneheliche Kind der Magd.

Während die Mutter sich anzog, betete sie halblaut ein Vaterunser. Später dachte ich manchmal, dass die Mutter sich durch ihr Morgengebet wohl die Kraft geholt hat für ihren oft sechzehnstündigen Arbeitstag. Das waren ja über die Woche hingerechnet über hundert Stunden. Und es war keine Gewerkschaft da, die gesagt hätte, das sei zu viel.

Die Mutter steckte dann mit ein paar Haarnadeln das Haar flüchtig über den Nacken hinauf, stülpte ein Kopftuch über und sagte dabei mitunter: »Bloß einmal im Leben richtig ausschlafen können. Aber packen wir's wieder, in Gottes Namen. Komm, Herzerl!« Ich trippelte hinter der Mutter her in den Stall hinaus, wo die Kühe schon alle aufgestanden waren und ihre Hälse über den Barren streckten. Auf der anderen Seite drüben striegelte der Ferdinand bereits die Pferde. Ein anderer, jüngerer Knecht schob den Mist ins Freie hinaus, die Mutter holte das Milchgeschirr herein und setzte sich unter die erste Kuh. Ich selbst hatte die Aufgabe, Futter in die Barren zu werfen. Man hatte für mich eigens eine kürzere Gabel hergerichtet. Den Bauern sah man um diese Zeit noch nirgends, er kam erst immer später hinzu, und ich glaube, dass er sich nach dem Wecken noch für eine Stunde hinlegte.

Um sieben Uhr saßen wir dann alle um den großen Tisch in der Stube bei der Morgensuppe. Zuvor aber wurde gebetet, im Stehen. Es war wenig Andacht dabei, und der liebe Gott brauchte sich wohl keine besondere Mühe geben, die Milch zu segnen und das Schwarzbrot, das der Bauer in großen Brocken in die Schüssel schnitt, aus der wir gemeinsam löffelten. Es war ein weiter Weg für mich, mit meinen kurzen Armen bis in die Tischmitte zur Schüssel hinzulangen, und manchmal tröpfelte es mir vom Löffel herunter, so dass eine dünne weiße Spur über den Tisch zu mir hinführte.

»Nicht einmal richtig essen kann sie«, schimpfte dann die Bäuerin. »Aber den Tisch putzt du mir nachher wieder sauber.«

Die Liesl und der Michael tröpfelten nicht. Sie bekamen jedes ein kleines Schüsselchen vor sich hingestellt. Nach dem Essen wurde dem Herrn wieder gedankt, dass er uns gespeist hatte, und dann stob alles auseinander wie eine Hühnerschar, wenn es gedonnert hatte.

Ich machte dann die Tischplatte sauber, und die Bäuerin richtete für die Liesl und den Michael ein Pausenbrot her, mit viel Butter drauf und einigen Wurstscheiben. Mir gab sie aber nur ein trockenes Stück Brot mit.

Wenn es stimmt, dass Bauernbrot die Wangen rot macht, bei mir traf das auf jeden Fall zu. Ich hatte rote Backen und überhaupt noch eine gesunde Farbe im Gesicht vom Almsommer. Die Liesl hatte dagegen eine fahle Haut und viele Pickel. Heimlich freute mich das, denn die Liesl war ein bisschen hochmütig und lief auf dem Schulweg immer voraus, als ob sie sich schämte, mit einem Magdkind gemeinsam zur Schule zu gehen.

Der Michael aber wartete immer auf mich, und wenn wir außer Sichtweite seiner Mutter waren, fasste er immer nach meiner Hand. Es kam auch vor, dass er sein Pausenbrot mit dem meinen tauschte.

In der einen Hand hatte ich immer die Blechkanne mit den zwei Litern Milch für den Herrn Lehrer zu tragen. Die Kanne hatte an der Seite eine leichte Beule, weil ich sie dem Hirmer Toni einmal auf den Schädel geschlagen hatte, als er einmal den Michael in eine Drecklache gestoßen hatte. Zum Glück war das auf dem Heimweg passiert, als die Kanne leer war, sonst hätte die Bäuerin sicher noch viel schlimmer geschimpft.

Bevor ich zur Schule ging, gab mir meine Mutter immer einen Kuss auf die Stirn, auf die Wange oder auf den Mund. Sie machte auch das Kreuzzeichen über mich. Einmal sagte Michael darauf zu seiner Mutter: »Mutter, warum tust du mich nie busseln?«

Die Hartauerin schob ihn mürrisch zur Seite und sagte: »So eine Gefühlsduselei könnte ich gerade noch brauchen. Bei einem Bauernmenschen ist das nicht üblich. Die glaubt doch, sie sei was Besseres als eine Magd.« Womit sie meine Mutter meinte.

Meine Mutter aber wollte gar nichts Besseres sein. Sie machte aus ihrem Magdleben das beste, was daraus zu machen war. Sie hielt sich sauber – reinlicher als die Bäuerin –, war grundehrlich und erfüllte gewissenhaft ihre Pflichten, gerade als ob sie darauf einen Eid geleistet hätte. Ihre drei Mark in der Woche sparte sie eisern zusammen, denn es könnte ja immerhin sein, dass mein Vater zuwenig Geld schickte, und dann würde sie ihre Spargroschen für unsere Überfahrt brauchen.

Ja, diese anhängliche Treue an einen Menschen, der sie verlassen hatte, das war schon etwas Merkwürdiges, aber ganz ihrem Wesen entsprechend. Sie hat sich nie mit einem anderen Mann eingelassen. Oder ist ihr wegen mir so viel Übles nachgeredet worden, dass kein anderer Mann mehr um sie werben mochte?

Nein, es gab schon Männer, denen meine Mutter gefallen hätte, denn manchmal klopfte es nachts an unser Fenster. Aber die Mutter machte nie auf. Vielleicht tat sie das ja auch meinetwegen? Sie blieb ganz still in ihrem Bett, und ich auch. Bei mir aber war es bloß die Angst vor diesem Klopfen, denn ich dachte, das sei vielleicht ein Einbrecher. Was es mit diesem nächtlichen Klopfen auf sich hatte, das begriff ich erst später, obwohl mir damals der Schmiedgeselle, Ambros, einmal eine Tafel Schokolade geschenkt hatte mit den Worten, dass ich die Mutter aufwecken solle, wenn er wieder ans Fenster klopfe.

Wenn ich mit der Milch ins Schulhaus kam, musste ich sie in die Küche zur Lehrersfrau bringen. Die schüttete sie gleich in einen Topf und stellte ihn übers Feuer. Für das Milchbringen bekam ich im Monat dreißig Pfennige, also für jeden Tag einen Pfennig.

Die gab ich immer der Mutter, als Beitrag für die »Überfahrt nach Amerika«. Wenn es nach der Lehrersfrau gegangen wäre, hätte diese die dreißig Pfennige gerne vergessen. Aber der Tischlinger, ihr Mann, fragte immer in meiner Gegenwart: »Hat das Suserl ihr Geld schon bekommen?«

Einmal antwortete sie: »Ja, natürlich«, obwohl das gar nicht stimmte. Ich aber sagte nein, ich hätte das Geld noch nicht bekommen, und der Lehrer sah seine Frau darauf so durchdringend an, dass sie schließlich zugab, sie habe kein Kleingeld zur Hand gehabt. Da zog der Tischlinger seinen Geldbeutel heraus und gab mir fünfzig Pfennige. Am nächsten Monatsende gab mir die Lehrersfrau dann bloß zehn Pfennige und sagte dabei: »Zwanzig Pfennige hast du ja schon vom letzten Mal. Mein Sebastian geht ein bisschen leichtsinnig mit dem Geld um.«

Die Schule dauerte immer von acht bis zwölf und dann von zwei bis vier Uhr. Mittags konnten wir zum Essen heimgehn, weil unser Hof mitten im Dorf lag. Die Bergbauernkinder aber saßen beim Lamplwirt hinten am großen Tisch und bekamen einen Teller Suppe für fünf Pfennige. Das Brot brachten sie von daheim mit. Aber ich glaube, diese Bergbauernkinder, die oft einen Schulweg von zwei Stunden hatten, waren besser verpflegt als wir, weil die Suppen wechselten: Nudelsuppe, Milzsuppe, Gemüsesuppe oder auch Lüngerl mit Knödel. Das kostete dann acht Pfennige. Wir jedoch hatten daheim manchmal tagelang immer nur das gleiche, denn die Bäuerin kochte aus Sparsamkeit sehr große Portionen, die dann jeden Tag aufgewärmt wurden.

Zweimal in der Woche hatten wir auch Religionsstunde. Da kam dann schnaufend und mit wuchtigem Schritt der Herr Pfarrer Zimmerer, und wir mussten aufstehen und »Gelobt sei Jesus Christus« sagen. Der Herr Pfarrer wog gut zwei Zentner und hatte auf seinem breiten, mächtigen Kopf überhaupt keine Haare mehr. Er litt an Asthma und hielt sich während der Religionsstunden meistens in der Nähe des offenen Fensters auf, weil er dort mehr Luft bekam. Er sprach mit leiser, aber eindringlicher Stimme. Dabei sah er dann gelegentlich zum Fenster hinaus, in den Garten hinunter, wo der Lehrer seine Freistunde nützte und sich mit seinem Bienenhaus beschäftigte.

Religion interessierte mich brennend, insbesondere das Leben Jesu, und ich fuchtelte förmlich mit den Armen mit, wenn der Pfarrer mit ausladenden Gebärden erzählte, wie Jesus die Pharisäer zum Tempel hinausgejagt hatte, gerade so, als ob er selbst so etwas auch gerne einmal machen würde. Das ganze Leben Jesu verfolgte ich mit brennender Hingabe bis zu seinem einsamen Sterben auf Golgatha. Wenn man etwas genauer wissen wollte, dann musste man den Finger heben. Das tat ich manchmal, und der Herr Pfarrer sah mich dann erwartungsvoll an.

»Also, Susanne.«

Ich stand auf und sagte etwa: »Wenn schon zwölf Apostel um ihn herum waren, warum haben die den Herrn Jesus nicht besser verteidigt?«

Ich fand nämlich, dass die Apostel sich wie schändliche Feiglinge verhalten hatten. Wenn ich an ihrer Stelle gewesen wäre, dann, so dachte ich, hätten die Römer etwas erleben können. Den Michael verteidigte ich gegen jeden, der ihm auch nur ein Haar krümmen wollte.

»Weil der Herr Jesus das gar nicht gewollt hat, mein Kind«, antwortete der Herr Pfarrer.

Das war natürlich nicht so leicht zu verstehen. Aber wenn Jesus nicht am Kreuz gestorben wäre, dann hätte er ja auch nicht auferstehen können. Also wäre es vielleicht doch nicht ganz richtig gewesen, wenn die Apostel ihn so verteidigt hätten wie ich den kleinen Michael?

Die Schule war um vier Uhr aus, aber ich konnte mich dann nicht etwa wie die Liesl hinsetzen und meine Hausaufgaben machen, sondern die Bäuerin schickte mich hinaus auf die Wiese zum Gesinde. Meine Schulaufgaben konnte ich erst spät am Abend in unserer Schlafkammer machen. Oder draußen im Stall, da war es dann wenigstens warm.

Meinetwegen kam es deshalb einmal zu einem heftigen Wortwechsel zwischen dem Bauern und dem Pferdeknecht Ferdinand. Dieser groß gewachsene, hagere Mensch war sonst ein schweigsamer Mann, von dem man meinen sollte, dass er eines heftigen Ausbruchs gar nicht fähig wäre.

Die Bäuerin hatte mich mit zwei Kübeln voll Schweinefutter in den Stall geschickt. Die Kübel waren bis obenan gefüllt und sehr schwer. Ich musste sie im Flur einmal niederstellen und verschüttete etwas davon.

»Du dumme Gans!«, schrie die Bäuerin hysterisch. »Das putzt du mir aber nachher wieder auf.«

Ferdinand kam gerade von der Geschirrkammer heraus, hörte das, packte wortlos die beiden Kübel und trug sie in den Stall. Dann ging er vor das Haus hinaus, wo der Bauer auf der Bank saß und die Zeitung las. »Ich hab mit dir zu reden, Bauer. Du wirst zwar sagen, das geht mich nichts an. Es geht mich aber doch etwas an, weil es eine Schande ist, wie ihr das arme Kind ausnützt.«

Langsam legte der Bauer die Zeitung neben sich auf die Bank und hob den Kopf. »Was Schande? Wer wird ausgenützt?«

»Die Sanni. Ich schau mir die Sache schon eine ganze Weile an und habe mir bisher nur meinen Teil gedacht. Aber jetzt muss es einmal gesagt werden: Es ist eine Gemeinheit, wie ihr das Kind ausnützt. Du weißt wohl gar nicht, dass das überhaupt verboten ist.«

»So? Wo steht denn das geschrieben?«

»Das weiß ich nicht genau, aber soviel mir bekannt ist, hat achtzehnhundertzehn ein bayrischer König ein Gesetz erlassen, wonach Kinderarbeit für Kinder unter zehn Jahren verboten ist.«

»Ah, da schau her, du Oberg'scheiter. Was du nicht alles weißt«, sagte der Bauer, und seine Stimme klang drohend. Ich stand hinter dem offenen Stallfenster und hörte auch, wie er fortfuhr. »Aber das lass dir gesagt sein: Erstens geht die Sanni schon ins elfte Jahr, zweitens geht es dich einen Dreck an, und drittens nehme ich an, dass du dir für Lichtmess bereits einen anderen Platz gesucht hast?«

Es gehörte zu damaliger Zeit schon eine Menge Mut dazu, sich so vor einen Bauern hinzustellen und ihn anzuklagen. Dienstboten bekam man zu jener Zeit noch wie warme Semmeln. Aber Ferdinand sagte ohne Zögern: »Das geht dich jetzt einen Dreck an, ob ich für Lichtmess schon einen anderen Platz hab. Und dass du es weißt, ich warte nicht bis Lichtmess, sondern gehe jetzt gleich auf der Stelle. Und dass die Leute es erfahren, wie bei dir Kinder ausgenützt werden, dafür werde ich schon sorgen.«

Ferdinand verließ tatsächlich noch an diesem Abend den Hof, kam am nächsten Morgen mit dem Fuhrwerk des Lamplwirts, bei dem er in Zukunft arbeiten würde, und holte den Kasten mit seiner Habe ab. Der Dumme war in diesem Fall der Hartauer, denn so einen guten Knecht, wie der Ferdinand einer war, konnte man um diese Jahreszeit natürlich kaum finden.

Bevor der Ferdinand mit seinem Kasten wegfuhr, suchte er meine Mutter im Stall auf und gab ihr den Rat: »Ich kann dir bloß sagen, Marie, nimm zu Lichtmess deine Tochter und geh auch woanders hin. Hier wird's nicht mehr besser für euch.«

Das war gut gemeint. Aber wer stellte schon eine Magd mit einem Kind ein, wo es doch Mägde in Hülle und Fülle gab? Außerdem änderte es sich von da ab doch ein bisschen für mich. Ferdinands Drohung, dass er es schon bekanntmachen werde, wie man auf dem Hartauerhof ein Kind ausnützt, hatte die Hartauers doch nachdenklich gestimmt. Ins Gerede wollten sie nämlich nicht kommen. Die Hartauerin war doch Vorsteherin des katholischen Müttervereins.

Ich durfte jetzt also nach der Schule mit den beiden Kindern des Bauern meine Hausaufgaben machen, aber danach musste ich wieder an die Arbeit, genauso wie vorher. Zum Spielen kam ich fast nie, und ich schlief wie bisher in meiner umfunktionierten Kiste. Dass der Bauer und die Bäuerin auch zu ein bisschen gutem Willen fähig waren, bewiesen sie dann aber, als sie mir zu Weihnachten eine Puppe schenkten. In einem feierlichen Akt im Schafstall wurde die Puppe auf den Namen Isolde getauft, einen Namen, den ich sehr vornehm fand. Michael machte dabei den Pfarrer und die Liesl die Taufpatin.

Es war ein strenger Winter dieses Jahr, der bis in die Märzmitte hinein andauerte. Oft, wenn ich nach der Schule um vier Uhr heimkam, stand ich noch mit der Mutter draußen und hackte Äste klein. Wir stopften uns in die Holzschuhe Grummet hinein, das hielt warm, und man bekam keine kalten Zehen. Aber an den Fingern fror ich trotz der wollenen Fäustlinge oft erbärmlich.

Dann endlich brauste der Föhn über die Berge herüber. Der Schnee schmolz in der Sonne dahin wie Butter, und es dauerte gar nicht lange, dann sprossen die kleinen Leberblümchen, und an den Weidensträuchern glänzten die silbernen Kätzchen. Unaufhaltsam wuchs das Gras heran und wurde dann zur bunten Wiese voller Blumen.

Vom Ostermarkt in der Kreisstadt, zu dem meine Bauersleute hinfuhren, brachte die Bäuerin sechs kleine Gänslein mit und der Bauer für mich eine kleine Sense. Nicht dass ich mit den Mähern anstehen musste, wenn das Gras gemäht wurde. Nein, das getraute man sich doch nicht, denn das hätte sie ja bei den Leuten ins Gerede bringen können. Ferdinands Drohung war nicht vergessen worden. Aber mit dieser kleinen Sense sollte ich Milchdisteln mähen. Die musste ich dann mit einem Wiegemesser ganz klein wiegen für die jungen Gänslein. Die Bäuerin sagte, dass sie dieses junge Geflügel mir ganz allein anvertrauen wolle. Ich fühlte mich durch diese Verantwortung ungeheuer wichtig, und eine Mutter hätte sich nicht mit größerer Sorge um ihre Kinder bemühen können, als ich mich um »meine« kleinen Gänse kümmerte.

Nein, zum Mähen konnten sie mich nicht mitnehmen, als die Heumahd begann. Wir hatten damals bereits eine Mähmaschine, aber ein paar sumpfige Wiesen mussten immer noch mit der Hand gemäht werden. Meine Mutter stand auch in der Reihe der Mäher. Sie hatte ihre Röcke aufgesteckt und war guter Dinge, und wer sie beobachtete, der konnte auch leicht dahinterkommen, warum das so war. Wenn sie die Sense wetzte, dann sah sie nämlich immer zu den

Bergen hinauf: Sie zählte an den Fingern die Tage ab, bis sie wieder auf die Alm ziehen konnte.

In der Pfingstwoche konnte ich nicht mit auf die Alm ziehen, weil ich ja noch zur Schule gehen musste, bis dann am fünfzehnten Juli die großen Ferien begannen. Außerdem stand mir für dieses Jahr noch ein großes Ereignis bevor: Ich sollte gefirmt werden. Und dazu brauchte ich eine Firmpatin. Wenn es nach mir gegangen wäre, so hätte ich mir die Frau Marianne gewünscht, die schöne, elegante Frau des Malers Lipold. Doch die Bäuerin sagte: »Deine Firmpatin mach ich selber. Aber eine Uhr brauchst du dir nicht einbilden. Ist schon genug, wenn ich dir das weiße Kleid stifte.«

Das Kleid war von der Liesl gewesen, ein weißes Kleid mit vielen Rüschen, das ohne mich von niemandem auf dem Hof mehr gebraucht worden wäre, also konnte sie leicht großzügig sein.

Ich weinte bitterlich, als die Mutter mit der Herde auf die Alm zog. Aber sie tröstete mich und zählte mir die Wochen bis zu den Ferien auf, dann dürfe ich ja wieder zu ihr hinauf. Aber sie war selber dem Weinen nahe, und ihre Stimme schwankte doch ein wenig, als sie mir das Kreuzzeichen auf die Stirn machte und dabei sagte: »Und vergiss das Beten nicht am Abend, bevor du einschläfst – für ihn auch.«

»Ihn« – damit meinte sie den mir unbekannten Vater.

Ich sah der Herde nach, vor der der Bauer wieder herfuhr, bis die Stimme der Bäuerin mich aus meiner wehmütigen Stimmung herausriss: »Geh weiter, steh nicht herum, als wenn es keine Arbeit gäbe.«

Dann kam der Tag der Firmung heran, und der Bauer murrte, dass dies gerade während der Heuernte sein musste. Wer sollte denn die Dachglocke zum Mittagessen läuten, wenn sie alle draußen auf den

Wiesen waren? Aber die Bäuerin hatte vorgekocht. Sie brauchten ja bloß das Kraut mit den Knödeln übers Feuer zu ziehen. Einen Tag würde es schon ohne Bäuerin gehen.

In dem weißen Kleid sah ich sehr schön aus, wie ich fand, als ich mich im Spiegel betrachtete. Das Haar hatte ich in zwei Zöpfe geflochten, die mir am Rücken hinunterbaumelten. Die Bäuerin zog ihre Festtracht an.

Bevor wir aufbrachen, musste ich dann noch schnell nach meinen Gänsen sehen. Sie lagen gemütlich hinter der Tennbrücke im Schatten der Kastanienbäume und schnatterten aufgeregt durcheinander, als sie mich in dem weißen Kleid und mit dem Kränzlein im Haar sahen.

Vor dem freien Platz bei der Kegelbahn vom Lamplwirt standen bereits einige Bäuerinnen und auch ein paar Bauern mit ihren Firmlingen beisammen. Hier wartete man auf den Omnibus, der die ganze Gesellschaft in die Kreisstadt bringen sollte. Die Bäuerinnen waren alle in ihrer Tracht. Sie schwatzten durcheinander, und meine Bäuerin genoss es mit sichtlichem Wohlgefallen, als man ihr sagte, es sei ihr hoch anzurechnen, dass sie mir, dem Magdkind, die Firmpatin mache.

»Ja, mei«, sagte sie, »hin und wieder muss man halt doch auch was Gutes tun.«

Mich selber beachtete niemand. Bis auf die Malersfrau, die mit ihrem Pudel gerade vorbeiging. Lange betrachtete sie die versammelte Menschengruppe, blieb dann vor mir stehen und sagte: »Nach meiner Meinung bist du das Schönste von all den Kindern.«

Das hörte meine Bäuerin auch, und sie sagte zur Lindhuberin, die neben ihr stand: »Was versteht denn die überspannte Gans schon davon.«

Endlich bog der Omnibus, ein unförmiger gelber Kasten, bei der Molkerei um die Ecke. Alles drängelte hinein, und weil sie mich immer wieder zur Seite schoben, kam ich erst als Letzte zum Einsteigen. Da sagte der Chauffeur: »Komm, Kleine, du darfst neben mir sitzen.« So bekam ich den schönsten Platz von allen, und ich dachte, diesmal sei es doch wahr geworden, was ich dem Pfarrer bisher nie so recht geglaubt hatte: »Die Letzten werden die Ersten sein.«

Ich nahm die Firmung sehr ernst und folgte der heiligen Handlung mit Aufmerksamkeit und Andacht. Der Bischof erschien mir wie ein Heiliger, der eigens für uns Firmlinge vom Himmel herabgekommen war. Ich betrachtete ihn mit beklommener Ehrfurcht, wie er jetzt immer näher auf mich zukam. Dann stand er schließlich vor mir. Die Bäuerin hatte ihre rechte Hand auf meine Achsel gelegt, und unser Pfarrer, der neben dem Bischof herging, nannte ihm meinen Namen.

»Susanne Magdalene«, sagte der Bischof und legte mir seine Hand auf den Scheitel, »ich stärke dich mit dem Öl des Heiles, und der Friede sei mit dir.«

Ich blies die rechte Backe ein wenig auf, denn nun würde wohl die berühmte Maulschelle kommen, von der sie immer so viel erzählt hatten. Aber der Bischof streichelte mir nur mit zwei Fingern über die Wange, und dann war alles vorbei.

Danach fuhren wir alle mit dem Zug nach Stock, und dann mit einem Schiff hinüber auf die Fraueninsel. Zum ersten Mal in meinem Leben fuhr ich mit der Eisenbahn, und dann auch noch mit einem Schiff. Ich war ja bis dahin noch überhaupt nie aus dem Dorf herausgekommen. Ich fühlte mich wie in einem schönen Traum, als ich an der Reling lehnte und auf das Wasser hinausschaute, und unwillkürlich stellte ich mir vor, die Mutter wäre neben mir, hätte den Arm um mich gelegt und würde zu mir sagen: ›Gleich sind wir drüben beim Vater.‹

Aber das, was sich zwischen dem vielen Grün, den Bäumen und Büschen weiß glänzend emporhob, das war nicht die Freiheitsstatue von Amerika, sondern der Turm der Klosterkirche der Fraueninsel.

Wir waren nicht mehr vollzählig, denn es waren nicht alle bis zur Fraueninsel mitgefahren. Die Hälfte der Gesellschaft war bei der Herreninsel an Land gegangen, um das Königsschloss zu besichtigen. Aber mir gefiel es hier, für mich war ja alles wie ein Wunder. Aus dem Klosterhof kam ein langer Zug Mädchen, von Nonnen begleitet, und die Lindingerin sagte zu ihrem Firmmädchen: »Wenn du nicht brav bist, kommst du auch in diese Klosterschule.« Das wunderte mich, denn ich hätte eher gedacht, dass es eine Belohnung sein müsste, in eine solche Schule zu gehen.

Beim Inselwirt kehrten wir ein und aßen zu Mittag. Meine Bäuerin fragte mich, ob ich lieber ein paar Wiener Würstl hätte oder einen Pressack in Essig und Öl. Ich sagte, mir sei das gleich, aber dann genierte sie sich scheinbar doch, weil die anderen für ihre Firmlinge alle einen Kalbsbraten oder einen Schweinebraten bestellten. So bestellte sich die Bäuerin ein Wiener Schnitzel, und ich bekam auch eines.

Mir gegenüber saß der Hirmer Toni mit seinem Paten, dem Kolonialwarenhändler Schlögl. Der Toni zog immerzu die Uhr hervor, die er von seinem Paten zur Firmung bekommen hatte. Auch ein paar der Mädchen hatten an einer silbernen Kette eine Uhr um den Hals hängen. Fast alle Firmlinge hatten eine Uhr bekommen, nur ich nicht. Das machte mir aber gar nichts aus, denn so viel Schönes wie an diesem Tag hatte ich in meinem Leben noch nicht gesehen.

Ich dachte immerzu an meine Mutter, die jetzt gerade auf der Alm werkeln musste. Wenn ich einmal groß bin und Geld verdiene, überlegte ich, dann fahre ich mit der Mutter auch hierher. Groß würde ich schon werden, aber ob ich auch genug verdienen würde, um eine solche Fahrt bezahlen zu können?

Die anderen bestellten noch Kaffee und Torte, und meine Bäuerin machte ein säuerliches Gesicht, denn nun musste auch sie dasselbe tun. Wahrscheinlich rechnete sie bereits nach, wie teuer ich ihr an diesem Tag käme.

Erst um vier Uhr nachmittags fuhr das Schiff wieder ans andere Ufer hinüber. Der Hirmer Toni beugte sich über das Geländer und verschenkte die zwei Stück Torte, die er hinuntergeschlungen hatte, an die Fische.

»Macht nichts«, sagte sein Pate und lachte. »Das ist mir an meinem Firmungstag auch passiert. Die Hauptsache ist, wenn die Uhr dabei nicht zu Schaden kommt.«

Es war schon sehr spät, als wir an diesem Abend heimkamen. Ich musste gleich mein weißes Kleid ausziehen, damit ich es beim Abspülen nicht schmutzig machte. Danach fiel ich todmüde ins Bett und nahm alle Erinnerungen dieses schönen Tages in meine Träume hinein.

In den Nächten fühlte ich mich ohne meine Mutter besonders alleine. Es fehlte mir ihr Atem in der Nacht und ihre leise Stimme, wenn sie manchmal im Traum redete.

Immerhin konnte ich, seit die Mutter wieder auf der Alm war, in ihrem Bett schlafen. Dort konnte ich mich wenigstens richtig ausstrecken, konnte mich auch im Traum einmal herumwälzen, ohne an die Kistenbretter zu stoßen.

Eines Nachts kam ein heftiges Gewitter. Grelle Blitze zuckten vor meinem kleinen Fenster, und krachender Donner erschütterte das ganze Haus. Vor dem Gewitter hatte ich aber keine besonders große Angst. Auf der Alm droben wüteten solche Gewitter ja noch viel ärger. Dort kam das Gebrüll des Donners immer wieder als Echo aus den Bergen zurück. Ich zog mir nur die Decke übers Gesicht, damit ich die Blitze an der Wand nicht mehr sah. Da wurde auf einmal hart gegen meine Türe geschlagen, und die raue Stimme des Bauern rief: »Raus jetzt zum Beten.«

Ja, der Bauer hatte bei so einem Gewitter mehr zu verlieren als ich armes Menschenkind! Vor allem, weil er sich nicht dazu durchringen konnte, das Geld für eine Versicherung gegen Blitzschlag zu bezahlen. Vermutlich bereute er das jedes Mal, wenn dann wirklich ein Gewitter kam.

Aber der Gedanke war auch zum Fürchten, dass ein Blitz in den Hof einschlagen könnte. Wenn man wach war, dann konnte man wenigstens schnell hinauslaufen, damit man nicht im Feuer umkommen musste, dachte ich, schlüpfte schnell in meinen Rock und trippelte in die Stube. Dort knieten sie schon alle um den Tisch herum, hatten die Arme auf die Bank gestützt, und die Bäuerin betete vor. Auf dem Tisch brannte eine schwarze Wetterkerze. Der Regen peitschte so laut an die Fensterscheiben, dass die Stimmen der Betenden bei diesem Rauschen fast nicht mehr zu hören waren.

Ich zwängte mich in eine kleine Lücke und kniete ebenfalls hin. Die Stimmen der Betenden waren so schlaftrunken, dass ich mich fragte, ob der liebe Gott für ein so unachtsames Beten wirklich seine Hand heben würde, um den Blitz vom Hartauerhof weg zum Lindhamer oder zum Grabichler hinüberzulenken.

Dort knieten sie ja auch vor dem Herrgottswinkel und beteten um Verschonung, und vielleicht taten sie das ja mit mehr Andacht als die Leute hier?

Während ich mich solchen kindlichen Vorstellungen hingab, über die unser Pfarrer sicherlich den Kopf geschüttelt hätte, spürte ich, wie sich etwas unter der Bank an mich heranpirschte. Es war der kleine Michael, der seinen Kopf an meinen Schoß lehnte und gleich darauf ruhig einschlief. Wie konnte man auch Kinder um Mitternacht aus dem Schlaf reißen? Dass ich selbst ja auch noch ein Kind war, kam mir dabei gar nicht in den Sinn. Mit einer mütterlichen Geste schob ich verstohlen meine Hand unter die Bank und streichelte die Wange des kleinen Michael.

Das Gewitter rumorte immer noch mit unverminderter Wucht, und die Bäuerin wollte gerade den zweiten Rosenkranz beginnen, da stand der Oberknecht Simon – er war für den Ferdinand auf den Hof gekommen – auf und sagte: »Jetzt wird es mir zu dumm. Ich brauche meinen Schlaf, und ich werde fürs Arbeiten bezahlt und nicht fürs Beten.«

Keiner wagte sich auf diese kühne Rede hin zu rühren. Der Bäuerin, die sonst selten um eine scharfzüngige Antwort verlegen war, hatte es regelrecht die Sprache verschlagen, und auch der Bauer sagte kein Wort. Nur der Donner rollte über das Dach hin, aber schon nicht mehr so laut. Das einzige, was noch richtig krachte, war die Tür, die der Simon hinter sich zuschlug.

Am nächsten Morgen, als ich in die Küche kam, um das Schweinefutter zu holen, hörte ich von nebenan die Stimmen des Bauern und der Bäuerin. »Wenn wir nicht mitten in der Heuernte wären, dann würde ich den Kerl rausschmeißen«, sagte der Bauer grimmig.

»Um die Zeit finden wir nie und nimmer einen Ersatz für ihn«, antwortete die Bäuerin.

»So was ist auf unserem Hof auch noch nicht vorgekommen«, ereiferte sich der Bauer. »Mitten unterm Beten steht der Kerl auf und sagt ganz einfach, ich mag nicht mehr. Wo gibt's denn so was?«

»Der Kerl, mein ich, glaubt überhaupt nicht recht viel«, sagte die Bäuerin, und senkte die Stimme ein wenig. »Wie der mittags oft schon beim Beten dasteht! Da würde bloß noch fehlen, dass er die Hände in die Hosentaschen steckt.«

Der Bauer räusperte sich. Es blieb eine Weile still, bis er dann sagte: »Ich hab den Kerl im Verdacht, dass er ein Sozialdemokrat ist. Das fehlte uns gerade noch in unserm christlichen Haus.«

Ein Sozialdemokrat, das war einer, der Gott und Vaterland verleugnete und nach seinem Tod auf dem direkten Weg in die Hölle kommen würde. So stellte ich mir das damals jedenfalls vor. Freilich, dass der Simon ein so schlechter Mensch sein sollte, das konnte ich gar nicht glauben.

»Allerdings, in der Arbeit, da kann man ihm nichts nachsagen«, fuhr der Bauer fort, »wenn er auch natürlich kein Ferdinand ist. Wie der mit den Pferden umgehen hat können, da muss man lange suchen, um jemanden zu finden, der das besser kann.«

»Darum lobt ihn ja der Lamplwirt so«, sagte die Bäuerin. »Und dass er fort ist, daran ist bloß die Marie schuld, der Scherben.«

»Nein, Anna, du täuschst dich. Passiert ist es wegen dem Bankert, weil er sich wegen Kinderarbeit aufgeregt hat.«

Als Bankert wurde ich oft genug beschimpft. Später, viel später, sollte ich erst erfahren, was mit dem Wort »Bankert« eigentlich gemeint ist, nämlich ein auf einer Bank gezeugtes Kind, womit ein uneheliches Kind gemeint war, denn ein Ehepaar hatte ja sein gemeinsames Bett und es nicht nötig, sich mit einer Bank zu begnügen. Damals wusste ich aber nur, dass es ein schlimmes Schimpfwort war.

Wie konnten sie mich und meine Mutter mit solchen Schimpfwörtern belegen, wo sie doch so großen Wert auf ihren christlichen Haushalt legten? Es wurde auch nie geflucht bei uns. Höchstens der Bauer einmal, wenn ihm sein Pfeifentabak ausgegangen war. Aber dann war gleich die Bäuerin mit dem Weihwasserkesselchen da, riss Fenster und Türen auf und spritzte mit dem Weihwasser umeinander, dass der Fluch hinaus konnte.

Auch sonst hielt sie auf strenge Sittlichkeit und Moral im Hause. Wenn zum Beispiel eine Kuh in die Zeit kam, in der sie dem Stier zugeführt werden sollte, dann suchte die Bäuerin schleunigst zuerst ihre Kinder, die Liesl und den Michael, und sperrte sie in die hintere Kammer auf der Nordseite, damit sie das Schauspiel unsittlichen Geschehens nicht zu Augen bekamen und ihre kindlichen Seelen keinerlei Schaden erlitten.

Um meine kindliche Seele kümmerte sich niemand. Zu mir sagte die Bäuerin sogar einmal, als sie eine Kuh in den engen Pferch drängte, in dem das »unsittliche Geschehen« stattfinden sollte: »Da, nimm den Strick und halt sie fest.«

Heute redet man davon, dass man die Kinder gar nicht früh genug aufklären könne. Mich hat niemand aufgeklärt. Ich glaube, meine Mutter hätte sich lieber die Zunge abgebissen, als mir über die Beziehung der Geschlechter etwas zu erzählen. Wenn man auf einem Bauernhof lebt, dann sieht man ja sowieso, wie das zugeht mit der Zeugung und der Fortpflanzung. Dass es einen Zusammenhang gab zwischen dem, was der Stier mit der Kuh machte, und dem Kälbchen, das dann Monate später von dieser Kuh geboren wurde, das konnte ich mir schon zusammenreimen.

Nein, meine Mutter erklärte mir nichts, und so konnte ich natürlich nicht so genau wissen, ob es bei den Menschen genauso zuging wie bei der Kuh und dem Stier. Aber meine Mutter war auch klug genug, mir nicht das Märchen vom Storch aufzutischen, der einer Wöchnerin ein Kindlein ins Bett legt und sie dann auch noch mit seinem langen Schnabel in den Fuß zwickt. Solche Geschichten konnte man höchstens den Kindern in der Stadt weismachen.

Auf der Alm kam jedesmal auch das eine oder andere Kälbchen zur Welt, und meistens musste meine Mutter nicht viel dabei helfen. Doch wenn es darauf ankam, dann konnte sie das natürlich auch, und es ist nie eine unserer Kühe dabei zu Schaden gekommen.

Wenn der Bauer dann samstags wie immer auf die Alm kam und die Mutter ihm stolz das neue Kalb zeigte, dann lobte er aber meine Mutter nicht einmal, sondern strich sich nur zufrieden den Bart und neigte den Kopf ein wenig tiefer, um zu sehen, ob es ein Kuhkalb oder ein Stierkalb war. Dabei überlegte er wahrscheinlich, ob man es selber aufziehen oder nach vier Wochen dem Metzger geben sollte.

Nein, Lob, Dank oder Anerkennung kannte der Hartauer nicht. Warum auch? Die Mutter bekam ja ihre drei Mark in der Woche, das musste als Anerkennung ausreichen – obwohl das ein geringerer Lohn war, als ihr eigentlich zustand. Zum Glück kamen im Sommer auch hin und wieder Bergwanderer an der Hütte vorbei, tranken Milch oder Buttermilch und schenkten dann der Mutter manchmal ein Trinkgeld. Das waren zwar nur Pfennigbeträge, aber im Laufe eines Sommers kamen doch so um die dreißig oder vierzig Mark zusammen. Somit war sie immer noch besser daran als eine Magd im Dorf drunten, der solche Vergünstigungen nicht zuteil wurden.

Eine Magd hatte sich damals eben mit der Bezahlung zufrieden zu geben, die ihr angeboten wurde, und meine Mutter begehrte nie dagegen auf und tat ihre Arbeit, die von frühmorgens bis spätabends dauerte. Freizeit gab es im Leben einer Magd so gut wie gar nicht. Was damals normal für die meisten war, würde heute von keiner Gewerkschaft geduldet werden.

Besonders versuchten die Bauern, Liebeleien ihrer Mägde zu verhindern. Wegen der Sünde, um Anstand und gute Sitten auf ihrem Hof aufrechtzuerhalten, so sagten sie es jedenfalls.

Doch die Liebe sucht sich ihre Wege, um Erfüllung zu finden, und so manche Magd öffnete bereitwillig ihr Kammerfenster, wenn es in der Nacht daran klopfte. Was hatte sie denn auch sonst für Vergnügen zu erwarten in ihrem Leben?

Allerdings musste sie immer damit rechnen, dass der Bauer das heimliche Treiben bemerkte, noch bevor sie ihr Fenster aufgemacht hatte, seinen Schädel zum Fenster herausstreckte und in die Nacht hineinschrie: »Gehst du gleich von der Leiter, du Saukerl, sonst schieß ich dich runter!«

Und so blieb dann halt die Magd in ihrem Bett, machte den Fensterriegel nicht auf und weinte lieber die Kissen nass vor Kummer, weil ihr gar keine Freude vergönnt war. Am nächsten Morgen musste sie sich dann noch eine Moralpredigt anhören oder, noch schlimmer, der Bauer raunte ihr mit gesenkter Stimme zu: »Wenn du schon was zu verschenken hast, dann wäre schon ich zuerst dran.«

So mancher Bauer fand nichts dabei, sich selbst das zu nehmen, was er jedem anderen verweigert hätte, wenn eine seiner Mägde ein ansehnliches Frauenzimmer war. Da zählten dann Sitte und Anstand nicht mehr viel.

Am zwanzigsten Januar war ich elf Jahre alt geworden, war also jetzt im zwölften Lebensjahr und ging in die sechste Volksschulklasse.

Noch ein Jahr, dann würde ich aus der Schule kommen. Wie würde mein weiteres Leben dann aussehen? Allen Zukunftsträumereien zum Trotz war mir eine Zukunft als Bauernmagd bereits vorgezeichnet. Schon jetzt hätte man mich als ständige Kraft in Küche und Haus gebrauchen können. Die Bäuerin sah in letzter Zeit immer müde und blass aus, und wenn sie sich bücken musste, seufzte sie schwer. Auch schienen ihr plötzlich die Röcke vorne zu kurz zu werden. Was das bedeutete, das wusste ich schon, und selbst wenn ich es nicht bemerkt hätte, was mit der Bäuerin los war, so hätte ich es den Gesprächen entnehmen können, die ungeniert in meiner Gegenwart geführt wurden: Die Bäuerin würde ein Kind bekommen.

Eines Abends, als wir auf der Hausbank saßen und ich gerade an Strümpfen herumstopfte, die dem Michael gehörten, sagte der Bauer in meiner Gegenwart zu ihr: »Hoffentlich geht's diesmal ohne Doktor ab.«

»Warum, Sepp? Ist ja bisher auch mit der Hebamme gegangen.«

»Diesmal bist du aber sieben Jahre älter.«

»Neununddreißig bin ich halt. Die Kapfhamerin hat mit zweiundvierzig noch eins gehabt. Und die Hofelderdirn war gar schon sechsundvierzig«, erwiderte sie.

Der Bauer schnaubte verächtlich. »Die hat's ja notwendig, in so einem Alter noch ein Kind daherbringen und keinen Vater haben. Grad wie die unsere.«

»Nichts Gewisses weiß man nicht«, sagte die Bäuerin bedeutungsvoll.

»Meinst du?«

»Möglich war's schon. Der Hochfeiner ist noch voller Kraft und Saft, und die Bäuerin kränkelt dauernd. Aber das braucht uns ja nicht bekümmern. Die Hauptsache ist, dass es mit mir wieder so weit ist. Ich hab mich schon vor unserem Herrn Pfarrer geniert, weil es ja seit dem Michael doch schon sieben Jahre her ist.«

»Wegen dem Pfarrer brauchen wir uns doch nicht zu genieren«, sagte der Bauer.

»Ich schon. Umsonst redet er nicht in seiner Predigt manchmal davon, dass die Frauen nach Altötting fahren sollen um einen Kindersegen. Ich aber hab mir gesagt, solch eine göttliche Hilfe könnte man in Birkenstein auch erbeten. Und prompt – wann war ich denn gleich in Birkenstein? Ich glaub vor Ostern noch.«

»Das weiß ich nicht mehr.«

»Doch, doch, die Woche vor Ostern war es, weil es in Birkenstein noch ein bisschen Schnee gehabt hat. – Dir wär ein Bub lieber, gell, Sepp?«

»Mir ist das gleich. Wenn's nur gesund ist. Nicht dass es uns so geht wie dem Gschnitzler. Das letzte Kind bei denen ist ein Depperl.«

Heute würde man sich genieren, ein Kind mit einer geistigen Behinderung als »Depperl« zu bezeichnen. Damals dachte man sich aber nichts dabei. Für eine Bauernfamilie, die sich ja auch deshalb viele Kinder wünschte, um möglichst viele Hände zum Anpacken auf dem Hof zu haben und damit den Lohn für den einen oder anderen Knecht, die eine oder andere Magd zu sparen, war so etwas natürlich ein großes Unglück.

Ich dachte mir bei diesem Gespräch nur, dass das Kind jedenfalls kein Bankert wie ich sein würde.

Die Liesl kam zu den Sommerferien aus der Schule. Eigentlich wäre sie schon ein Jahr zuvor fertig gewesen, aber das letzte Jahr war sie sitzen geblieben und hatte die Klasse wiederholen müssen. Das hatte den Bauern so gekränkt, dass der Lehrer seither nur noch die Milch bekommen hatte, aber keine Schweinshaxen mehr, wenn bei uns geschlachtet wurde.

Die Liesl sollte gleich nach dem Schulschluss aus dem Haus kommen zu einer Tante nach Traunstein. Diese Tante Berta hatte eine gut gehende Wirtschaft. Sie war Witwe und kinderlos, so dass die Liesl dort nicht nur das Kochen lernen, sondern auch einmal die Wirtschaft erben sollte. Aus diesem Grund hatte die Liesl der lieben Traunsteiner Tante immer schreiben müssen, zu Weihnachten, zu Neujahr, zu Ostern, zum Namenstag und zum Geburtstag. Einmal hatte die Liesl der lieben Tante sogar zu Maria Himmelfahrt eine Karte geschrieben: »Liebe Tante, ich wünsche dir eine gute Himmelfahrt.«

Warum hatte ich keine solche Tante? Aber dafür hatte ich ja in Amerika einen Vater mit großen Weizenfeldern, in denen silberne Ähren standen. Das mit den Ähren war mir schon so durcheinander gekommen, dass ich nicht mehr genau wusste, ob es silberne oder goldene Ähren waren. Wahrscheinlich goldene. Vielleicht schickte der Vater einmal so eine goldene Ähre oder zwei? Wenn ich einmal in die Stadt käme, würde ich dann mit einer solchen Ähre zu einem Juwelier gehen und ihn fragen, was die wert sei. Vielleicht bekäme ich dafür so viel Geld, dass wir uns ein kleines Häuschen kaufen könnten mit einer Kuh dazu oder ein paar Geißen. Dann wären wir Herrinnen auf eigenem Grund und hätten es nicht mehr nötig, Bauerndienst zu machen.

So träumte ich vor mich hin und malte mir das herrliche Leben aus, das meine Mutter und ich dann führen könnten.

3

Das Schuljahr ging zu Ende. Der Lehrer wusste, dass ich danach wieder zu meiner Mutter auf die Alm ziehen würde. Er gönnte mir diese Wochen der Freiheit und schenkte mir ein Buch, das Robinson hieß. Das sollte ich lesen, sagte er. Der Pfarrer gönnte es mir wahrscheinlich schon auch, doch er sagte sorgenvoll zu mir, dass er um mein Seelenheil fürchte, denn da oben gäbe es keine Kirche, keine Messe und kein Hochamt. Ich antwortete ihm, dass die Mutter gesagt habe, der Herrgott sei auch da oben überall zu spüren.

»Ja, ja«, sagte er. »Das sagt man oft so leicht dahin. Aber deine Mutter hat einmal da oben nicht an den Herrgott gedacht, sonst wärst du nicht da.«

Jeder schien zu meinen, es wäre besser, wenn es mich überhaupt nicht geben würde. Ich sagte nichts mehr, und meine Freude hatte einen kleinen Dämpfer bekommen. Doch was für einen Sinn hatte es, sich durch die kleinen Gemeinheiten der Menschen das verderben zu lassen, das einen wirklich froh machte?

Ja, ich freute mich unbändig auf das Almleben, auf die Mutter und überhaupt auf alles. Und dabei wäre beinahe alles ins Wasser gefallen. Die Bäuerin wollte mich nämlich nicht fortlassen. In ihrem Zustand brauche sie mich dringend im Haus, sagte sie. Ich war außer mir, weinte und schrie, aber das hätte mir alles nichts geholfen. Sie wollten vom Kleinhäusler Wirkl den ältesten Buben hinaufschicken auf die Alm, der einen kleinen Gehirnschaden hatte und dessen Eltern froh sein konnten, wenn ihm jemand eine Arbeit gab, wie gering die Entlohnung auch sein mochte.

Damals stieg meine Hochachtung vor der Mutter ins Unermessliche, denn als ihr der Bauer die Sache erklären wollte, hat sie ihn zuerst ruhig angehört und dann geantwortet: »Wenn mein Kind nicht raufkommt zu mir, dann schau dich nur auch gleich nach einer anderen Sennerin um.«

»Das ist Erpressung«, schrie die Bäuerin, als der Bauer ihr das berichtete, und ließ ihre ganze Wut an mir aus. Sie zog mich an den Haaren und schrie: »Das ist der Dank, wenn man so einen Bankert großfüttert. Du wirst einmal um kein Haar besser als deine Mutter.«

Mit nichts konnte man mich mehr treffen, als wenn man über meine Mutter schimpfte, noch dazu wenn sie nicht da war und sich nicht wehren konnte. Immerhin hatte ich die Genugtuung, dass die Hartauers gezwungen waren nachzugeben: Ich durfte auf die Alm zur Mutter. Die Bäuerin knüpfte nur noch die Bedingung daran: »Aber dass du mir nicht runterkommst und das Melken nicht richtig gelernt hast.«

An diesem Tag geschah noch etwas anderes, das auf mein weiteres Leben große Auswirkungen haben sollte. Seit dem Frühjahr war es nämlich so, dass der Malersfrau jeden Samstag dreißig Eier und zwei Pfund Butter in die Villa Lipold gebracht wurden. Die Bäuerin schimpfte zwar andauernd über das »faule Luder« von Malersfrau, die außerdem noch eine Drecksau sei, weil sie sich in einem sehr dürftigen Badeanzug in der Wiese hinterm Haus in die Sonne legte, genau da, wo die Leute vorbeigehen mussten. Aber den kleinen Zusatzverdienst ließ sie sich durch solche moralischen Bedenken dann dennoch nicht nehmen: Sie packte also jeden Samstag Eier und Butter ins Körbchen und schickte ihre Tochter damit in die Malervilla. An diesem Samstag aber war die Liesl mit ihrem Vater auf die Alm gefahren, weil sie sagte, wenn sie nächste Woche nach Traunstein müsse, dann wisse sie nicht, wann sie jemals wieder auf eine Alm kommen könne. So blieb der Bäuerin nichts anderes übrig, als mich zu schicken. Ich hatte gerade die Stube geschrubbt, als sie mich rief und mir genaue Anweisungen gab: »Wasch dich zuerst sauber und bring deine Haare ein bisschen in Ordnung. Die Füße wasch dir auch und dann, wenn du dort bist, klopf an und sag einen schönen Gruß, und da wären die Sachen.«

Ich tat also wie befohlen, kämmte mir die Haare und flocht Zöpfe, die mir weit über die Brust herabhingen. Dann machte ich mich auf den Weg.

Die Villa, die mit ihren zwei Türmchen nicht so recht in die Landschaft passen wollte, lag ein kleines Stück außerhalb des Dorfes auf einem Hügel. Von dem weißen Gemäuer war nicht viel zu sehen, weil das ganze Grundstück mit Bäumen und Büschen dicht bewachsen war. Nur hinter dem Haus war eine große Rasenfläche, in deren Mitte ein betoniertes Schwimmbassin lag, der Stein des Anstoßes also für meine Bäuerin, weil sich das »faule Luder« dort immer sonnte, wenn sie aus dem Wasser kam.

Ich brauchte nirgends anzuklopfen. Frau Marianne sonnte sich zwar nicht auf dem Rasen, aber sie saß in einem bequemen Korbstuhl im Garten und las in einer Illustrierten. Als sie das Gartentürchen scheppern hörte, senkte sie die Zeitschrift und sah zu mir her. Dann stand sie auf und kam auf mich zu. Sie ging nicht einfach wie andere Leute, nein, sie schwebte geradezu – mir kam es wenigstens so vor. Bekleidet war sie mit einem leichten geblümten Sommerkleid, an den Füßen trug sie Sandalen.

»Ja, wer kommt denn heute? Mein Liebling, grüß dich Gott«, sagte sie und lächelte mich freundlich an.

Ich wurde rot über das ganze Gesicht und starrte auf meine Zehen hinunter, die vom Staub der Straße schon wieder schmutzig waren. »Mein Liebling« hatte sie mich genannt. Das hatte noch nie jemand zu mir gesagt, überhaupt redete außer meiner Mutter kein Mensch mich mit Kosenamen an. Sicher war das bei feinen Leuten nur so eine Redensart armen Kindern gegenüber, überlegte ich mir.

»Komm mit herein«, sagte sie jetzt. »Magst du einen Kaffee?«

Ich hätte »Danke, nein« sagen sollen, aber ich war so eingeschüchtert von der faszinierenden Erscheinung dieser Frau, dass ich nur stumm den Kopf schüttelte. Da nahm sie mich bei der Hand und führte mich in ein großes, mit kostbaren Möbeln ausgestattetes Wohnzimmer, in dem mehrere Teppiche auf dem Boden ausgebreitet lagen. An den Wänden hingen große und kleine Gemälde, darunter auch ein paar, die offensichtlich Frau Marianne zeigten. Die Hartauerin hätte sicher der Schlag getroffen, wenn sie diese Bilder gesehen hätte, denn auf den meisten hatte sie wenig und auf einem oben herum sogar gar nichts an.

Ich war ganz benommen von all der Vornehmheit und dem Reichtum hier. Eine Türe stand weit offen, und ich sah in der Ecke ein zierliches Tischchen mit einem Spiegel darüber. Auf dem kleinen Tisch standen Fläschchen und Dosen und daneben an der Wand ein großes Bett mit einem Baldachin darüber. Ich musste unwillkürlich an meinen »Sarg« in der feuchten Magdkammer denken.

»Also keinen Kaffee«, sagte Frau Marianne. »Dann aber einen Orangensaft. Setz dich doch, Liebes.« Sie gab mir einen kleinen Schubs, und ich fiel förmlich in einen der großen Sessel und sank so tief hinein, dass meine nackten Beine in der Luft baumelten. Darüber musste die junge Frau hellauf und herzlich lachen. Es klang, als ob eine Handvoll Perlen in eine Silberschale fielen. Dann reichte sie mir ein Glas Orangensaft und setzte sich ganz nahe neben mich in einen zweiten Sessel.

»So, und nun sag mir einmal schön, wie du heißt. Aber trink nur zuerst, Schätzchen.«

Liebling, Schätzchen! Ich war ganz verwirrt. Noch nie hatte mich jemand so genannt. »Susanne heiße ich«, brachte ich schließlich heraus.

Sie ließ sich meinen Namen Silbe für Silbe förmlich auf der Zunge zergehen. »Su – san – ne«, sagte sie. »So – nun erzähl mir ein bisschen was aus deinem Leben. Weißt du überhaupt, dass du sehr schön bist?«

Diese Frau stürzte mich von einer Verwirrung in die andere. Ich wusste überhaupt nicht mehr, was ich sagen sollte. In meiner Verlegenheit starrte ich in das Glas mit Saft, das ich krampfhaft festgehalten hatte, und probierte nun endlich davon. Es war das erste Mal in meinem Leben, dass ich Orangensaft trank, doch ich hätte hinterher nicht mehr sagen können, wie er geschmeckt hatte, so sehr brachte das, was die Malerfrau sagte, mich durcheinander. Sie schien das entweder nicht zu bemerken, oder es war ihr egal, denn sie fuhr fort: »Ich meine, wenn einmal alles bei dir zur Vollendung ausgereift ist ... Die Anlagen sind da, das blonde Haar, die blauen Augen, der Ansatz der kleinen Brüste, es ist etwas Klassisches in deinem Profil. Mein Mann wird dich unbedingt einmal malen wollen.«

»Ich muss jetzt gehen«, sagte ich, noch viel verlegener als zuvor, und versuchte, aus meiner Versenkung herauszukommen.

»Bleib doch noch ein bisschen«, schmeichelte Frau Marianne.

»Nein, ich muss heim. Die Bäuerin schimpft sonst wieder.«

»Ja, ich hab es schon beobachtet. Man nützt dich dort schamlos aus. Aber wenn die Ferien jetzt losgehen, dann komm doch öfter zu mir. Wir können baden, wir können in der Sonne liegen, und du kannst mir alles aus deinem Leben erzählen.«

»Wenn ich Ferien habe, dann geh ich gleich zu meiner Mutter auf die Alm hinauf.«

»Ach so, auf die Alm. Du, da besuch ich dich einmal. Und bis dahin – warte, ich gebe dir ein paar Bücher mit. Die kannst du dann auf der Alm lesen. Lesen bildet nämlich, Susanne.«

Ich stand nun auf und griff nach dem Korb. Aber sie musste mir ja noch das Geld für Eier und Butter geben, bevor ich gehen konnte. Sie gab mir um fünfzig Pfennig mehr und sagte, diese fünfzig Pfennig gehörten mir. Außerdem legte sie mir noch zwei Bücher in das Körbchen. Das eine hieß »Frühlingstraum« und das andere »Nofretete«.

Dann begleitete sie mich bis zum Gartentor. Dort legte sie ihren Arm um meinen Hals, drückte meinen Kopf an ihre Brust und flüsterte: »Leb wohl, Kleines. Und – vergiss mich nicht.«

Wie hätte ich sie auch vergessen können? Eine Frau, die so lieb und so gut zu mir gewesen war. Ich war ganz durcheinander und tief beeindruckt von allem. Das war also die Welt, in der reiche Leute lebten. Was mich jedoch am meisten verwirrte und zugleich auch stolz machte, das waren die Worte der Frau Marianne, die in mir noch lange nachklangen: »Weißt du überhaupt, dass du sehr schön bist?« Das hat mir bisher noch niemand gesagt.

Als ich heimkam, schlug mir die Bäuerin einmal auf die rechte Backe und dann auch noch auf die linke. Sie sagte kein Wort dabei, aber ich wusste schon, warum. Weil ich für ihre Begriffe viel zu spät heimgekommen war. Aber das machte mir nichts aus nach dem herrlichen Erlebnis in der Malervilla und der Freude darüber, nun endlich zu meiner Mutter auf die Alm zu dürfen.

Ich erzählte der Mutter nichts davon, dass mich die Bäuerin geschlagen hatte, weil ich wusste, dass sie dann mitleiden würde, so als habe sie selber die Schläge erhalten. Aber ich erzählte ihr viel von der Frau Marianne, von ihrem Reichtum und von der schönen Villa. Ich kam dabei unwillkürlich ins Schwärmen.

Die Mutter hörte sich das lächelnd an und sagte dann: »Ach weißt du, das sind Welten, die unsereinem für immer verschlossen bleiben. Wir dürfen nur davon träumen.«

Ganz unvermittelt fragte ich: »Ist es wahr, Mutter – die Frau Marianne hat es gesagt –, dass ich schön bin?«

Daraufhin schaute mich meine Mutter eine ganze Weile schweigend an. In ihren Augen war es wie Sonnenleuchten, ihr Mund wurde weich und zärtlich. »Für mich bist du auf jeden Fall die Schönste, denn – du bist wie er.«

Man hatte wahrscheinlich auch der Mutter ins Gewissen geredet, dass ich in diesem Sommer unbedingt das Melken erlernen müsse. Zuerst war es nur eine Kuh, dann wurden es zwei, zum Schluss waren es drei. Das reiche nun, sagte die Mutter und fügte scherzhaft hinzu: »Du nimmst mir ja sonst meine ganze Arbeit weg.«

Am Anfang taten mir die Hände fürchterlich weh. Aber nach einer Woche legte sich das, und es kam mir alles wie ein Spiel vor. Es stärkte mein Selbstbewusstsein, und ich war froh, dass ich gebraucht wurde und der Mutter helfen konnte. Wenn Wanderer vorbeikamen, durfte ich sie bewirten, und es flog so manches kleine Trinkgeld in meinen Kittelsack.

Es ließ sich nicht leugnen, dass eine kleine Veränderung in mir vorgegangen war, seit mir gesagt worden war, dass ich schön sei. Auch manche der Hüttenbesucher machten mir nun ähnliche Komplimente, und das gefiel mir. Wenn es welche nicht sagten, dann sah ich den Leuten nach und dachte mir: Die verstehen halt nicht, was schön ist. Ich ging dann in die Kammer hinein und schaute in den Spiegel. Es war immer das gleiche Gesicht, nur durch Sonne und Bergwind immer mehr gebräunt, aus dem sich die blauen Augen besonders abhoben. Ich war also ein kleines bisschen eitel geworden.

Jetzt kam ich endlich auch dazu, die Bücher, die mir Frau Marianne gegeben hatte, zu lesen. Der »Frühlingstraum«, eine Liebesgeschichte, verzauberte mich und ließ mich ahnen, was eine Frau um der Liebe willen an Opfern und Entsagungen zu tragen bereit war. Für die »Nofretete« war ich noch viel zu jung und unwissend, um das Buch verstehen zu können. Ägypten kannte ich nur von der biblischen Geschichte von Moses. Nein, das Büchlein sagte mir nichts, noch nichts. Vielleicht würde ich es später noch einmal in die Hand nehmen, wenn ich älter und klüger geworden war, und dann würde ich hoffentlich aus der Geschichte von König Echnaton und Königin Nofretete schlau werden.

Ganz konnte ich meine neuen Empfindungen doch nicht für mich behalten. Das Buch »Frühlingstraum«

hatte mich tief aufgewühlt und nachdenklich gemacht. Und eines Abends, als wir nach Feierabend vor der Hütte saßen, vom Gold der sinkenden Sonne umflossen und dem Abendlied der Vögel lauschend, stellte ich meiner Mutter die Frage: »Sag einmal, Mutter, gibt es das wirklich?«

»Was soll es wirklich geben, Kind?«

»Ich meine, Mutter, so eine Liebe ohne Grenzen«, ergänzte ich

»Wie kommst du denn darauf?«

»Ich hab es in dem Buch gelesen.«

Meine Mutter lächelte nachsichtig. »So ein Dichter schreibt oft viel zusammen«, versicherte sie mir. »Das ist meist bloß Phantasie.«

Ich war furchtbar enttäuscht, es war, als stürzte eine Welt in mir zusammen. »Und ich hab gedacht, das gäbe es wirklich.«

»Hin und wieder vielleicht«, tröstete mich meine Mutter. »Alles kann ja nicht erdichtet sein.«

»Also doch. Aber dann wäre es ja fast zum Fürchten, wenn man liebt?«

Meine Mutter bekam einen träumerischen Glanz in die Augen. Sicher erinnerte sie sich daran, wie es gewesen war, meinen Vater zu lieben, dachte ich. »Zuerst fürchten wir uns schon, jeder fürchtet sich vielleicht, doch nachher ...«

»Was ist nachher, Mutter?«

»Das ist bei jedem anders. Man lebt vielleicht in Angst, dass dieses Glück zerbrechen könnte. Aber man darf die Hoffnung nie aufgeben. Auch in einen dunklen Schacht fällt das Licht, wenn die Sonne hoch am Himmel steht.«

»Aha, ein Licht«, sagte ich nachdenklich. »Und man sieht dann ein wogendes Weizenfeld mit einer silbernen Ähre drin.«

»Genau, mein Kind«, lachte die Mutter und legte ihren Arm um meinen Hals. »Ach, Herzerl, mein Leben wäre voller schwarzer Schatten, wenn ich dich nicht hätte. Du bist mein ›Gegrüßt seist du‹ am Morgen und mein ›Amen‹ am Abend. Und schau, Herzerl, wenn wir auch arm sind, wir haben doch das große Glück, auf dieser schönen Welt leben zu dürfen. Ich habe heute schon Angst vor der Zeit, wenn ich dich verlieren werde.«

»Aber du verlierst mich doch nicht, Mutter.«

»Oh, sag das nicht. Bald bist du kein Kind mehr. Magdkinder müssen schneller erwachsen sein als andere und werden schon in die Arbeit hineingeschubst, wenn sie eigentlich noch an Märchen glauben wollen.«

Ganz still war es inzwischen geworden. Nur das Wasser im Brunnen hörte man leise plätschern, und manchmal gurrte ein Vogel im Baum. Wie eine Blumenwiese sah der Sternenhimmel aus. Die Mutter sagte, dass man sich in so einer stillen Stunde, wenn einen die Sterne grüßen, Gott am nächsten fühle. Meine Mutter hatte oft so tiefsinnige Gedanken.

Etwas Unverhofftes trat wenig später in die Beschaulichkeit unseres Almsommers, und wir waren nicht mehr allein. Am Samstag brachte nämlich der Bauer den kleinen Michael mit herauf, weil er den Keuchhusten hatte und der Doktor gesagt hatte, Höhenluft sei das einzig Heilsame für so ein Leiden. Dass dies für die Mutter eine zusätzliche Belastung sein könnte, auf den Gedanken kam der Bauer nicht. Er brachte allerdings einen Topf voll Honig mit. Mit heißer Milch sollten wir ihm den geben. Nach drei Tagen war die harte Husterei vorbei, aber der Bauer sollte nur nicht glauben, dass er den angebrochenen Honigtopf wieder mit hinunternehmen könnte. Ich habe nie mehr in meinem Leben so viel Honig gegessen wie in diesem Sommer.

Michael war übrigens keine Belastung. Er war so ein lieber kleiner Kerl, der dauernd hinter mir herlief. Wir lagen miteinander droben in den Almrosen, und er wollte immerzu von mir etwas erzählt haben. Ich wusste nicht viele Märchen und phantasierte mir deshalb welche zusammen. Nachts schlief er neben mir im Heu. Und wenn er in der drängenden Hitze da oben unterm Dach die wollene Decke abstreifte, dann deckte ich ihn wieder fürsorglich zu. Ich gewöhnte mich so an ihn, dass ich mir gar nicht mehr vorstellen konnte, in der nächsten Woche wieder allein zu sein. Darum sagte ich ihm, dass er, wenn am Samstag sein Vater wieder heraufkäme, immerzu fest husten solle, dann dürfe er wahrscheinlich noch eine Woche länger heroben bleiben.

Michael hustete dann auch wirklich immer so rau und nachdrücklich, dass sein Vater sorgenvoll jammerte: »Ja, wird das denn gar nicht besser?«

Michael hustete ganze drei Wochen Aufenthalt auf der Alm heraus, dann musste er wieder hinunter. Beim Abschied weinte er bitterlich und hängte sich an meinen Hals, sodass sein Vater mürrisch sagte: »Hö, hö, wie haben wir's denn? Na ja, der Bub versteht's halt noch nicht, wer du bist und wo du herstammst.«

Meine Mutter wurde rot im Gesicht vor Zorn und Empörung. Ich hatte sie noch nie so gesehen und auch noch nie so schreien hören: »Ich weiß es ganz gut, wo sie herstammt. Und ich weiß auch, für was du uns anschaust. Aber zu euch steh ich mich noch lang nicht hin, was Charakter anlangt.«

»Hö, hö, wie hätten wir's denn? Reiß dein Maul nicht gar so weit auf, sonst sagen wir uns zu Lichtmess adieu.«

Ja, damit konnte man freilich jedes Widerwort im Keim ersticken. Die Mutter sagte nichts mehr, aber sie zitterte immer noch vor Wut, als das Fuhrwerk schon weggefahren und im Wald verschwunden war. Sie hob den Schürzenzipfel und wischte sich die nass gewordenen Augen. »Ja, ja«, seufzte sie. »Da siehst du es wieder, was wir sind. Einfach der letzte Dreck.«

Solche Situationen waren schmerzhaft. Aber bald hatte meine Mutter die Kränkung schon wieder überwunden und fand wieder ihr fröhliches Lachen. Was kümmerte uns der Bauer, solange wir auf der Alm unsere Ruhe vor ihm hatten.

An diesem Nachmittag kam eine lustige Gesellschaft auf die Hütte zu, drei Burschen und drei Mädchen. Sie waren auf dem Breitenstein gewesen, sagten sie, und sie hatten Hunger und Durst. Eins der Mädchen hatte eine Gitarre dabei, und sie sangen Lieder vom Edelweiß und vom Almenrausch und von einem Jäger, dem ein schwarzbraunes Mädl über den Berg hinauf entgegensingt: »Und wenn du moanst, ja dass i schlaf, dann wirfst a Stoandl auf mei Dach.«

Sie sagten zwar nicht, dass ich ein schönes Mädchen sei, aber sie sagten immerhin, dass ich ein liebes Mädchen sei. Als mir allerdings einer der Burschen mit flacher Hand dorthin klopfte, wo das Rückgrat zu Ende geht, da schlug ihn meine Mutter so hart auf seine Hand, dass er laut aufschrie.

Um diese Zeit kamen fast jeden Tag Bergwanderer vorbei. Auch die Jäger kehrten manchmal bei uns ein, schnitten ihr mitgebrachtes Selchfleisch in kleine Stücke und baten die Mutter, diese mit einem Brocken Butter in der Pfanne heiß zu machen und ein Ei darüberzuschlagen.

Ja, so manche Leute kamen. Nur eine kam lange Zeit nicht. Frau Marianne hatte es zwar versprochen, aber ich vermutete, dass sie das längst wieder vergessen hatte. Eines Vormittags kam sie dann aber doch noch, in einem luftigen Dirndlkleid und flachen Schuhen. In den kleinen Rucksack hatte sie einen Kuchen verpackt, eine Büchse mit Kaffee, ein bunt gemustertes Kopftuch für meine Mutter und für mich ein ledergebundenes Album.

Warum konnte ich nie anders vor dieser Frau stehen als barfuß und mit dreckigen Zehen? Schnell lief ich zum Brunnen und hielt die Beine unter den kalten Wasserstrahl. Dann erst ging ich zu ihr hin, gab ich ihr die Hand und begrüßte sie. Aber sie schloss mich sogleich in ihre Arme und drückte ihr Gesicht an das meine.

»Ach, Susanne, schon lange wollte ich rauf zu dir. Aber wir hatten dauernd Besuch. Jetzt hat es endlich geklappt.« Sie hielt mich an den Achseln ein wenig von sich weg. »Wie bist du braun geworden, und gewachsen bist du auch, oder kommt mir das bloß so vor?«

»Ja, sie schießt in die Höhe«, sagte meine Mutter, die hinzugekommen war und recht verlegen dastand, als Frau Marianne ihr die Hand reichte.

»Ich weiß nicht, ob Susanne es Ihnen gesagt hat, dass wir uns angefreundet haben.«

»Ja, sie hat mir schon was erzählt«, erinnerte sich meine Mutter und fügte gleich hinzu: »Aber zu mir brauchen Sie doch nicht Sie sagen. Ich bin doch bloß die Sennerin da heroben.«

»Was heißt bloß? Sie stehen vielleicht mit festeren Beinen im Leben als ich.«

Es wurde ein wunderschöner Tag. Die Mutter kochte zu Mittag einen besonders guten Schmarrn, und die Kaffeestunde wurde zu einer beinahe festlichen Angelegenheit. So starker Bohnenkaffee war für mich und die Mutter eigentlich etwas Fremdes. Dazwischen erzählte Marianne aus ihrem Leben, von ihrer schönen Kindheit und wie sie zum ersten Mal verliebt gewesen war.

Bevor sie dann am späten Nachmittag, als Mutter und ich melken mussten, wieder ging, überreichte sie mir noch das Album.

»Eigentlich ist es ein Tagebuch«, sagte sie. »Du solltest jeden Tag hineinschreiben, was du erlebst, was dich traurig oder glücklich macht, wenn du weinst und wenn du liebst.«

Gleich auf die erste Seite hatte sie selber noch einen Spruch hineingeschrieben und drängte mich, dass ich ihn gleich las. Er hieß:

Das sind die Starken im Leben,
die unter Tränen lachen
trotz eignen Herzeleids
die andern fröhlich machen.
Deine Marianne Lipold,
die Du nie vergessen mögest.

»Der Spruch ist nicht von mir«, erklärte sie. »Nicht dass du glaubst, ich könne dichten. Aber du sollst ihn immer beherzigen und manchmal an mich denken.«

Zum Abschied drückte sie mich wieder an ihren Busen und flüsterte: »Ich hab dich sehr lieb, Susanne.« Meiner Mutter gab sie wieder die Hand und sagte zu ihr, dass sie sehr stolz auf mich sein könne.

Immer wieder drehte sie sich um und winkte mit der Hand zurück, bis sie in der Tannenschonung verschwand. Meine Mutter sagte: »Ein bisschen spinnt die Frau schon. Aber die reichen Leute haben alle einen kleinen Spleen.«

Ich wunderte mich, dass mir das, was sie sagte, doch ein bisschen wehtat. Wenn diese Frau mich sehr lieb hatte, deswegen brauchte sie doch nicht zu spinnen. Aber meine Mutter hatte manchmal ihre eigenen Ansichten, und sie sagte die Dinge so, wie sie sich's dachte.

Ich drängte sie an diesem Abend noch, dass sie mir auch etwas in das Album hineinschreibe. Sie dachte lange nach, nahm den Bleistift in den Mund und schaute zur Decke hinauf, ob vielleicht da oben etwas stünde, was sie abschreiben könnte. Endlich nickte sie und setzte den Bleistift an.

Wenn Du einmal fortmusst,
dann bleib,
denn die Heimat
ist der zweite Mutterleib.
Deine dich liebende Mutter.

Ich verstand den Spruch genausowenig wie den der Frau Marianne. Ich war halt doch noch zu sehr Kind. Darum verstand ich ja auch die Nofretete noch nicht.

Diesmal gab es keine Verlängerung meiner Ferien, der Lehrer Tischlinger hatte wohl keine Lust mehr, ein Auge zuzudrücken, seitdem man ihm keine Schweinshaxen mehr spendierte. Oder er war überhaupt nicht gefragt worden, denn auch der Bauer drängte diesmal darauf, dass ich heimkam. Die Bäuerin war inzwischen hochschwanger und musste sich auf Anraten des Arztes sehr schonen. Betrübt packte ich also meine Sachen in den kleinen Rucksack, denn ich wusste, dass mich da unten wieder ein traurigeres Leben erwartete.

Am letzten Abend saß ich mit der Mutter noch lange unter der alten Petroleumlampe zusammen.

Draußen regnete es, der Regen rauschte um die Hütte, und der Wind rüttelte an den Fensterläden. Die Mutter hatte mich ganz nah zu sich herangezogen. »Heute Nacht schläfst du bei mir im Bett«, sagte sie, »denn jetzt bin ich dann ja ganz allein.«

»Ja, Mutter.«

»Du bist mir das Liebste und Kostbarste auf der Welt, in der es oft so ungerecht zugeht, Herzerl. Daran sollst du immer denken.« Sie drückte mich noch enger an sich und strich mir mit der Hand übers Haar. Immer und immer wieder. Dann redete sie wieder, und in ihren Worten klang die unerschütterliche Hoffnung mit, die auch die langen Jahre nicht hatten auslöschen können. »Wenn du gerade einmal Zeit hast, Herzerl, dann geh zur Post und frag, ob nicht ein Brief da ist für mich. Oder ein kleines Päckchen mit einer silbernen Ähre.«

»Ja, Mutter.«

»Oder vielleicht kommt er selber einmal, dein Vater, und bringt dann einen ganzen Koffer voll silberner Ähren mit.« Sie lachte fröhlich auf. »Was meinst du, was wir dann alle drei für ein schönes Leben haben. Dann werde ich den Hartauer fragen, was sein Hof kostet.«

»Ja, Mutter«, spann ich den Faden weiter. »Meinst du, dass er ihn hergibt?« Ich stellte mir vor, was für ein Gesicht der Bauer wohl machen würde, wenn meine Mutter ihm sagte, sie wolle ihm den Hof abkaufen.

Sie zuckte die Achseln. »Es muss ja nicht der Hartauerhof sein. Gibt andere auch genug.«

Der kleine Vogel der Kuckucksuhr stieß sein Türchen wieder auf und rief elfmal.

»Was? So spät schon? Jetzt gehen wir aber gleich ins Bett.«

Ganz eng kuschelte ich mich an sie heran, und so schliefen wir auch ein. Als sich morgens das erste Grau durch das kleine Fenster stahl, schlich sich die Mutter ganz leise hinaus, um mich nicht aufzuwecken. Sie wollte mich dieses eine Mal ausschlafen lassen und molk deshalb meine drei Kühe mit.

Es regnete, als ich mit dem Bauern wegfuhr. Die Mutter stand vor der Hütte im strömenden Regen, und ich sah gerade noch, wie sie die Schürze hob und an die Augen drückte.

Es war schon die Wahrheit, die Bäuerin brauchte mich wirklich dringend. Kannte ich doch jeden Handgriff im Haus und wusste auch um ihre Launen, die durch ihren Zustand noch heftiger waren als sonst, sodass sogar der Bauer einmal sagte: »Geh, scheuch sie doch nicht gar so herum. Die weiß ja schon bald nicht mehr, was sie tun soll, weil sie dir gar nichts recht machen kann.«

Abends war ich oft so müde, dass ich nur noch ins Bett fiel und sofort einschlief, ohne noch über die Dinge nachzudenken, die mich tagsüber beschäftigt hatten. Warum war die Bäuerin zum Beispiel nur so launisch und verdrossen, jetzt, wo sie ein Kind bekam? Ich erinnerte mich an einen Satz aus dem Buch »Frühlingstraum«, und suchte nach ihm. Da stand es: »Die Mutterschaft ist ein Gottesgeschenk, und man soll sich von Herzen darüber freuen.«

Ob meine Mutter, als sie mich unter ihrem Herzen getragen hatte, auch so schlechter Laune gewesen war? Wohl kaum, denn sonst wäre ich ja kein so fröhliches Kind geworden, und das, obwohl wir so arm waren.

Was mich am meisten kränkte, war, dass sie mich nie mehr mit Butter und Eiern zur Frau Marianne schickte. Das musste jetzt der Michael auf sich nehmen, obwohl er einmal den Korb hatte fallen lassen und sich dann das Eigelb mit dem Straßenstaub vermischt hat. Er wurde dafür aber nicht geschimpft oder gar geschlagen. Die Bäuerin sagte nur: »Aber Michael, da musst du doch aufpassen.«

Die Frau Marianne gab dem Michael auch kein Trinkgeld, aber sie fragte ihn immer nach mir, und einmal schickte sie eine Tafel Schokolade für mich mit. Die aßen wir dann zusammen, der Michael und ich.

Die Schule fing wieder an. Ein Jahr noch, dann hatte ich sie hinter mir und war frei von allem Zwang. Aber war die Fron der Arbeit, die dann auf mich wartete, nicht ein noch viel härterer Zwang? In der Schule konnte man still dasitzen, dem Lehrer zuhören oder zum Fenster hinausschauen, wie die Früchte an den Bäumen reiften, wie die Äpfel immer größer und runder wurden.

Der Herbst kam, und das Laub schillerte schon in den prächtigsten Farben. Die Zugvögel sammelten sich für ihren großen Flug in den Süden, und über die leeren Felder wehte der Wind, so warm noch, dass man meinen konnte, es wäre ein Sommerlüftchen. Allein die Abende fielen schon früher ins Land, und in der Frühe hing der Nebel oft noch bis weit in den Vormittag hinein schwer über Land und Leuten. Aber wenn er sich dann hob und langsam auflöste, dann wurden der Blick auf die Berge frei, und sie schimmerten in einer so lichten Bläue, wie sie sich nur selten einmal im Sommer zeigten.

Wir brachten die Kartoffeln herein, die letzte Ackerfrucht des Jahres. Am Abend brannten dann die Feuer des Kartoffelkrauts auf den leeren Feldern, und man sah die erlöschenden Gluten noch auf den dunklen Feldern, wenn die Nacht hereinbrach.

Wenn ich von der Schule heimkam, musste ich gleich noch auf den Kartoffelacker, und manchmal stand ich wie verloren da und schaute hinauf zu den Bergen in die Richtung der Alm, wo ich die Mutter wusste. Ich hatte Sehnsucht nach ihr, meine Seele war in dieser Zeit überhaupt von Sehnsüchten erfüllt, von denen die meisten nicht so einfach zu beschreiben waren wie die nach der Mutter. Vielleicht lag es an den Büchern, die ich gelesen hatte, die wohl noch nicht das richtige für ein Mädchen in meinem Alter gewesen waren. Ohne dass es mir bewusst geworden war, hatte sich mir dadurch eine neue Welt erschlossen.

4

Mitte September, eine Woche bevor die Mutter mit den Tieren von der Alm heimkommen sollte, schlug das Wetter um. Schwere Nebelwände verhüllten Berg und Tal. Manchmal war der Nebel so dick, dass man vom Hof kaum bis zur Straße hinaussah. Eine richtige Milchsuppe, sagten die Leute.

Um diese Zeit, genauer gesagt am 16. September, geschah das furchtbare Unglück: Ein Kälbchen hatte sich im Nebel verirrt, und die Mutter wollte es wahrscheinlich suchen. Dabei musste sie ausgerutscht oder gestolpert sein. So wurde der Unglücksfall nachträglich rekonstruiert.

Sie war gar nicht tief abgestürzt, drei Meter nur, aber sie war mit der Stirn so unglücklich auf einen kantigen Felsstein gefallen und lag hilflos in der Spalte, von Nebeln eingehüllt, sodass sie dort verblutete. Sie musste eine ganze Nacht und einen ganzen Tag so gelegen haben, und erst das Vieh, das vor Schmerzen brüllte, weil es nicht mehr gemolken wurde, machte die Leute auf den umliegenden Almhütten darauf aufmerksam, dass etwas nicht stimmte. Holzknechte fanden die Mutter schließlich tot in der Felsspalte, flochten eine Bahre aus grünen Ästen und brachten die Mutter zum Hof herunter.

Ich war wie erstarrt vor Schmerz, und die Hartauers waren genauso erschüttert. Zum ersten Mal sah ich die Bäuerin weinen, und der Bauer ging mit versteinertem Gesicht herum und sagte ganz laut, dass es alle hören konnten, die sich da in der Stube versammelt hatten: »So eine wie die Marie kriegen wir nie wieder.«

Erst später, als der erste schlimme Schmerz vorbei war, fiel mir das überhaupt auf, und es war dann doch ein bisschen tröstlich für mich, dass wenigstens im Nachhinein meine Mutter von dem Bauern und der Bäuerin die Anerkennung bekommen hatte, die sie schon zu Lebzeiten mehr als verdient gehabt hätte. Zunächst freilich war es mir kein Trost. Ich war außer mir vor Kummer und Schmerz. Zuerst hatte ich geschrien und geweint, dann saß ich ganz still vor dem Bett, auf das man die Mutter gelegt hatte, bis der Sarg kam, ein einfacher Sarg aus Fichtenbrettern.

Man tat der toten Magd alles, was man in ihrem Leben manchmal vergessen hatte. Die Bäuerin schob ihr ein Kissen mit weichen Daunenfedern unter den Kopf und zündete zwei Kerzen an. Die Totenfrau kam, wusch der Mutter das Gesicht und kämmte ihr die Haare ein bisschen in die Stirne, damit man die klaffende Wunde nicht mehr sah. Aus den Nachbarhöfen kamen Leute, spritzten Weihwasser über die Mutter hin und falteten die Hände.

»Die Marie«, sagten sie, und es klang wirkliches Mitleid aus ihren Stimmen. Wenn sie auch bloß eine Magd gewesen war, sie hat doch zur Gemeinschaft des Dorfes gehört.

Spät am Abend war dann die ganze Stube voller Menschen, und es wurde ein Rosenkranz gebetet. Der Sarg stand im Flur auf dem roten Ziegelpflaster. Auf zwei hohen Schrägen stand er, sodass ich mich ein wenig strecken musste, wenn ich ihrem Gesicht nahe kommen wollte. Sie lag so friedlich da, ein kleines Kreuzlein in den gefalteten Händen, mit einem sonderbaren Lächeln um die Mundwinkel, als sei sie froh, von aller Erdenmühsal erlöst zu sein. Die Augen hatte sie nicht ganz geschlossen, so als hielte sie aus dem schmalen Spalt heraus noch Ausschau nach ihrer silbernen Ähre.

Die Bäuerin meinte, dass ich diese Nacht in der Kammer schlafen solle, welche die Liesl innegehabt hatte. Sie meinte es gut, aber ich wollte bei der Mutter bleiben. Ich lehnte mich mit beiden Armen auf den Rand des Sarges und sah der Mutter unentwegt ins Gesicht. Dann nahm ich ein Geschirrtuch aus der Küche und wischte ihr das Gesicht ab, das ganz nass war von dem vielen über sie hingespritzten Weihwasser. Alles war still ringsum. Wenn ein Windhauch durch das offene Flurfenster hereinwehte, dann flackerten die Kerzen, dann huschten Schatten über das auch im Tod noch schöne Muttergesicht. Wenn sie nicht so viel Blut verloren hätte, dann hätte sie vielleicht ihre roten Wangen noch gehabt.

Es war eine merkwürdige Stille im ganzen Haus. Alles ruhte. Auch meine geliebte Mutter ruhte sich nun aus.

Vielleicht hatten ich und auch die Mutter uns im Irrtum befunden, wenn wir der Meinung waren, wir seien für die Leute im Dorf nur der letzte Dreck. Als man die Mutter drei Tage später zu Grabe trug, folgten dem Sarg unglaublich viele Menschen. Aus jedem Hof war jemand dabei. Und sie alle beteten auf dem Weg zum Grab mit der gleichen Andacht, als gingen sie hinter dem Sarg eines der Reichen im Dorf.

Die Hartauers hatten für ihre Magd einen schönen Kranz binden lassen aus lauter Latschen und den Bergkräutern, welche die Flora um diese Jahreszeit noch zu bieten hatte.

Die Nachbarschaft sammelte ebenfalls für einen Kranz. Ich selber trug nur ein Sträußchen Zwergastern in meinen Händen.

Als sie den Sarg hinuntersenkten, war auf einmal der kleine Michael neben mir und fasste nach meiner Hand. Ich drückte sie stumm, weinen konnte ich schon längst nicht mehr. Ich schaute starr über alles hin, und es blieb mir danach nur die Erinnerung, dass ich auch unseren früheren Oberknecht, den Ferdinand, an der Friedhofsmauer stehen gesehen hatte. Nicht weit von ihm stand Frau Marianne, ganz in Schwarz gekleidet und überirdisch schön. Der Herr Pfarrer – und dafür wollte ich ihm immer dankbar bleiben – sprach von meiner Mutter fast wie von einer Heiligen, so als nähme Gott niemanden lieber in seinen Himmel hinauf als eine Magd wie sie. Nie zuvor hatte jemand so gute, freundliche Worte für sie gefunden. Er fand auch noch die Zeit, mich zu trösten, und ermahnte mich, dass ich meiner Mutter nacheifern solle, die doch ein leuchtendes Vorbild gewesen sei an Treue und Pflichterfüllung und dem Hof gedient habe, als sei er ihr eigener gewesen.

Leichenschmaus gab es allerdings keinen, doch das nahm ich meinem Bauern gar nicht übel, denn er hatte ja schon den Sarg bezahlt und auch dafür Sorge getragen, dass meine Mutter nicht hinten in dem schattigen Eck zu ruhen kam, wo die Armen sonst alle lagen, und dazu Selbstmörder oder Fremde, die irgendwann einmal in den Bergen verunglückt waren. Nein, meine Mutter hatte ein Grab an der Westseite der Friedhofsmauer bekommen, sodass die Sonne beim Aufgehen und bis weit über die Mittagstunde hinaus auf ihren Grabhügel schien.

Meine Mutter hinterließ – man höre und staune – ein Sparkassenbüchlein der Raiffeisenkasse mit einem Guthaben von fünfhundertsechsunddreißig Mark und achtzehn Pfennigen. Das war mehr Geld, als ich mir überhaupt vorstellen konnte. Der Hartauer sagte, dass er das Geld auf dem Sparkassenbuch liegen lassen werde und dass ich es erst abheben könne, wenn ich älter wäre, dann würde ich die Zinsen noch dazubekommen. Auch könne ich meinen Lohn dazulegen, denn wenn ich im nächsten Jahr aus der Schule käme, würde er mir Lohn bezahlen, zwei Mark in der Woche.

Außerdem erbte ich von meiner Mutter den eintürigen Schrank mit dem flammenden Herzen Jesu an der Tür, die hölzerne Truhe und das verschnürte Paket mit dem Abschraubstutzen. Nein, es war wirklich nicht viel, aber ich wollte alles in Ehren halten und mich nie davon trennen.

Hinter unserem Hof lag seit alters her schon ein graubemooster Findelstein, etwa eineinhalb Meter hoch, unten einen Meter breit und nach oben hin sich verjüngend. Der Bauer maß mit dem Meterstab nach und sagte mir: »Wenn du am Sonntagnachmittag Zeit hast – jawohl, am Sonntagnachmittag musste es sein! –, dann kratz mit einer Wurzelbürste oder einem Pferdestriegel das Moos vom Stein ab. Mit einer Seifenlauge wäschst du ihn blank, das wird ein schöner Grabstein für deine Mutter.«

»Der blanke Stein?«, fragte ich enttäuscht.

»Nein, vorne kommt dann noch eine schwarze Marmorplatte mit ihrem Namen drauf. Die Platte musst aber du bezahlen, ich habe sowieso schon soviel Auslagen gehabt. Übrigens, das mit dem Stein kann ruhig noch eine Weile warten. Die Erde auf dem Grab muss sich zuerst setzen, bevor man einen Grabstein draufsetzen kann.«

Schließlich gab es wegen mir dann noch eine Gemeinderatssitzung. Ich war ja jetzt Vollwaise, also brauchte ich einen Vormund. Der Bauer erzählte, als er aus der Sitzung heimkam, dass man ihn gefragt habe, ob er die Vormundschaft übernehmen wolle. Ja, natürlich, habe er gesagt, er wolle sich gerne meiner annehmen, ich sei ja schon seit meiner Geburt auf dem Hof.

Ich selber wurde gar nicht gefragt. Man ließ mich überhaupt mit meinem Elend allein, und so lief ich jeden Abend zum Friedhof hinauf und redete mit meiner Mutter, gerade so, als ob sie noch bei mir wäre.

Das Vieh kam von der Alm heim mit einer fremden, in aller Hast gedungenen Sennerin. Mit dem Almfuhrwerk brachte man auch den hölzernen Koffer mit herunter, in dem sich das verschnürte Paket befand. Das nahm ich sofort heraus und versteckte es unter dem Keilpolster meines Bettes. Die hölzerne Kiste aus Düsseldorf, die im Vorjahr noch mein Bett gewesen war, schaffte ich hinaus, denn ich hatte ja jetzt das Bett der Mutter.

Zu Kirchweih wurde eine Sau geschlachtet. Die Bäuerin selber stand dabei und zeigte dem Metzger an, welch großes Stück vom Rückgrat er für den Herrn Pfarrer herausschneiden solle. Das gab mindestens zwölf Koteletts ab. Sie wickelte es in ein Papier und schickte mich damit in den Pfarrhof.

Der Herr Pfarrer ging gerade im Garten auf und ab und las in seinem Brevier. Ich wollte eigentlich ins Haus hinein zur Köchin, aber er klappte sein Gebetbuch zusammen und kam auf mich zu. »Da schau her, die Susanne. Was bringst denn du Schönes?«

Ich machte einen Knicks und sagte: »Einen schönen Gruß von der Bäuerin, und da schickt sie ein Stück Fleisch.«

»So, so. Habt ihr also ein Schwein geschlachtet? Hoffentlich ist es nicht zu fett.«

»Es ist ein Stück vom Rückgrat, Herr Pfarrer.«

»Aha, vom Rückgrat. Na, dann komm einmal mit herein, kleine Susanne. Eigentlich kann man schon nicht mehr Kleine zu dir sagen. Du bist mächtig gewachsen diesen Sommer.«

Ich musste in seinem Studierzimmer auf dem Plüschsofa Platz nehmen. Er saß mir gegenüber und faltete die Hände über der Brust. »Nun, Susanne, erzähl mir einmal, wie es dir geht beim Hartauer.«

»Ganz gut, Herr Pfarrer.«

»Der Hartauer ist ja nun dein Vormund, und du musst ihm gehorchen, gerade so, als wenn er dein Vater wäre.«

»Nein.«

»Was nein?«

»Ich habe nie einem Vater gehorchen dürfen.«

»Ach so, ja. Da hat deine liebe Mutter – sonst eine brave, ehrenwerte Person – eben auch einen dunklen Punkt gehabt. Aber der liebe Gott hat ihr in seiner unendlichen Güte sicherlich verziehen. Sie ist ganz gewiss jetzt im Himmel und wird auf dich runterschaun.«

Das glaubte ich sowieso. Aber das von dem dunklen Punkt hätte er nicht sagen sollen. Jetzt bereute ich es, dass ich auf dem Herweg das lange Stück Rückgratfleisch nicht in der Mitte auseinandergerissen hatte, um die andere Hälfte ins Schulhaus zu bringen. Der Gedanke war mir kurz gekommen, als ich dort vorbeigelaufen war. Früher hatte ja auch der Lehrer immer etwas bekommen, wenn bei uns geschlachtet worden war. – Vielleicht dachte der Herr Pfarrer selber, dass er nicht ganz das Richtige zu einem trauernden Waisenkind über dessen Mutter gesagt hatte. Er griff jetzt nach hinten zum Fensterbrett, nahm eine mit Blumenmustern verzierte Blechdose herunter, öffnete den Deckel und nahm zwei Minzenkugeln heraus. Er reichte sie mir und sagte: »Das gehört dir fürs Fleischbringen.«

Er segnete mich, schob mich sanft an den Schultern zur Türe hinaus und sagte: »Sag deiner Bäuerin, ich lasse vielmals vergelt's Gott sagen. Ja, und noch was. Sag niemandem, dass du Fleisch ins Pfarrhaus gebracht hast. Der Hintermaier schlachtet nämlich auch, soviel ich weiß. Dem könnte es sonst einfallen, dass er mir keinen Schlegel herschickt. So, und nun mach's gut, mein Kind, und Gott segne dich.«

So hatte also auch der Herr Pfarrer seine kleinen Sorgen. Ob es wohl ein dunkler Punkt im Leben des Hintermaier war, dass er dem Pfarrer nur dann Fleisch schicken wollte, wenn niemand anders das tat?

Auch wenn es mir direkt nach dem Tod meiner Mutter unvorstellbar erschienen war, das Leben ging weiter, und mit jedem Tag, der verging, gewöhnte ich mich mehr an das Leben ohne meine Mutter, obwohl es noch lange wehtat, dass sie nicht mehr bei mir war.

Frau Marianne wartete eines Tages auf mich vor dem Schulhaus und sagte mir, dass sie Abschied nehmen wolle von mir, weil sie wie jedes Jahr den Winter mit ihrem Mann in der Stadt verbringen werde. Sie hatte auch wieder zwei Bücher dabei, die ich in meinen Schulranzen packte. Ich drückte mich in ihren Arm und bekam feuchte Augen, weil sie sagte, dass sie gerade auf dem Friedhof gewesen sei und meiner Mutter ein paar Blumen aufs Grab gelegt habe.

Ihr Mann, ein großer, breitschultriger, schon älterer Herr stand daneben und räusperte sich. Als mich Frau Marianne zum Abschied küsste, da schlang ich unwillkürlich meine beiden Arme um ihren Hals und küsste sie auch – zum ersten Mal. Ihr Mann räusperte sich wieder und murmelte in seinen grauen Vollbart hinein: »Marianne, sie ist doch noch ein Kind, ich glaube erst zwölf.«

Was das zu bedeuten hatte, wusste ich damals nicht. Mir tat es nur furchtbar Leid, dass ich Frau Marianne jetzt bis zum nächsten Frühjahr nicht mehr sehen sollte. Ich weiß nicht, wie lange wir noch Abschied genommen hätten, wenn nicht der Michael herbeigerannt wäre und mich am Kittel gefasst hätte.

»Komm, Sanni, gehen wir heim, sonst wird's Essen kalt und die Mutter schimpft.«

Als dann ein paar Wochen später in Miesbach wieder einer der großen Viehmärkte war, bettelte ich den Bauern so lange an, bis er schließlich trotz heftiger Einwände seiner Frau einwilligte, mich mitzunehmen. Der Bauer war überhaupt, seit meine Mutter tot war, ganz anders zu mir als vorher, umsichtiger, ernster, aber auch freundlicher als früher. Das machte wohl seine neue Würde als mein Vormund.

Warum ich so drängte und bettelte, dass er mich mitnahm in die Stadt? Weil ich endlich die schwarze Marmortafel für den Grabstein der Mutter wollte. Den Stein selbst, den hatten wir mit großer Mühe schon zum Friedhof gebracht. Der Nachbar hatte dabei geholfen, der Knecht vom Soleder, der Totengräber und ich. Blank geputzt stand der Stein jetzt dort. Wenn es in der Nacht geregnet hatte und am Morgen die Sonne wieder schien, dann glänzte er herrlich, und in seinen feinen Rinnen verdampfte das Wasser des nächtlichen Regens.

Ich spannte den Fuchswallach, einen Haflinger mit weißer Mähne, vor den Wagen, während der Bauer drinnen in der Stube mit der Bäuerin noch herumstritt, weil sie nicht einsehen wollte, dass er dem Bankert nachgegeben hatte. »Das ist jetzt einmal so und basta«, hörte ich den Bauern zum Schluss schreien. Dann kam er heraus, war mit einem Schwung neben mir auf dem Gefährt und ergriff die Zügel.

Es war ein weiter Weg, aber schon um neun Uhr waren wir bei der großen Viehmarkthalle. Ich ging mit dem Bauern die lange Reihe der Rinder entlang. Es war ja nicht so, dass mich die Tiere interessiert hätten, und genauso wenig wollte ich die derben Gespräche der Viehhändler hören, die ich mitbekam. Mein Bauer traf einen alten Freund aus der Aiblinger Gegend. Sie schlugen einander lachend auf die Schultern.

»Ja, verreck«, schrie der Aiblinger. »Dass ich dich wieder einmal treffe. Sepp, wie geht's dir denn? Ist deine Alte noch immer so eine Giftspritze?« Er sah mich an. »Da hast du aber einen netten Käfer dabei. Ist das die deinige?«

»Nein, die ist von meiner Magd, der Marie, die heuer tödlich verunglückt ist. Wie viele Kinder hast du denn jetzt?«

»Vier. Und das reicht jetzt auch.«

»Bei mir kommt demnächst noch eins zu den beiden dazu, die ich schon habe. Treffen wir uns später noch?«

»Ja, beim Bräu.«

Dann gingen wir zu einem Steinmetzgeschäft. Eine schwarze Marmortafel? Die hatte der Mann schon. Er zog seinen Meterstab hervor. »Wie groß?«, fragte er den Bauern.

»Sechzig auf vierzig vielleicht«, gab der zur Antwort. »Und wie ist es dann, kannst du auch eine Schrift draufmachen?«

»Natürlich. Schwarz oder silberfarben?«

Ich überlegte blitzschnell. Wenn die Platte schwarz war, musste es unbedingt eine helle Schrift sein. Und bevor der Bauer etwas sagen konnte, sagte ich schon: »Silberfarben natürlich.«

»Und der Name?«, fragte der Steinmetz.

»Maria Reichertseder«, antwortete der Bauer.

»Beruf?«

»Magd.«

»Nein, Sennerin«, widersprach ich. »Das soll auf dem Grabstein so stehen. Und ich möchte das auch gleich bezahlen.«

»Du? Zahlst das du?«, fragte der Steinmetz überrascht. »Es wird alles zusammen so an die fünfzig Mark kosten. Aber das muss erst bei der Lieferung bezahlt werden.«

Der Bauer hatte für mich gestern siebzig Mark abgehoben, und ich freute mich jetzt, dass es doch bloß fünfzig Mark kostete. Ich dachte noch ein bisschen nach und sagte dann: »Aber ein Weihwasserkesselchen muss ich gratis dazukriegen.«

Der Steinmetz lachte und nickte dann. »Also, meinetwegen.« Er klopfte mir anerkennend auf die Schulter. »Du wirst einmal eine tüchtige Geschäftsfrau«, sagte er und blinzelte mir verschmitzt zu.

Danach gingen wir in die Wirtschaft zum Bräu auf den unteren Marktplatz. Die Gaststube war brechend voll, lauter Bauern waren es. Einige hatten ihre Bäuerinnen dabei. Dicker Tabakrauch zog zwischen den Deckenbalken hin. Es war ein Stimmengewirr, dass man sein eigenes Wort nicht mehr verstand. Kaum, dass wir an dem langen Stammtisch noch Platz fanden. Der Aiblinger war bereits da, und ein paar Lenggrieser kannte mein Bauer auch. »Da können wir ja eine Runde Schafkopf spielen«, schlug der Aiblinger vor.

»Ja, aber zuerst will ich was zu essen«, antwortete mein Bauer und ließ sich von der Kellnerin die Speisekarte geben. Dann neigte er sich zu mir herunter. »Was magst jetzt du, Sanni? Zwei Paar Dünne, ein Züngerl mit Knödl oder ein Ripperl mit Kraut?«

»Ein Ripperl mit Kraut«, sagte ich ganz schüchtern. Ich saß zum ersten Mal in so einer Wirtschaft und kam aus dem Staunen gar nicht heraus, mit wie vielen Maßkrügen die Kellnerinnen durch den Raum rannten. Wie konnte man mit zwei Händen so viele Krüge auf einmal halten?

Mein Bauer bestellte sich einen Wiener Rostbraten und lachte mich an. »Wenn man wirklich einmal auswärts essen kann, dann muss man immer das bestellen, was man daheim nicht kriegt.«

Er drehte seine Schnurrbartspitzen in die Höhe, blies den Schaum vom Krug und trank.

Das Essen schmeckte mir sehr gut, aber danach wollte ich nicht mehr sitzen bleiben und sagte schüchtern zu meinem Bauern: »Ich möchte mir jetzt die Stadt ein bisschen anschauen.«

»Ja, geh nur, aber verlauf dich nicht«, sagte der Bauer, dem es vielleicht ganz recht war, dass er in Ruhe seinen Schafkopf mit den anderen spielen konnte.

Ich hatte aber gar nicht vor, die Stadt anzuschauen, weil mir während des Essens plötzlich etwas eingefallen war, das mich unentwegt beschäftigte. Es ging mir einfach nicht mehr aus dem Sinn, und ich sah es schon bildlich vor mir, was ich wollte.

Mein Weg führte mich deshalb schnurstracks wieder zu dem Steinmetz, der gerade damit beschäftigt war, eine Schrift in einen Grabstein einzumeißeln. Der Grabstein war von dunkelbrauner Farbe und lag auf zwei Schrägen. »Gastwirt und Viehhändler« konnte ich unter dem Namen lesen. Sennerin hörte sich genauso schön an, fand ich.

Der Steinmetz unterbrach seine Arbeit und sah mich an. »Ah, die mit allen Wassern gewaschene Geschäftsfrau von vorhin«, sagte er fröhlich. Wie konnte eigentlich ein Mensch, der sich in seinem Beruf dauernd mit Tod und Unglück beschäftigen musste, so ein vergnügtes Wesen haben? »Möchtest du noch was?«

»Ja, mir ist da noch etwas eingefallen. Geht das, dass man auf die schwarze Steinplatte eine Weizenähre draufmacht?«

»Gehen tut alles.«

»Aber silberfarbig müßte sie sein. Und ich hab mir gedacht, oben am rechten Eck schräg rüber oder noch besser in der Mitte, oberhalb vom Namen meiner Mutter.«

»Aha. Ist dir also die Mutter gestorben? Und der Bauer, der vorhin bei dir war, ist der dein Vater?«

»Nein, mein Vater ist in Amerika.«

Der Steinmetz nahm jetzt einen Bleistift zur Hand und ein Blatt Papier und zeichnete eine Ähre auf. Aber ich sagte ihm gleich, das sei falsch. Was er gezeichnet habe, sei ja eine Gerstenähre. Eine Weizenähre ist ohne Borsten und auch ein wenig dicker. »Aha, dann versuche ich es noch einmal.« Und er brachte nun tatsächlich eine Weizenähre aufs Papier, sagte aber: »Natürlich kann ich das nicht aus reinem Silber machen. Das wäre viel zu teuer, und das könntest du wahrscheinlich gar nicht bezahlen. Silberbronze halt.«

»Die Hauptsache ist, dass es silbern glänzt«, beschloss ich. »So viel kann ja so ein kleines Ding auch nicht kosten, oder?«

»Na ja, sagen wir halt fünf Mark«, sagte der Steinmetz, und ich hatte das Gefühl, dass er weniger Geld von mir verlangte, als er es bei anderen getan hätte.

Ich blieb noch etwa eine Viertelstunde in der Werkstatt, erzählte dem Meister, wo ich genau her war und dass meine Mutter in den Bergen abgestürzt sei.

»Armes Kind«, sagte er voller Mitleid.

In diesem Augenblick aber fühlte ich mich gar nicht arm. Ich hatte siebzig Mark im Kittelsack und war sehr stolz darauf, dass mir das mit der silbernen Ähre eingefallen war. Danach ging ich langsam durch die Stadt, hatte die Hände hinter dem Rücken verschränkt und genierte mich fast ein wenig, weil meine Nagelschuhe auf dem Pflaster so laut klapperten. Die anderen Leute, die an mir vorübergingen, hatten keine Nägel an den Schuhen.

Auf einmal sah ich eine Buchhandlung und las neugierig die Titel der Bücher, die dort im Schaufenster standen: »Waldrausch« von Ludwig Ganghofer, »Schloss Hubertus« von demselben Mann. Dann »Via Mala« von John Knittel und »Allerseelen« von Rudolf Greinz. Die beiden letzten Titel kannte ich. Das waren die Bücher, die mir Frau Marianne zum Abschied geschenkt hatte! Ich war nur noch nicht dazugekommen, sie zu lesen.

Ich war fast zwei Stunden unterwegs. Mein Bauer merkte es gar nicht, als ich mich wieder neben ihn auf die Bank setzte. Er hatte den Hut weit aus der Stirn geschoben, schwitzte, und seine Stimme stolperte ganz komisch, als er ziemlich laut plärrte: »Sacklzement, Wastl, was gibst denn du für ein Zeug. Da kann ich bloß wieder weiter sagen.« Dann nahm er den Maßkrug zur Hand und trank in einem langen Zug.

Die anderen drei – das sah ich – hatten ihre Schüsselchen voller Geld. Dem Hartauer seines war leer. Er musste dauernd verspielt haben. Und viel getrunken hatte er offenbar auch, weil die Bewegungen seiner Hände so fahrig waren. Auch dieses Spiel verlor er wieder, und er musste zahlen. Drei Mark zerrte er aus der Westentasche.

Ich zupfte ihn am Ärmel. »Fahren wir jetzt heim?«

»Ja, gleich, bloß noch das eine Spiel. Hast du Hunger? Magst du ein Paar Würstl oder einen schwarzen Presssack?«

Ich schüttelte den Kopf, nahm mir bloß eine Semmel aus dem Brotkörberl und biss hinein. Vielleicht hätte er ja wirklich nach diesem einen Spiel aufgehört, aber die anderen bedrängten ihn weiterzumachen. Er habe eine Pechsträhne gehabt, aber das könne sich ja schnell ändern. Mittendrin würde sich das Glück wenden, und dann würde er sein ganzes Geld wieder zurückgewinnen. Aber er verlor weiterhin, und auf einmal hatte er kein Geld mehr und sagte zu mir: »Sanni, du hast doch Geld bei dir. Leih mir zwanzig Mark.«

Ich war sehr stolz, meinem Brotherrn etwas leihen zu können. Mit dem Herleihen aber ist das so eine Sache. Man sollte sich da immer etwas Schriftliches geben lassen, einen Schuldschein oder so etwas. Aber das wusste ich damals noch nicht.

Draußen dämmerte es bereits, und ich zupfte den Hartauer abermals an seiner Joppe. »Es wird bald Nacht, Bauer.«

Jetzt endlich besann er sich. Er bezahlte die Zeche noch mit meinem Geld, und als er aufstand, torkelte er, und im Hausgang rumpelte er einmal förmlich gegen die Mauer. Als ich das Pferd vor unseren Wagen gespannt hatte, überließ er mir sofort die Zügel und lallte: »Fahr du, Sanni.«

Inzwischen war es schon dunkel geworden. Es war kalt und mich fror an den Händen. Dem Hartauer dagegen schien es zu heiß zu sein. Er hatte die Joppe weit geöffnet, die Hände in den Hosentaschen, den Kopf auf die Brust gesenkt. Er war eingeschlafen und schnarchte laut.

Die Nacht war stockdunkel, kein einziger Stern war zu sehen, nur die Lichter der Bauernhöfe, an denen wir vorbeifuhren. Hunde bellten uns wütend entgegen, sobald wir uns einem Hof näherten.

Als wir ungefähr eine Stunde gefahren waren, wachte der Bauer auf, riss den Kopf in die Höhe und fragte erschrocken: »Was ist? Wo bin ich denn? Ach so.« Er rieb sich die Augen und lehnte sich zurück. »Wenn ich dich nicht hätt, Sanni.« Er rülpste ein paar Mal. »Ich glaube, heute habe ich ein bisschen zu tief in den Maßkrug geschaut. Aber die Kälte ist genau richtig, um wieder klar im Kopf zu werden. Schwer verloren hab ich heute. Ich hab die Lenggrieser im Verdacht, dass sie beschissen haben, denn dass ich gar keine Trümpfe bekommen habe, das gibt's ja gar nicht. Aber das ist ja das Problem bei mir. Ich komm selten einmal allein fort. Immer ist sie dabei. Und wenn wir dann einkehren, dann sagt sie bei der zweiten Maß schon: ›Sepp, halt dich zurück! Sepp, trink nicht so viel.‹ Ah ja, es ist schon ein rechtes Kreuz. Es wär halt doch besser gewesen damals, wenn ich die Auracher Vroni geheiratet hätte. Die wäre keine solche Beißzange geworden. Aber jetzt ist es schon, wie es ist. Da gibt's kein Zurück mehr.«

Dann schwieg er und döste vor sich hin. Ich wunderte mich, dass er mir, die ich doch sonst der Niemand war, das alles erzählte. War es das viele Bier, das er getrunken hatte, oder die Stunde einer späten Erkenntnis, die ihn überfiel?

Das Pferd griff jetzt schärfer aus. Witterte er die Nähe des heimatlichen Stalles? Der Bauer fing noch einmal zu sprechen an: »Bald werden wir daheim sein. Und gell, Sanni, sag der Bäuerin nicht, dass ich von dir zwanzig Mark geliehen habe. Die gebe ich dir schon zurück, da kannst du dich darauf verlassen.«

»Ich sage keinem Menschen etwas«, versprach ich und fühlte mich sehr erwachsen, weil der Bauer so viel Vertrauen in mich setzte, in mich, die doch noch ein Kind war. Ich dachte nicht darüber nach, ob es zur

Charaktereigenschaft eines ehrbaren Bauernmenschen gehörte, sich von einem Bankert zwanzig Mark auszuleihen.

Es lag schon viel Schnee und war bitterkalt, als auf dem Hartauerhof das Kind zur Welt kam. Es war ein Junge, und sie tauften ihn Lorenz. Die Bäuerin stand diesmal aber nicht wieder nach fünf Tagen auf, sondern musste drei Wochen lang liegen, so schwer war die Geburt für sie gewesen. Der Arzt kam fast jeden Tag, um nach ihr zu sehen, und einmal, als ich zufällig dabeistand, sagte er zum Bauern, dass jetzt Feierabend sein müsse, denn noch ein Kind, das wäre der Tod der Bäuerin. Ich begriff damals natürlich noch nicht, von was für einem Feierabend die Rede war. Aber es musste schon etwas Bedrückendes für den Bauern sein, weil er so feuerrot im Gesicht wurde und dann verdrossen den Kopf hängen ließ.

Als der Arzt gegangen war, sagte der Hartauer, indem er nachdenklich an seinem Bart zwirbelte: »Der Doktor hat leicht reden. Hat der vielleicht eine Ahnung, wie es unsereinem dabei geht? Und dabei heißt es dann: Du sollst nicht begehren ein anderes Weib.«

»›Du sollst nicht begehren deines Nächsten Weib‹ heißt das richtig, Bauer«, sagte ich vorwitzig. Die zehn Gebote kannte ich schließlich aus der Religionsstunde. Ich hatte ja keine Ahnung, auf was für falsche Gedanken ich ihn damit bringen konnte! Er sah mich nachdenklich an und meinte schließlich: »Ach, was verstehst denn du schon von solchen Sachen.«

Dieses Weihnachten war sehr schlimm für mich, das erste Weihnachten ohne meine Mutter. In der heiligen Nacht, als ich zur Christmette ging, trug ich ein kleines Christbäumchen mit sechs kleinen Kerzen ans Grab der Mutter. Ein eiskalter Wind strich über die

Friedhofsmauer und brachte die Kerzen ein wenig zum Flackern. Der Lichtschein huschte über den grauen Felsstein und spiegelte sich in der schwarzen Marmorplatte, auf der der Name meiner Mutter stand mit der silbernen Ähre darüber, die niemand außer mir zu deuten wusste.

Am zweiten Weihnachtsfeiertag spät nachts schrieb ich dann zum ersten Mal in mein Tagebuch, das mich so viele Jahre lang treu begleiten sollte. Lange saß ich davor und wusste nicht recht, wie ich anfangen sollte. ›Wahrscheinlich werde ich immer nur nachts darin schreiben können‹, überlegte ich mir, ›und es wird deshalb mehr mein Nachtbuch als mein Tagebuch sein.‹ Aber ich hatte doch das Bedürfnis aufschreiben, was mich bewegte, und in dieser Nacht wurde dieser Wunsch so stark, dass ich meine Hemmung überwand und es zum ersten Mal tat. Ich fühlte auch, dass ich auf diesen Blättern schonungslos ehrlich sein musste und keine Lüge oder Ausrede irgendetwas beschönigen durfte. Es war ja nur für mich allein, und niemand sonst sollte es zu lesen bekommen. Und so begann ich also:

Zweiter Weihnachtsfeiertag, den 26.12.

Dieses Jahr wird mir in ewiger Erinnerung bleiben, denn am 16. September kam meine über alles geliebte Mutter durch einen Unglücksfall zu Tode. Es gibt nichts Traurigeres auf der Welt, als wenn eine Mutter stirbt und ihr Kind allein lässt unter fremden Menschen. Nein, gar so fremd bin ich ja nicht, denn ich bin seit meiner Geburt auf diesem Hof. Ich bin jetzt auch nicht mehr so ausgestoßen wie früher. Seit die Bäuerin bei ihrer letzten Geburt am Rande des Grabes hingewandert ist, wie sie es selbst sagt, ist sie freundlicher zu mir als früher, als sie nie ein gutes Wort für mich ge-

funden hat. Ich darf den kleinen Lorenz baden und wickeln und ihm das Fläschchen geben, weil ihn die Bäuerin mit ihrer Brust nicht ernähren kann, weil sie so schlimm entzündet ist, dass der Doktor sie aufschneiden musste.

Und was den Michael betrifft, er kommt oft zu mir in meine Kammer und hängt sehr an mir. Ich muss ihm dann Märchen erzählen. Manchmal schläft er auch bei mir, aber das darf seine Mutter nicht wissen. Er hat auch schon ein bisschen schreiben gelernt, und kürzlich hat er mir einen Zettel zugesteckt, auf den er geschrieben hatte: ›Ich libe dir‹. Ich habe ihm nicht gesagt, dass man ›Liebe‹ mit ie schreibt und es ›dich‹ anstatt ›dir‹ heißen muss, denn ich hatte Angst, dass er dann traurig wäre. Ich werde ihm aber ein bisschen nachhelfen müssen, was Grammatik und Rechtschreibung betrifft, obwohl ich mir bei manchen schwierigen Wörtern auch nicht ganz sicher bin.

Die Bäuerin ist wirklich nicht mehr so gehässig gegen mich. Sie nickt manchmal anerkennend mit dem Kopf, wenn ich ihren Lorenz recht sauber und exakt gewickelt habe. Einmal sagte sie sogar, dass ich eine recht geschickte Hand habe und das Talent zu einer Säuglingsschwester in mir stecke. Aber das gehe ja nicht, weil ich in die Fußstapfen meiner Mutter zu treten habe und Sennerin werden müsse.

Zum Bauern stehe ich in einem gewissen Vertrauensverhältnis, seit ich ihm einmal zwanzig Mark geliehen habe. Er zahlt mir wöchentlich davon zwei Mark zurück und hat mir im Ganzen jetzt sechzehn Mark zurückbezahlt. Er ist also doch ein Ehrenmann in dieser Hinsicht.

Zu Weihnachten hat mir auch Marianne geschrieben und ein kleines Päckchen geschickt. Meine liebe Susanne, hat sie geschrieben und – Immer deine Mari-

anne. In dem Päckchen war ein Nachthemd, rosarot und aus reiner Seide. Es reicht mir bis zu den Zehen und ist viel zu kostbar, als dass ich es ins Bett hinein anziehen wollte. Da wird es doch bloß zerknittert und unschön. Auch käme ich mir überspannt und hochmütig vor, denn niemand in diesem Haus hat ein Nachthemd. Auch Michael nicht. Der schläft auch immer in seinem Taghemd wie alle. Nur jetzt, wo es so kalt ist, behält er die Unterhose an. Ihm allein zeigte ich das Nachthemd, und er bettelte solange, bis ich es über mein Kleid anzog. Michael betrachtet mich mit großen Augen und sagt dann: ›Wie ein Engel siehst du aus!‹

Immerzu soll ich ihm Märchen erzählen. Aber weil er die alten nicht immer hören will, muss ich immer was Neues erfinden. Und so fabuliere ich halt etwas zusammen, etwa das Märchen von der silbernen Ähre, die auf Reisen gegangen ist, durch unendliche Weizenfelder und Urwälder. Dann sei sie an ein großes Wasser gekommen, das Ozean heißt. Und da habe sie der liebe Gott mit einem gewaltigen Atem angeweht, und dabei seien der silbernen Ähre Flügel gewachsen und sie sei über den Ozean geflogen.

›Und nun sitzt sie wahrhaftig auf dem Grabstein auf unserm Friedhof‹, unterbricht mich Michael. ›Ja, auf dem Grabstein meiner Mutter‹, antworte ich. ›Und da wird sie sitzen bleiben bis zum Jüngsten Tag.‹ Ach, dieser Michael. Ich habe ihn gern, und manchmal meine ich, er sei mein Bruder.

Morgen ist wieder Waschtag, und ich muss um fünf Uhr früh den Kessel heizen. Genauso ist es an den Tagen, wenn Brot gebacken wird. Da muss ich auch schon in aller Herrgottsfrühe den Backofen heizen. Die Bäuerin sagt, dass sie mir demnächst das ›Broteinschießen‹ lernen werde. Das ist dann schon ein gewal-

tiger Schritt nach vorne auf dem Lebensweg einer Bauernmagd.

Ich muss nun schließen, denn es ist ja schon nach Mitternacht. Aber ich fühle mich nun, da ich so viel von dem aufgeschrieben habe, was in meinen Gedanken ist, fast wie befreit von allem Bedrückenden.

Diesem Büchlein werde ich alles anvertrauen, was ich mit Menschen nicht besprechen kann. Darum darf es aber auch niemand lesen. Ich wickle das Büchlein in ein Kopftuch meiner Mutter und tue es dann auch in das verschnürte Bündel mit dem Abschraubstutzen meines Vaters, an den ich überhaupt nicht mehr gedacht habe, seit meine Mutter tot ist.

Und die Zeit ging so dahin. Ich hatte immer noch nicht zu wachsen aufgehört und maß jetzt bereits einsachtundsechzig. Die abgetragenen Kleider der Liesl konnte ich nicht mehr anziehen und geriet dadurch in einige Bedrängnis. Von meinem Geld auf der Raiffeisenkasse durfte ich ja nichts abheben. Da bestand der Bauer darauf. Von den ihm damals geliehenen zwanzig Mark hatte er mir immer noch nicht mehr als sechzehn Mark zurückbezahlt. Wahrscheinlich meinte er, er wäre schon fertig mit den Raten, oder er hatte es einfach vergessen. Und sagen wollte ich nichts.

In der Osterwoche kam die Näherin, die Kögl Kunigunde, auf den Hof. Der Bauer bekam ein paar neue Hemden aus grobem Leinen, Michael ebenfalls. Die Bäuerin ließ sich ein paar Gewänder von bäuerlichem Schnitt für den sonntäglichen Kirchgang schneidern. Entweder sie hatte ein schlechtes Gewissen oder sie hatte vom lieben Gott einen Wink bekommen, jedenfalls rollte sie einen Leinenballen nochmals auseinander und sagte der Näherin, sie solle so viel davon abschneiden, wie sie für einen weißen Spenzer für mich brauchte. Für einen Rock brachte sie dann noch ein Stück Wollstoff herbei, blau gemustert und ziemlich schwer.

Die Kunigunde blinzelte mir zu und sagte dann zur Bäuerin: »Also, wenn dir da nicht ein Platz im Himmel reserviert wird, dann will ich nicht mehr Kunigunde heißen.«

»Ich will es hoffen«, sagte die Bäuerin todernst, den leicht neckenden Unterton hatte sie wohl nicht mitbekommen. »Und du darfst das ruhig weitererzählen.« Tue Gutes, und rede darüber, so sagt man ja wohl auch.

Die Näherin nahm nun Maß an mir. Ohne Falten und ohne Rüscherl, verlangte die Bäuerin. Ich aber bettelte die Kunigunde um ein paar Falten im Rock und um einen viereckigen Ausschnitt oben am Spenzer. Die Kunigunde verstand mich schon.

Und während sie noch an mir herummaß, hatte ich auf einmal einen Einfall und fragte, ob sie mir nicht ein paar Röcke und Spenzer von meiner Mutter so abändern könne, dass sie für mich brauchbar wären.

Ja, das könne sie schon, aber ich müsste die Sachen zu ihr ins Haus bringen. Sie würde es mir schon billig machen, denn so viel Lohn würde ich ja auch nicht haben.

»Zwei Mark in der Woche«, behauptete ich. Danach fragte ich mich, warum ich eigentlich gelogen hatte. Ich hätte doch ruhig sagen können, dass ich noch gar keinen Lohn bekam.

Ich war todtraurig, dass ich in diesem Jahr nicht auf die Alm durfte. Auf die Alm zog diesmal die Großmagd, Afra, die zu Lichtmess auf den Hof gekommen war. Afra war ein groß gewachsenes Frauenzimmer, eine Bärin fast, mit breiten Schultern und riesigen Armen, und sie war längst nicht so geduldig und demütig, wie es meine Mutter gewesen war. Als sie mit dem Vieh aus dem Hof zog, meinte die Bäuerin ihr noch eine Menge Ratschläge mitgeben zu müssen wegen dem Vieh und über ihr eigenes Verhalten.

Die Afra tat zwar so, als hörte sie aufmerksam zu, nickte auch ein paar Mal mit dem Kopf, sagte aber dann: »Das mag schon sein, Bäuerin, dass du es so siehst. Aber wie ich auf der Alm wirtschafte, das geht bloß mich allein etwas an. Schließlich bin ich ja schon lang genug Sennerin. Und was du wegen der Moral meinst: Ein Fenster kann man immer nur von innen öffnen. Wem und ob ich es aufmache, das geht auch wieder bloß mich allein etwas an.«

So hätte meine Mutter reden müssen, dann wäre ihr vielleicht manche Kränkung erspart geblieben.

Endlich kam die Zeit heran, wo die Schule zu Ende ging, und ich hatte sogar ein sehr gutes Zeugnis. Aber das half mir nicht viel, denn nun fing ich als blutjunge Erntemagd wieder als Anfängerin an. Die Stoppeln des Roggenfeldes stachen in meine Füße, und die ersten Tage taten sie mir sehr weh, aber das gab sich bald, und die Fußsohlen wurden hart wie Holz. Nur die Arme litten weiter beim Garbenbinden, wenn viele Disteln darunter waren.

Ganz hatte mich die Schule aber noch nicht losgelassen, denn immer noch musste ich sonntags dort hingehen. Das sah so aus. Um acht Uhr in die Kirche, anschließend von zehn bis zwölf Uhr Sonntagsschule, von eins bis zwei Uhr dann noch Christenlehre in der Kirche. Daheim wartete danach schon wieder eine Arbeit auf mich, sodass ich sonntagabends todmüde ins Bett fiel. An mein Tagebuch dachte ich kaum mehr. Was hätte ich auch schon schreiben sollen? Es begab sich ja nichts Überwältigendes. Höchstens dass mir jetzt der Bauer tatsächlich einen Wochenlohn von zwei Mark bezahlte. Dabei zog er immer die Oberlippe hoch, als verspürte er einen Schmerz. Von den vier Mark, die er mir noch schuldete, sagte er nie mehr etwas. Immerhin, ich verdiente jetzt endlich mein eigenes Geld. Der Bauer meinte zwar, ich sollte die zwei Mark auch auf die Raiffeisenkasse tragen, aber das wollte ich nicht, denn ich brauchte ja für mein Kleid noch eine Schürze, und auch ein paar Seidenbänder kaufte ich für mein Haar. Die Kramerin meinte, dass Blau am besten zu Blond passe, und ich hielt vor ihrem Spiegel probeweise einige verschieden gefärbte Bänder gegen mein Haar und fand, dass sie Recht hatte. Also kaufte ich blaues Band.

Gar nicht begreifen konnte ich, dass Frau Marianne im Frühjahr nicht wiedergekommen war, wie sie es versprochen hatte. Die Villa stand leer, und Frau Marianne schrieb mir, dass vielleicht noch ein Sommer vergehen würde, bis sie mit ihrem Mann wieder in die weiße Villa am Hang zurückkehrte. Sie schrieb auch von einer Weltreise, die sie planten, und bis sie von der zurückkämen, könnte sogar noch ein zweiter Sommer vergehen. Ich solle aber nicht glauben, dass ihr das leichtfiele. Sie habe große Sehnsucht nach mir, und sie schicke mir auf dem Papier tausend innige Küsse.

Tausend Küsse. Ich wusste noch nicht, wie viel Unheil ein einziger Kuss an himmelhochjauchzender Freude und höllentiefem Leid auslösen konnte. Das wurde mir erst bewußt, als ich im darauffolgenden Winter endlich dazu kam, das einst von Marianne geschenkte Buch »Allerseelen« zu lesen. Ich las es in zwei Nächten. Dieses Buch hätte mir Marianne nicht schenken sollen, denn es wühlte meine kaum dem Kindesalter entwachsene Seele bis in die Grundtiefen auf. Die blanke Sünde sprang mir da entgegen, denn dass ein junger Priester in eine rettungslose Liebe zu seiner jungen Stiefmutter verfiel, das war für mich so ungeheuerlich, dass mein Kopf einfach nicht fertig wurde mit dieser menschlichen Tragödie.

Was musste denn die Liebe für eine Macht sein, wenn so etwas zwischen zwei Menschen geschehen konnte? Mein Glaube geriet für eine Weile ins Wanken, denn ein Diener des Herrn durfte doch nicht zum Knecht seiner Leidenschaften werden, es hätte ihn sein Glaube davon abhalten müssen.

Ich brauchte lange, um zu begreifen, dass auch ein Priester nur ein Mensch war und sündigen konnte, dass Gott ihn davor nicht bewahren würde, wenn er nicht selbst genügend gegen die Versuchung ankämpfte. Und dass man dennoch Mitleid mit ihm haben durfte, wenn er diesen Kampf verlor.

5

Ich war einige Tage wie benommen, so sehr beschäftigte mich diese Geschichte. Ich lief wie ein Schlafwandler herum und war so blass, dass selbst die Bäuerin mich fragte, ob ich etwa krank sei. Natürlich konnte ich ihr nicht sagen, was ich da für ein Buch gelesen hatte.

Ungeachtet dessen aber ging die Zeit dahin. Je älter ich wurde, desto schneller flogen die Wochen und Monate an mir vorüber. Die Zeit blieb nicht stehen wie unser Regulator in der Stube, wenn der Bauer es vergaß, ihn aufzuziehen. Im Gegenteil, es war eine sehr bewegte Zeit, eine kranke Zeit vielleicht, die wie ein Fieber über das Land hinging. Der Bauer las nun am Abend die Zeitung noch gründlicher als früher. Es wurde viel debattiert, und die Predigten des Pfarrers Zimmerer wurden jeden Sonntag schärfer und befassten sich neuerdings weniger mit den Apostelbriefen als mit der Politik. Mich berührte das überhaupt nicht, weil ich es nicht verstand. Im Dorf war es ja wie sonst auch. Der Boden schwankte nicht, die Äcker trugen ihre Ernte, wie sie sie seit Jahrtausenden getragen hatten, höchstens einmal vom Hagel geschlagen, aber immer wieder neu fruchtbar.

Seit kurzem hatten wir auch einen kleinen, schwarzen Kasten in unserer Bauernstube, eine Errungenschaft dieser so bewegten Zeit: ein Radio. Das war etwas sehr Praktisches, denn in der Frühe wurden die Viehpreise und das Wetter bekanntgegeben. Aber auch die große Welt war damit in unsere Stube gekommen. Man wurde mit Nachrichten überschwemmt, mit Hoffnungen und Versprechungen, mit Verlockungen, die sich wie ferne Träume anhörten.

Die Bäuerin war dankbar für dieses Radio, denn der Bauer blieb jetzt mehr daheim, ging seltener ins Wirtshaus und hörte sich daheim die Darbietungen des Rundfunks an: Musik und Volksstücke und auch politische Debatten. Es kam dann wohl vor, dass die Hartauerin aufstand und auf den Knopf drückte. Dann war das Radio still. »Den Schmarrn brauchen wir gar nicht wissen.«

Der Bauer erhob sich daraufhin brummend und ging ins Bett. Aber zu mir sagte er einmal, als wir im Stall hinter den Pferden standen: »Irgendwas muss kommen. So geht's ja auch nicht weiter.«

Warum sollte es so nicht weitergehen, fragte ich mich. Mochte auch viel Unruhe sein da draußen in den Städten, hier im Dorf änderte sich ja nichts. Wir wussten hier nichts von einer großen Arbeitslosigkeit, von Hunger und Not. Manchmal erwischte ich ein Flugblatt, das wahllos in die Hausflure geworfen wurde, aber ich verstand nicht, was die eigentlich wollten, die diese Flugblätter geschrieben hatten, und wieso die Juden unser Untergang sein sollten.

Nein, das allein schon war eine große Lüge. Wenn der Jude Blumental mit seinem großen Korb, den er auf dem Rücken trug, ins Haus kam mit Schuhbändern, bunten Schleifen, Schnallen und Halsketten, dann schenkte er uns Kindern immer eine Süßigkeit. Mir hatte er sogar einmal eine Haarschleife geschenkt. Die Behauptung, dass wir von ihm ausgebeutet würden, war einfach nur lachhaft. Wenn man beim Blumental neue Sicherheitsnadeln oder andere Dinge kaufte, die man brauchte, dann war man gewiss nicht von ihm ausgebeutet worden.

Aber im Grunde berührte mich das alles wenig. Ich hatte genug mit mir selber zu tun. Ich war jetzt einen Meter und siebzig groß, und die Bäuerin nannte mich zuweilen die »Langhaxerte«. Je älter ich wurde, desto weniger machte mir die schwere Arbeit aus. Ich machte sie gerne und fühlte mich als Magd nicht mehr als armes, zurückgesetztes Wesen, so wie ich es früher gedacht hatte. Meine Mutter war ja auch Magd gewesen, und immer noch trug ich die große Liebe zu meiner Mutter im Herzen. Dort hatte noch niemand anderer Platz. Aber das sollte sich bald ändern.

Unser Dorf bekam einen neuen Pfarrer, und zu seinem Empfang rüsteten sich alle. Reisiggewinde wurden am Eingang des Dorfes gespannt und ein Schild mit der Aufschrift »Herzlich willkommen«. Aber der neue Pfarrer kam dann gar nicht durch den Dorfeingang, sondern er war zu Fuß durch die Wälder gekommen und ging an der Lipoldschen Villa vorbei zum Pfarrhof, sodass er das Empfangskomitee versäumte.

So bekam man diesen neuen Pfarrer erst am Sonntag beim Hochamt zu sehen. Er hieß – das wusste meine Bäuerin als Vorsteherin vom Mütterverein schon vorher – Franz Weitenauer. Mein Gott, was war dies für ein Pfarrer! Sein Vorgänger, Pfarrer Zimmermann, war grau und hinfällig geworden, er war nun ihm Ruhestand. Dieser Weitenauer dagegen, der strotzte geradezu von Kraft, Jugend und – Schönheit.

So wenigstens sah ich ihn. Ich war fünfzehn geworden, stand also bereits im sechzehnten Lebensjahr, und ich glaubte, noch nie einen so schönen Mann gesehen zu haben wie diesen Pfarrer.

Genau verfolgte ich, wie er mit elastischem Schritt die schmalen Stufen zur Kanzel emporstieg. Eine Weile stand er ganz ruhig, schaute auf die Menschen hinunter, dann schloss er die Augen und betete still. Endlich hob er den Kopf mit dem dunkel gewellten Haar. »Liebe Pfarrkinder, liebe Christen im Herrn«, fing er an. ›Was für eine Stimme!‹, dachte ich bei mir. Volltönend mit einem samtigen, warmen Nachklang war sie – jedes Wort wirkte wie ein Glockenschlag.

Wer anders als ich nicht nur auf den Klang, sondern auch auf seine Worte Acht gab und vielleicht etwas Apostolisches oder einen Hirtenbrief erwartet hatte, der wurde enttäuscht. Dem jungen Pfarrer kam es zunächst darauf an, seine neuen Pfarrkindern wissen zu lassen, mit wem sie es jetzt zu tun hatten. Er heiße Franz Weitenauer, geboren sei er in einem Bauerndorf, ähnlich dem unseren, und er wolle es auch gar nicht verschweigen, dass er der ledige Sohn einer Magd sei. Ein reicher Gutsherr aus seinem Heimatdorf habe ihn studieren lassen. Zuerst sei er Kooperator in Münchhausen gewesen, dann Kaplan in Würzburg, und jetzt sei ihm diese Pfarrei anvertraut worden. Er hoffe, dass er lange hierbleiben könne, vielleicht für immer. Er hoffe auch, dass man ihn hier annehme, so wie auch er es als seine höchste Pflicht betrachte, für jedes seiner Pfarrkinder da zu sein, ganz gleich ob reich oder arm. Sein Haus stünde für jeden offen. Er werde in nächster Zeit auch Besuche auf jedem Hof und in jedem Haus machen. Hier sagte er mit einem leichten Lächeln: »Aber nicht dass ihr meint, ihr müsst über mich herfallen mit Essen und Trinken. Ich möchte nämlich ganz gerne schlank bleiben.« Darauf fuhr er fort, dass gerade in dieser verworrenen Zeit so mancher in Gewissensnöte käme und sein Glaube unter den Einflüsterungen falscher Propheten ins Wanken geriete. Dann möge er zu ihm kommen, in ein Haus des Friedens. Er könne Zuflucht suchen beim Kreuz unseres Erlösers.

Nun schwenkte er übergangslos noch zu einer kleinen Predigt über, die eigentlich auch keine richtige Predigt war, sondern eine fast literarische Beschreibung der Gegend um den See Genezareth, an dessen Ufern der Herr hingegangen sei an einem Morgen, der so schön war, als ließe sein Vater im Himmel nur für ihn die Sonne scheinen und die Vögel singen. Er sprach so anschaulich und wirklichkeitsnah, dass man meinen konnte, man ginge selber an der Seite des Herrn an dem Wasser entlang. Man hörte den Wind in den Palmen rauschen und das Geplätscher der Wellen, aus denen zuweilen ein Fisch aufsprang. Es war so still in der Kirche, als sei man in einer frühen Morgenstunde im Wald. Nur einmal wurde es hinten im Glockenhaus etwas lauter, und einige Burschen verließen die Kirche, nämlich dann, als der Pfarrer von der verworrenen Zeit und den falschen Propheten sprach.

Es war ganz offenkundig, dass dieser junge Pfarrer eine besondere Gabe hatte, sich in die Herzen seiner Pfarrkinder hineinzureden und sie zu rühren. Besonders die Weiber schauten wie gebannt zu ihm hinauf. Ich aber war auf den ersten Blick rettungslos verliebt in ihn.

Natürlich wurde auch daheim über den neuen Pfarrer gesprochen, und die Bäuerin meinte: »Dass er ein lediges Magdkind ist, das hätte er nicht sagen brauchen.«

Ich merkte, wie mir die Röte ins Gesicht schoss. »Und warum nicht?«, fragte ich herausfordernd.

»Ja, die Sanni hat Recht«, mischte sich der Bauer ein. »Irgendwann wäre jemand dahintergekommen, und dann wäre das Getratsche groß gewesen. Darum war es viel besser, er hat es gleich selber gesagt.«

»Das ist Ansichtssache.«

Kaum acht Tage dauerte es, da kam der neue Pfarrer zu uns auf den Hof. Es war ein Sonntag von wunderbarer Stille. Ich war gerade von der Christenlehre heimgekommen und wollte mit dem Michael zum Wald hinaufgehen, als die Bäuerin vom Fenster zurücktrat. »Da kommt schon wieder so ein Hamsterer. Das wird allweil schlimmer. Nicht einmal sonntags hat man seine Ruhe.«

Ich schaute ebenfalls hinaus und bekam dann einen Schreck, der mir bis in die Knie hineinfuhr. Der Mann, der da in dunkler Hose und weißem Hemd daherkam, eine graue Trachtenjoppe lose über die Schultern gehängt, das war niemand anderer als der neue Pfarrer Franz Weitenauer.

»Das ist ja der Herr Pfarrer«, stammelte ich. Michael und der Gang zum Wald waren vergessen. Am liebsten wäre ich in meine Kammer gelaufen, um in den Spiegel zu sehen, ob meine Haare in Ordnung waren. Aber ich kam nicht mehr zur Türe hinaus, es klopfte bereits, und der Pfarrer trat ein mit den Worten: »Gelobt sei Jesus Christus.«

Der Hartauer nahm seine Pfeife aus dem Mund und legte die Sonntagszeitung weg. Die Bäuerin überschlug sich beinahe vor Freundlichkeit. Am liebsten hätte sie einen Knicks gemacht. Sie schob den Michael vor. »Weißt du nicht, was sich gehört. Sag schön Grüß Gott! Wie uns das freut, Herr Pfarrer, dass Sie heute schon zu uns kommen.«

»Das hatte ich die ganze Woche bereits im Sinn, wo Sie doch Vorsteherin vom katholischen Mütterverein sind. Mein Vorgänger hat mir erzählt, was für eine gute Christin Sie sind.«

Die Hartauerin wischte mit ihrer Schürze einen Stuhl ab und schob ihn zurecht. »Bitte schön, Herr Pfarrer. Setzen Sie sich doch.«

Der Pfarrer nahm aber nicht den Stuhl, sondern setzte sich neben dem Bauern auf die Bank.

»So, und das sind also eure Kinder. Du bist der Michael, und du«, er deutete auf den Lorenz, der am Ofenwinkel hinten saß und am Daumen lutschte, »du bist wohl das Nesthäkchen.« Jetzt richtete er seinen Blick auf mich. »Dich kenne ich ja schon. Du bist mir heute bei der Christenlehre aufgefallen. Du heißt, glaube ich, Susanne. Da habt ihr aber schon eine große Tochter.«

»Ist sie nicht«, sagte die Hartauerin. »Unsere Tochter ist bei einer Tante in Traunstein.«

»Ach so.«

»Sie ist von unserer verstorbenen Magd, und sie ist bei uns aufgezogen worden. Ich bin auch ihre Firmpatin.«

Ich weiß nicht, was mich dazu drängte. Ich spürte ein seltsames Lodern in mir – nein, Zorn war es nicht. Ich spürte nur das heftige Bedürfnis in mir, Klarheit zu schaffen, und sah die Bäuerin aus schmalen Augen an. »Warum sagst du nicht, dass ich ein lediges Kind bin?«

Stille. Der Pfarrer blickte mich an, ich sah ihn an. In die Stille hinein sagte dann der Pfarrer: »Wir sind ja alle Gotteskinder.«

Die Bäuerin war sichtlich bemüht, die peinliche Situation zu überbrücken, und fragte: »Der Herr Pfarrer mag sicher eine Tasse Kaffee?«

»Nein, nein, bloß keine Umstände wegen mir.«

»Das sind keine Umstände. Wir trinken jeden Sonntag Kaffee um diese Zeit. Komm, Sannerl, geh raus in die Küche. Spar aber nicht mit den Kaffeebohnen.«

Warum log die Bäuerin? Wir tranken doch nie Kaffee. Höchstens einmal einen Malzkaffee, und den so dünn, als seien da bloß ein paar gebrannte Malzkörner durchgelaufen.

Ich stand in der Küche, und mein Kopf war wie vernebelt. Am liebsten wäre ich fortgelaufen. Aber es half nichts, ich musste doch wieder hinein mit der Kaffeekanne und dem Teller mit dem Guglhupf. Ich wusste auch nicht, wie viel ich von den Bohnen genommen hatte. Wahrscheinlich sehr viel, denn kaum hatte ihn der Pfarrer gekostet, nickte er anerkennend. »Donnerwetter, der hat es in sich. Das ist der reinste Mokka. Susanne, du wirst einmal eine vortreffliche Köchin.«

»Nein, Sennerin wie meine Mutter.«

»Hol dir doch auch eine Tasse, Sanni. Du tust ja, als wenn du sonst nicht mittrinken dürftest.«

Jetzt hätte ich sie in der Hand gehabt. Noch nie hatte ich eine solch herrliche Gelegenheit gehabt, die Bäuerin zu blamieren, denn es war tatsächlich zum ersten Mal, dass ich Kaffee trinken durfte. Aber ich ließ es sein. Der Augenblick war für mich zu feierlich. Ich sah überhaupt nichts mehr im Raum. Nur ihn. Jedes seiner Worte und jede Geste nahm ich in mich auf. Wie er die Tasse nahm und trank. Seine schönen, schlanken Hände brachen das Stück Guglhupf und führten es dann zum Mund wie eine Hostie.

»Und wer versorgt Ihnen den Haushalt, Herr Pfarrer, wenn ich fragen darf?«, wollte die Bäuerin wissen.

»Meine Mutter. Sie wird in vierzehn Tagen hier sein.«

»Ach ja, das ist schön. Bei einer Mutter ist man am besten aufgehoben.«

Der Pfarrer lehnte sich ein wenig zurück und sah mich an. »Und wie alt bist du, Susanne?«

»Sechzehn.«

»Fünfzehneinhalb«, korrigierte mich der Hartauer.

Ich wusste wieder nicht, warum ich geschwindelt hatte. Vielleicht machte ich mich selber älter, um dieses unsinnige Verliebtsein vor mir zu rechtfertigen.

Der Pfarrer sprach dann davon, dass er verschiedenes ändern wolle, erzählte von seinem bisherigen Wirken und übersah es, dass die Bäuerin direkt blass wurde, als er fragte: »Ich darf doch rauchen?«

»Aber selbstverständlich«, lachte der Hartauer und griff sofort rückwärts nach seiner Pfeife auf dem Fensterbrett.

Der Pfarrer zog ein ledernes Zigarrenetui aus seiner Joppentasche und spendierte dem Bauern eine von seinen Zigarren.

Die Bäuerin schluckte ein paar Mal und meinte dann süßsauer: »Wenn es dem Herrn Pfarrer schmeckt – obwohl es ja nicht gesund sein soll.«

»Du lieber Gott, was wäre denn nicht sonst noch alles ungesund?«, sagte der Pfarrer und lächelte. Er blies den Zigarrenrauch in kleinen Ringlein in die Luft, dass sie unter der Holzdecke dahinschwammen. Der kleine Lorenz sah ihnen mit großen Augen nach und wollte einen von den Rauchringen haschen, aber er erwischte keines.

Er würde ganz gern den ganzen Hof einmal ansehen, meinte der Pfarrer nach dem Kaffeetrinken, und der Hartauer stand sofort auf. Kaum waren sie draußen, sagte die Bäuerin zu mir: »Ja, sag einmal, bist denn du verrückt geworden? Das waren sicher doppelt so viele Kaffeebohnen, wie ich immer nehme, so stark war der Kaffee. Ich habe jetzt richtig Herzklopfen davon bekommen. Ein Kreuz ist es schon, wenn man nicht alles selber macht.«

Der Herr Pfarrer hatte nicht gesagt, dass ihm das Herz klopfte, aber meines klopfte auch. Bloß kam das nicht von dem starken Kaffee.

»Ich weiß nicht, ich weiß nicht, was das für Zeiten sind«, fuhr die Bäuerin fort. »Ein Pfarrer, der raucht! Und wie er schon beinander ist. Der könnte ja genauso der Kassierer vom Trachtenverein sein.«

»Das schwarze Zeug wird ihm halt zu heiß sein bei dem schönen Wetter«, sagte ich und räumte das Kaffeegeschirr wieder ab. Ich tat alles mechanisch, und dauernd lugte ich zum Küchenfenster hinaus, ob ich den Herrn Pfarrer nirgends sah. Soeben kamen die beiden aus dem Kuhstall und gingen in die Wagenremise hinüber und von dort zum Pflanzgarten, wo am Zaun die hohen Sonnenblumen standen. Was ihm wohl der Hartauer alles erzählte? Der Pfarrer war um vieles größer als der Hartauer, er hielt den Kopf ein wenig gesenkt. Ab und zu nahm er einen Zug an seiner Zigarre, nickte hin und wieder. Mir entging keine seiner Bewegungen, und er stand da wie ein reicher Gutsherr, der auf seinen Verwalter niederblickte.

Schließlich kamen sie wieder herein, und der Herr Pfarrer verabschiedete sich. Er gab allen die Hand, dem kleinen Lorenz streichelte er die Wange, dem Michael legte er die Hand auf die Schulter und sagte, dass er auch einmal so ein tüchtiger Bauer werden möge wie sein Vater. Und dann stand er vor mir. Weil ich den Kopf so tief senkte, griff er mir mit zwei Fingern unters Kinn, sodass ich ihn anschauen musste. Er lächelte mich an und sagte: »Lass dir ja deine schönen blonden Zöpfe nicht abschneiden, mein Kind.«

Das war eigentlich gar nicht nötig, denn bis zu uns war die Bubikopfmode nie vorgedrungen.

Er war schon unter der Türe, da fiel ihm noch etwas ein. »Bei meinem Gang durch den Friedhof, da hab ich ein Grabmal gesehn, einen Felsblock mit einer schwarzen Marmortafel. Ist dort deine Mutter begraben, Susanne?«

»Ja, Herr Pfarrer.«

»Und die silberne Ähre?«

»Das war ihre Spinnerei«, sagte die Bäuerin und deutete auf mich.

»Wieso? Ich betrachtete es als ein Symbol, als eine Art Verbundenheit mit der Erde und der Fruchtbarkeit. Die Adeligen pflegen ja auch ihre Wappen bei jeder Gelegenheit zur Geltung zu bringen.«

Kaum hatte er die Haustüre hinter sich geschlossen, sagte die Hartauerin: »Also, der Pfarrer, ich weiß nicht, der hat schon merkwürdige Ansichten.«

»Vielleicht. Jedenfalls, von der Landwirtschaft versteht er was. Dem kann man nichts vormachen.«

»Wundert dich das, Sepp? Seine Mutter war ja auch bloß eine Bauernmagd.«

Bloß eine Bauernmagd. Es gab mir, wie immer, einen Stich, wie abfällig sie das sagte.

Ich hatte niemanden, mit dem ich mich hätte aussprechen können, und ich hätte doch so viel zu sagen und zu fragen gehabt. Und so suchte ich nach langer Zeit wieder einmal Zuflucht bei meinem Tagebuch. Ich hatte lange nichts mehr hineingeschrieben, und das Geschriebene war auch nicht von großer Bedeutung. Ich riss sogar einige Blätter wieder heraus, weil sie mir zu kindisch vorkamen. Das, was ich aber jetzt dem Büchlein anvertrauen wollte, das war nicht mehr kindisch und vor allem, das durfte niemals ein Mensch lesen.

25. August 1931.

In mir wächst ein heftiges Verlangen, das schön ist und zugleich gefährlich. Ich möchte es gern als kindliche Schwärmerei abtun, aber dazu ist zu viel Unruhe in mich gekommen, in mein Herz und in all meine

Gedanken, die nur mehr um das eine kreisen. Ganz abgesehen davon weiß ich, dass mein Begehren eine Todsünde ist, und bei Licht betrachtet bin ich genauso schlecht wie jene Johanna in dem Buch ›Allerseelen‹. Jedem Menschen ist eine Grenze gesetzt, die er mit unvernünftigen Wünschen nicht überschreiten darf, besonders so einer kleinen Bauernmagd wie mir. Todunglücklich bin ich, wenn die Bäuerin jetzt sagt, dass ich am Sonntag zur Frühmesse und nicht ins Hochamt zu gehen habe. In der Frühmesse hält er keine Predigt. Da sehe ich nur in sein Gesicht, wenn er sich beim Schlusssegen umwendet. Ob er mich auch sieht? Beim Hochamt aber schaue ich unentwegt in sein Gesicht, auf seinen Mund, wenn er predigt. Und manchmal bilde ich mir ein, er habe mich auch angeschaut.

Wenn ich nicht beim Hochamt bin und daheim den Schweinebraten zubereitete und den Knödelteig knete, dann stellte ich mir vor, ob ihm mein Essen wohl schmecken würde. In Gedanken schneide ich das saftigste Stück Fleisch für ihn ab und wünsche ihm gesegneten Appetit. Und ich mache das Fenster auf, damit ich die Wandlungsglocke nicht überhöre. Leibhaftig sehe ich ihn vor mir, wie er die schlanken Hände mit der weißen Hostie über sein dunkles Haar hebt und dann den goldenen Kelch. Ich knie mich nieder und klopfe dreimal an mein sündiges Herz. Ach, wenn er mir nur einmal den Kelch reichen und sagen möchte: Da, trink, Susanne. Ich würde ihn leeren bis auf den Grund, und wenn Schierling statt Wein drinnen wäre. Schierling ist – glaube ich – Gift, und ich wäre dann tot. Vielleicht nicht auf einen Schlag, sondern langsam, sodass ich vielleicht noch sagen könnte: Ich danke dir tausendmal, lieber Franzl. Ja, so verdorben bin ich schon, dass ich ihn in Gedanken meinen lieben Franzl nenne.

Das ist es eben, wozu ich so notwendig einen Menschen brauchen würde. Marianne wäre dazu gerade die richtige Person. Aber wo ist Marianne? Sie ist in meine Kinderjahre getreten wie ein schöner Sonnenstrahl. Wahrscheinlich hat sie mich längst vergessen. Ach Gott, wenn ich nur nicht gar so arm wäre. Wenn ich nur wie Marianne wäre, dann könnte ich auch mit einem Sonnenschirm am Pfarrhof vorbeischlendern, so lange und so oft, bis der Herr Pfarrer dann herauskäme und mich fragte, ob ich einen besonderen Wunsch hätte.

Der Nachtwind weht um das Haus. Einmal schlägt ein Pferd drüben im Stall gegen die Bohlen. Ich sehe durch das Fenster die Mondsichel am Himmel und ein paar Sterne. Es ist wahrscheinlich schon wieder nach Mitternacht, und ich will schlafen gehn. Gute Nacht, Herr Pfarrer Franz Weitenauer.

20. September 1931.

Heute Nachmittag, nach der Christenlehre, von der er sagt, dass er sie künftig kürzer gestalten und in die Sonntagsschule am Vormittag einbauen werde, war ich am Grab meiner Mutter. Der Pfarrer sagte auch, warum er dies in Zukunft so halten wolle. Ihr seid geplagte Menschenkinder, meint er. Er kenne das aus seiner eigenen Jugend. Als der liebe Gott die Welt erschaffen habe, könne er das unmöglich an einem einzigen Tag bewerkstelligt haben. Sechs Tage habe er daran geschuftet, geschwitzt und gewerkelt, bis er sich dann todmüde auf eine Rasenbank niedergelassen und gesagt habe: Jetzt mag ich nicht mehr. Sollen nur die Menschen dereinst auch noch nach ihrem Willen und Geschmack daran herumbasteln. Für mich ist dieser siebte Tag ein Ruhetag. Und das habe fortan und für alle Zeiten Geltung.

So sei der Sonntag entstanden. Sechs Tage kannst du schuften im Schweiße deines Angesichts, am Sonntag aber sollst du ruhen. So habe es der liebe Gott beschlossen und habe dazu keine Gewerkschaften gebraucht, er habe den Sonntag an die Menschen verschenkt. Wenn der Pfarrer so bewegend zu uns Halbwüchsigen spricht, dann ist mir oft zumute, als spräche Gott selber zu uns.

Ich stehe also am Grab meiner Mutter. Und wenn ich oft meine, ich hätte niemanden zum Aussprechen, hier habe ich jemanden. Meine Mutter. Ihr kann ich alles anvertrauen, hier brauche ich nicht meine Hände vor die Augen zu heben aus Scham. Hier kann ich mir auch all mein sündiges Verlangen vom Herzen reden. Der graue Felsstein ist mein Beichtstuhl, die Hand meiner Mutter hebt sich nicht drohend aus dem Grab, und ihre Stimme ruft mich nicht zornig an: Du sollst keinen Mann begehren, der sich für Gott hat weihen lassen. Nein, ihr Mund ist für ewig stumm, und sie muss mich mit meinen sündigen Gedanken allein lassen. Ich bin ihre Sünde gewesen. Aber die ist nicht so ruchlos gewesen wie die meine, denn meine Mutter hat sich nur in einen einfachen Menschen verliebt, in einen Bauernburschen oder Wilderer, der vielleicht jetzt silberne Ähren auf seinen Feldern sucht, aber keine Tonsur im Haar trägt. Wie es auch ist, immer wenn ich an ihrem Grab stehe, kann ich mir Trost holen. Meine Mutter schenkt mir aus dem Grab heraus in reichem Maße, was sie selber nie so recht besessen hat.

Es ist so still ringsum. Späte Schmetterlinge gaukeln um den Grabstein, und in den Heckenrosen an der Friedhofsmauer summen Bienen. Wenn ich den Blick hebe, sehe ich die dunklen Wälder und darüber die Berge, über die sich ein Himmel wie aus Seide spannt, nur von einzelnen weißen Wolken betupft.

Auf einmal spüre ich den Atem eines Menschen hinter mir. Ich drehe langsam das Gesicht und erschrecke. Der Pfarrer steht hinter mir. Ja, er steht hinter mir und lächelt mich an. Der Hitze wegen hat er die Soutane am Hals geöffnet.

›Du hängst wohl immer noch sehr an deiner Mutter, Susanne?‹

›Ja, Herr Pfarrer.‹

›Das ist auch recht so. Mütter sterben eigentlich nie. Sie leben in uns weiter und vor allem, du wirst sie ja einmal wiedersehen. Glaubst du daran, Susanne?‹

›Ja, Herr Pfarrer.‹

Ich möchte gern mehr sagen, aber ich finde die Worte nicht, ich bin zu aufgeregt. Die Woge des Glücksempfindens will mich fast wegtragen, doch seine schöne, klangvolle Stimme reißt mich aus meinen Träumereien: ›Wollen wir nicht gemeinsam für deine Mutter ein Vaterunser beten?‹

Ganz still beten wir. Nur das ›Der Herr schenke ihr die ewige Ruhe‹, sagt er laut, und ebenso laut antworte ich: ›Und der Herr lasse sie ruhen in Frieden, Amen.‹ Ich mache das Kreuzzeichen, wie ich es gelernt habe, er macht es auf Lateinisch, und ich sehe, wie seine Hand die Stelle an der Brust berührt, dort wo sein Herz schlägt.

Dann gehen wir. Der Weg durch die Gräberreihen ist sehr eng, und ich bin selig, wenn meine Hand im Gehen versehentlich die seine streift. Oder tue ich das sogar mit Absicht?

Er fragt mich: ›Du hast es doch gut beim Hartauer?‹

›Jetzt schon, weil ich erwachsen werde.‹

›Ja, für dein Alter bist du schon sehr groß, aber im Herzen bist du noch Kind, und ich hoffe, dass du dir deine Kindlichkeit noch lange bewahrst.‹

Mir gibt es einen Stich mitten ins Herz. Er sieht also in mir bloß ein Kind. Weil er eben nicht in mein Herz hineinsieht. Könnte er die Wüste da drinnen sehen, würde er es sicher unterlassen, seine Hand auf mein Haar zu legen, ganz leicht nur, so als streiche ein Windhauch über meinen Kopf. Aber die alte Lechnerin hat es wahrscheinlich doch gesehen, auch wenn sie sich noch so tief bückt und das Gras vom Grab ihres Mannes zupft, dem sie zu seinen Lebzeiten die Hölle bereitet hat, wie die Leute sagen. Doch die Leute reden viel. Die haben auch über meine Mutter schlecht geredet und sie für ein liederliches Weibsstück gehalten. Und über mich werden sie auch einmal schlecht reden.

Wir stehen noch ein wenig vor dem Friedhofstor. Aus der Kegelbahn beim Lamplwirt hört man die Kugeln rollen und Männergeschrei tönen.

Der Pfarrer schaut auf seine Armbanduhr und meint dann: ›Jetzt ist es halb drei Uhr, Kaffeestunde. Komm mit, Susanne. Mutter hat einen Zwetschgenkuchen gebacken. Der Kaffee wird allerdings nicht so stark sein wie deiner damals, als ich auf dem Hartauerhof gewesen bin.‹

Ich sollte sagen, dass ich heim müsse, weil sonst die Bäuerin schimpfe. Aber mir ist in diesem Augenblick alles gleich. Meinetwegen mag sie mich ausschimpfen. Zu schlagen wagt sie mich jetzt nicht mehr, seit ich ihr gesagt habe, das nächste Mal, wenn sie das macht, werde ich zurückschlagen.

Ich gehe an seiner Seite, und da er mich ja noch als Kind ansieht, hätte er mich eigentlich ruhig bei der Hand führen können. Aber dafür bin ich ihm wohl doch nicht mehr kindlich genug.

Seine Mutter ist mir auf den ersten Blick sympathisch mit ihrem Silberhaar und den großen, gütigen

Augen. Umgekehrt hat sie sogleich Vertrauen zu mir und meint während des Kaffeetrinkens im Garten vor dem Haus, sie könne in mir eine Verbündete finden für ihre geheimen Pläne. Sie wolle sich Hühner hertun und ein paar Schweine füttern. Beim Pfarrhof sei so viel Grund dabei, dass man sogar ein paar Kühe halten könne. Aber nein, der Grund wird lieber an die Bauern ringsum für billiges Geld verpachtet.

›Das versteh ich nicht‹, sagt sie. ›Aber mein Franzl ist halt dagegen. Doch wenn man ein ganzes Leben lang mit Tieren umgegangen ist so wie ich, dann fehlt einem was, wenn man keine mehr hat, um die man sich kümmern kann. Höchstens eine Katze kann ich mir jetzt noch halten, oder einen Dackel, wenn es nach meinem Franzl geht.‹

›Mein Franzl‹ darf sie zu ihm sagen, weil er ihr Sohn ist. Ich darf es nicht, obwohl ich ihn genauso liebe wie sie. Vielleicht noch mehr.

Der Pfarrer lächelt nur zum Gejammer seiner Mutter. ›Susanne wird dich sicherlich verstehen, Mutter. Aber schau einmal her, du hast dein ganzes Leben lang gerackert, hast dir nie eine freie Stunde gönnen können. Jetzt will ich, dass du dir das Leben schön machst. Du hast sowieso mit dem Haushalt genug zu tun.‹

Ich habe noch nie einen so reizenden, gemütlichen Sonntagnachmittag erlebt wie diesen. Als der Pfarrer einmal ins Haus geht und ich mit der Frau allein auf der Hausbank sitze, ist mir zumute, als säße ich wieder neben meiner Mutter. ›Darfst mir's glauben, Kind‹, sagt sie. ›Ich weiß, wie es ist, wenn man so ein Leben führt wie du. Komm nur öfter zu mir und rast dich aus.‹

Als ich nach zwei Stunden den Pfarrhof wieder verlasse, hockt die Lechnerin immer noch vor dem

Grab. Ich glaube, die hat gewartet und immer auf die Kirchenuhr geschaut, wie lange ich im Pfarrhof bleibe. Wenn da nur kein übles Gerede entsteht. Mir könnte es ja gleich sein, aber auf ihn darf kein Schatten fallen. Sein Ruf als Priester darf nicht angekratzt werden. Wir leben sowieso in einer rebellischen Zeit, in der man gegen die Kirche und ihre Priester hetzt. Gegen die Kirche und noch ärger gegen die Juden, die an allem schuld sein sollen, vor allem an der großen Arbeitslosigkeit.

Als ich heimkomme, stemmt die Bäuerin die Fäuste in die Hüften und schreit mich an: ›Ist jetzt vielleicht die Christenlehr erst aus?‹

›Nein, die war um halb drei aus.‹

›Wo hast du dich dann rumgetrieben? Du fängst ja schon ganz nett an.‹

›Ich war im Pfarrhaus beim Kaffeetrinken‹, erwiderte ich.

Ach, ist das eine Wonne, so dazustehen, die Arme über der Brust verkreuzt, vom guten Kaffee zu reden und vom Zwetschgenkuchen. Und weil ich jetzt schon ins Schwärmen gekommen bin, entwerfe ich ein Bild von der gütigen Pfarrersmutter, dass die Hartauerin gar nicht fertig wird, den Kopf zu schütteln. Es geht ihr einfach nicht in den Kopf, dass ich über zwei Stunden gefaulenzt habe.

Sie deutet mit ausgestreckter Hand auf den großen Wäschekorb hin. ›Nicht dass du meinst, die Wäsche bügele sich von selber. Die kannst du jetzt nach Feierabend bügeln, und wenn es Mitternacht wird, bist du fertig bist. Und dass dem Pfarrer seine Mutter Dienstboten zum Kaffee einladet, das ist ja auch ein Kapitel für sich. Ich versteh das nicht.‹

Nein, das wird sie nie verstehen. Doch das macht mir nichts aus.

Das Jahr ging wieder einmal seinem Ende entgegen. Die Sennerin war mit dem Vieh von der Alm heimgekehrt. Sie wollte zu Lichtmess nicht mehr bleiben, weil man ihr gesagt hatte, dass im nächsten Sommer ich an der Reihe sei, auf die Alm zu gehen. Das hatte man mir versprochen, und ich glaube, nur um dieses Versprechens willen war ich noch auf dem Hartauerhof, denn die Bäuerin nützte meine junge Arbeitskraft über Gebühr aus. Das sahen auch die Nachbarn, und Ferdinand, der Pferdeknecht, der sich einst meinetwegen mit dem Hartauer entzweit und ihm den Dienst aufgekündigt hatte, wollte mich beim Lamplwirt unterbringen. Dort könne ich in der Küche das Kochen lernen oder vielleicht auch als Kellnerin arbeiten. Bei meinem Aussehen fiele da für mich ein gutes Trinkgeld ab. Das war alles recht verlockend und beschäftigte mich sehr.

Ich redete nach der Christenlehre mit dem Pfarrer darüber. Der sagte, dass er mich in meiner Berufswahl nicht beeinflussen wolle und dass er es verstehe, wenn ich aus der Fron des Bauerndienens herauswolle, aber bei dem Wort Kellnerin schaute er doch recht skeptisch drein. Ich war eigentlich froh darüber, denn in mir selber war der Wunsch, auf die Alm ziehen zu dürfen, die ganzen Jahre lang so brennend gewesen, dass ich mir wie eine Abtrünnige vorgekommen wäre, wenn ich jetzt anders über mein künftiges Leben entschieden hätte. Aber es gab noch einen weiteren Grund, der meinen Entschluss, auf die Alm zu gehn, nur noch festigte. Wenn ich den ganzen Sommer auf der Alm war, konnte ich ihn nicht mehr sehen.

Ich musste diese unsinnige Verliebtheit aus meinem Herzen reißen. Da droben hatte ich nichts um mich als die grenzenlose Einsamkeit der Bergwelt, in der ich mit meiner Mutter einmal so glücklich und zufrieden gewesen war. Sie würde meine Schritte leiten, und ich würde ihre Stimme hören, wenn sie mich beim Morgenläuten der Herdenglocken anrief: ›Steh auf, Kind, unser Tag beginnt.‹

Sechzehn Jahre war ich jetzt, und wenn mein Vater nicht übers große Meer gegangen wäre, jetzt hätte er aufhören können für mich zu bezahlen. Zwanzig Mark im Monat, sagte mir einmal der Bauer, das wäre die Taxe für ein lediges Kind. Und das wäre eigentlich eine Ungerechtigkeit, meinte er, einmal Rittmeister und sechzehn Jahre Zahlmeister.

Er warf mir in letzter Zeit überhaupt manchmal so Bemerkungen hin, mit denen ich nichts Rechtes anfangen konnte.

Niemand auf dem Hof dachte daran, dass ich Geburtstag hatte. Geburtstage wurden zwar hierzulande nicht gefeiert, nur Namenstage. Aber wenn ich Namenstag hatte, dachte auch niemand daran. Ich konnte es selber nicht recht fassen, doch einen Tag nach meinem Geburtstag kam ein Brief mit fremden Marken. Aus Ägypten kam er, und er war von Frau Marianne.

Allerliebste Susanne,

du wirst dir denken, ich hätte dich vergessen. Aber dem ist nicht so. Ich denke sogar sehr viel an dich und auch daran, dass du nun sechzehn Jahre alt bist. Ich wünsche mir nichts sehnlicher, als dass ich an diesem Tag bei dir sein könnte. Ich möchte dich in meine Arme schließen und lieb haben, so wie dich niemals ein Mann lieb haben wird.

Wir – mein Mann und ich – sind zur Zeit in Kairo. In Ägypten deswegen, weil mein Mann es ein wenig mit der Lunge zu tun hat und ihm die Ärzte dringend einen Aufenthalt in Ägypten geraten haben. Es ist möglich, dass wir nach Amerika gehen, denn Jakob, mein Mann, hat ein sehr verlockendes Angebot von dort bekommen. Aber vorher komme ich noch einmal zu dir. Ich muss dich noch einmal sehen, Susanne, dich, den lichten Stern in meinen Nächten. Immer sehe ich dich vor mir, du wirst noch gewachsen sein. Und dein junger, schöner Körper? Ob er sich auch manchmal nach Anschmiegen sehnt?

Wir wohnen hier im Stepheard Hotel, und ich habe einen herrlichen Blick aufs Meer hinaus. Ach, könntest du bloß neben mir sitzen und sehen, wie das alles schimmert und leuchtet. Die Sterne sind die gleichen wie bei dir, aber sie schimmern anders, heller und klarer. Ich werde dir demnächst Geld schicken, liebe Susanne. Bitte, geh zu einem guten Fotografen und lass von dir ein Bild für mich machen. Ich werde es auf mein Nachtkästchen stellen, dann bist du auch in den Nächten bei mir. Bitte, schreib mir auch. Nur ein paar Worte, dass du auch an mich denkst. Ich denke so viel an dich und warte sehnlichst auf ein paar Zeilen von dir. Meine Anschrift siehst du oben am Briefrand. Gott segne dich, Liebes, und lass mich sein mit tausend Küssen deine Marianne.

NB. Sieh doch bitte einmal nach, ob in unserer Villa die Rollläden noch geschlossen sind.

Dieser Brief stiftete im ersten Augenblick mehr Verwirrung als Freude und Glück. Wenn ein Mann mir das geschrieben hätte, das von meinem jungen, schönen Körper! Und doch las ich den Brief immer wieder. Ein paar Jahre früher hätte ich all die Worte ja noch gar nicht verstanden. Ich würde den Brief auf die Alm mitnehmen und ihn dort immer wieder lesen. Und was meinen Körper betraf, er war tadellos gewachsen. An diesem Abend überzeugte ich mich davon, stand entkleidet vor dem Spiegel in meiner Kammer, schlüpfte auch in das rosaseidene Nachthemd und erschauerte vor der Kühle des seidenen Stoffes. Ich betrachtete meine Augen. Sie schienen ein wenig dunkler geworden zu sein und waren fast tintenblau. Die Brauen darüber waren wie ein Strich gezogen, viertelmondförmig, und die Wimpern waren dunkel und lang. Ich bestätigte mir, dass ich schön war. Michael sagte das auch. Der verglich mich zuweilen mit einem Engel. Doch Michael war erst zwölf und konnte sich noch kein Urteil über Frauenschönheit erlauben.

Acht Tage später kam tatsächlich der Chef der Raiffeisenkasse zu uns auf den Hof und verlangte mich zu sprechen. Es sei Geld aus Ägypten für mich angewiesen worden. Zehn englische Pfund, und das sei ein Haufen Geld.

Viel mehr Mühe musste ich dann aufwenden, dass ich vor dem Almauftrieb noch einen Tag herausschinden konnte, um in die Kreisstadt zu fahren und mich fotografieren zu lassen. Besonders die Bäuerin war dagegen und schimpfte: »Zu was fotografieren? Deine Visage ändert sich doch alle paar Jahre.«

»Ja, aber ich möchte dann wissen, wie ich mit sechzehn Jahren ausgesehen habe.«

Ich ließ mir von der Bäuerin nicht mehr viel gefallen, nicht nur weil ich mich schon erwachsen fühlte, sondern auch weil ich mich immer daran erinnerte, wie meine Mutter oft gedemütigt worden war, nur weil sie eine Dulderin gewesen war, eine Schweigerin aus Armut.

Ich zog mein neues Dirndlgewand an, das ich mir Weihnachten von der Kögl Kunigunde hatte machen lassen, ein blaugeblümtes mit Silberknöpfen.

Der Bauer sah mich, bevor ich wegging, bekam runde Augen und drehte an seinen Bartspitzen. Dann schaute er sich um, ob niemand um die Wege war und sagte: »Jetzt hat der Staatsanwalt auch die Hand nimmer über dir.«

Ich wusste nicht, was er damit meinte, das dämmerte mir erst ein paar Tage später, kurz bevor ich auf die Alm zog. Es war schon ziemlich spät, und ich hatte kurz zuvor den Bauern heimkommen hören, der bei einer Versammlung beim Lamplwirt gewesen war. Ich war schon ausgezogen, saß im Hemd auf der Bettkante und überlegte gerade, was ich auf die Alm alles mitnehmen sollte. Der Deckel der Holztruhe stand noch offen. Ich hatte Kleider und Wäsche eingepackt, das verschnürte Paket mit dem Abschraubstutzen sowieso, und mein Tagebuch musste ich natürlich auch mitnehmen. Ich blätterte gerade noch ein bisschen darin, als die Türe leise geöffnet wurde. Es war der Bauer. Er war strumpfsockig, nur in Hemd und Hose und roch von weitem schon nach abgestandenem Bier und Tabakrauch. Ich klappte das Büchlein hastig zu und schob es unter mein Kopfkissen.

Der Hartauer schloss vorsichtig hinter sich die Türe, dann kam er näher und setzte sich neben mich auf das Bett.

Erschrocken war ich nicht, ich staunte nur. Er lächelte und sagte: »Da schaust du, gell, dass ich zu dir komme. Aber du weißt es ja selber, was der Doktor gsagt hat wegen der Bäuerin. Feierabend muss sein, hat er gesagt. Aber ich bin doch noch ein Mannsbild in voller Kraft, bin erst vierundvierzig, und du weißt ja selber, wie das ist, beim Hirn kann man's auch nicht herausschwitzen.«

Nein, ich hatte keine Ahnung, was er meinte. Mir ging erst ein Licht auf, als er mir ans Knie griff. Da verstand ich mit einem Schlag alles. Weil ich seine Jungmagd war, meinte er vielleicht, ich müsse es schweigend über mich ergehen lassen, dass er das, was er sich nicht zum Hirn rausschwitzen konnte, mir zukommen ließ. Ich stieß ihn mit den Fäusten weg. »Schau, dass du rauskommst, oder ich schreie nach der Bäuerin.«

Er hielt mir den Mund zu und drückte mich mit Gewalt auf das Bett zurück. Gier stand in seinen Augen, er stöhnte und schnaufte. Sein Mund näherte sich dem meinen, ich roch das Bier, und mich ekelte es vor ihm und dem, was er vorhatte.

»Sei doch nicht so«, flüsterte er.

Ich wollte aber so sein. Ich zog die Knie an, brachte meine Füße hoch hinauf bis zu seiner Brust und schleuderte ihn mit einem Stoß zurück, und zwar mit einer solchen Wucht, dass er krachend gegen die Holztruhe schlug. Dann erst kam die Angst über mich, denn der Hartauer rührte sich einen Moment lang überhaupt nicht mehr, dann, nach ein paar endlosen Sekunden, während derer ich mich schon als Mörderin im Gefängnis enden sah, bewegte er sich stöhnend und versuchte sich mit viel Mühe zu erheben. »Kruzifixmensch verrecktes«, knurrte er mich an und hielt mit beiden Händen sein Kreuz, als er es endlich geschafft hatte aufzustehen. Er schlurfte hinaus und würdigte mich keines Blickes mehr.

Ich schloss die Tür hinter ihm und schob den Riegel vor. Erst als ich wieder auf dem Bett saß, legte sich meine Aufregung allmählich. Wie zum Trost nahm ich Mariannes Brief aus dem Tagebüchlein und las ihn wieder: »Du lichter Stern in meinen Nächten. Lass mich sein mit tausend Küssen deine Marianne.«

Das hörte sich anders an als die soeben erlebte Gewalt. Ich dachte noch lange darüber nach, ob ich unter diesen Umständen noch weiter auf dem Hartauerhof bleiben konnte. Endlich schlief ich ein.

Am nächsten Morgen, bei der Morgensuppe, erschien der Bauer, als wir schon alle um den Tisch saßen. Sein Rücken war tief gekrümmt, sein Gesicht verzerrt. Als er sich setzte, stieß er einen unwillkürlichen Schmerzenslaut aus. Ich schaute ihn an, aber er wich meinem Blick aus. Er griff nach dem Löffel, warf ihn jedoch gleich wieder weg.

»Was hast du denn?«, fragte die Bäuerin.

»Was werd ich schon haben. Gestolpert bin ich über etwas, als ich heute Nacht von der Versammlung heimgangen bin. Ich muss auf einen Markstein gefallen sein. Ich glaube, da habe ich mir eine Rippe gebrochen, auf alle Fälle habe ich mir das Kreuz verstaucht.«

»Hast wohl wieder zu viel gesoffen«, bemerkte die Bäuerin trocken.

»Ach woher denn. Drei Halbe hab ich gehabt, nicht mehr.«

Niemand hatte Mitleid mit ihm. Nur ich machte mir Vorwürfe. Wenn er nun wirklich einen Schaden fürs Leben genommen hatte?

»Dann geh zum Doktor«, meinte die Bäuerin.

»Ach was, das wird schon wieder vergehen.«

Als ich später mit der Schubkarre an ihm vorbeikam, saß er auf der Hausbank mit schmerzverzerrtem Gesicht.

»He, du«, schrie er mir nach. »Komm einmal her.«

Ich stellte die Schubkarre ab und trat vor ihn hin. »Was ist, Bauer?«

»Wenn du sagst, was heute Nacht war, schlag ich dir 's Kreuz ab.«

Dieser Mensch wollte mir also auch noch drohen? Das konnte ich mir nicht bieten lassen. »Das kommt darauf an, wie du dich in Zukunft verhältst«, sagte ich kalt.

»Dir komm ich nicht mehr zu nahe, so viel ist sicher«, brummte der Bauer.

»Dann ist's gut. Andernfalls müsste ich dir den Dienst aufkündigen und der Bäuerin erzählen, was du für einer bist.«

Jetzt wurde er doch ein bisschen blass. »Um Gottes willen, bloß nicht. Aber wenn du jedes Mannsbild so behandelst, das dir in Zukunft nahe kommt, dann wirst du deiner Lebtag keinen Mann finden.«

»Es wird sich ja nicht jeder so wie du wie ein Bock aufführen.«

Ein paar Tage ging er noch so gekrümmt umher, erst dann ging er wieder aufrecht, hatte aber immer noch den schmerzlichen Zug um seine Mundwinkel. Wir redeten nicht wieder von dem Vorkommnis, auch nicht, als wir am Pfingstsamstag auf die Alm zogen.

Ja, endlich war es so weit. Ich zog mit der Herde auf die Alm und war dann allein. In mein Tagebuch machte ich ein Kreuzlein und schrieb darunter: »Mit Gott fange ich an.«

Ich teilte mir anfangs die Arbeit so ein, wie ich es von der Mutter gesehen und gelernt hatte. Bald kam ich aber dahinter, dass ich noch rationeller arbeiten konnte. Außerdem kam mir zugute, dass mir alles schneller von den Händen ging. Dabei blieb ich mir immer bewusst, dass ich als Sachwalterin des Bauern Josef Liegl eine große Verantwortung trug. Er hatte allerdings schmerzlich das Gesicht verzogen, als ich ihm sagte, dass ich um zwei Mark in der Woche nicht mehr arbeiten könne und vier Mark haben wolle.

»Du bist wohl nicht mehr recht bei Trost«, schrie er mich an. »Mit sechzehn Jahren schon vier Mark.«

»Oder sagen wir lieber fünf«, gab ich zurück. »Dann vergesse ich die anderen vier Mark, die du mir noch schuldig bist.«

Er schaute mich verdattert an und hob die rechte Achsel. »Was sagst du da? Ich wäre dir vier Mark schuldig? Da kann ich mich nicht daran erinnern.«

»Ich schon, aber lassen wir's gut sein.«

Er hatte es plötzlich sehr eilig wegzukommen. Ich hatte das Gatter schon hinter dem Fuhrwerk geschlossen, da rief ich ihm noch nach: »Vergiss am nächsten Samstag nicht, dass ich Mehl und Eier brauche.«

In diesen Tagen kam ich endlich dazu, das zweite Buch von Marianne, dieses »Via Mala«, zu lesen, ein weiteres Buch, das mich sehr aufwühlte. Diesen Sägmüller, der Frau und Kindern das Leben zur Hölle machte, begann ich zu hassen. Wenn es Väter wie diesen Sägmüller gab, dann war es vielleicht doch besser, man kannte den eigenen nicht. Dies vertraute ich meinem Tagebuch unter dem 25. Juli 1932 an.

Mein Vater – nein, wie dieser Sägmüller konnte er wohl nicht gewesen sein. Eher ein leichtsinniger Vogel, der aller Verantwortung aus dem Weg gegangen war.

Wenn ich meine Fotografie neben die seine hielt und unsere Gesichtszüge studierte, dann gab es so viele Ähnlichkeiten zwischen uns, dass er nicht umhin gekommen wäre, die Vaterschaft anzuerkennen.

Manchmal redete ich auch in Gedanken mit ihm und fragte ihn: ›Warum hast du meine Mutter sitzen lassen? Ach so, du kannst dich an nichts erinnern. Maria hat sie geheißen, Maria Reichertseder. Eine grundgütige, ehrliche Frau, eine Bauernmagd nur, wie ich jetzt auch eine bin. Vielleicht hätte sie silberne Ähren in den Händen tragen müssen, damit du bei ihr geblieben wärst. So aber glaube ich, dass bei dir neben dem Schuss Leichtsinn auch eine ganz schöne Portion Charakterlosigkeit vorhanden gewesen sein muss.

Vielleicht bist du jetzt ein geachteter Mann da drüben. Vielleicht klimperst du jetzt mit Silberstücken in deiner Hosentasche, und niemand weiß, dass du einmal in der Heimat eine Sennerin mit einem Kind hast sitzen lassen.‹

Wenn ich mein Tagebuch so betrachtete und das Geschriebene beurteilte, dann stellte ich fest, dass mir die Worte jetzt leichter fielen als am Anfang, auch wenn es noch an der Ausschmückung gewisser Details fehlte. Aber vielleicht bedurfte es keinerlei Ausschmückung. Ich wollte ja keine Schriftstellerin werden, ich sagte die Dinge so wie ich sie mir dachte, und schließlich schrieb ich ja alles nur für mich allein. Auf keinen Fall durfte das sonst jemand lesen.

In diesem Sommer kam auch mein Herz wieder zur Ruhe, so wie ich es zuvor gehofft hatte. Es war nicht nur die räumliche Entfernung, die diese Wandlung in mir bewerkstelligt hatte. Es war auch die Erkenntnis, dass dieses sündhafte Begehren nach einem Menschen, der zum Priester geweiht worden war, niemals eine Erfüllung finden konnte. Es war ein unsinniger Traum gewesen. Ich musste mir immer bewusst bleiben, dass Franz Weitenauer mir niemals etwas anderes sein durfte als ein älterer Bruder, den ich verehrte, aber niemals lieben durfte. Ich fühlte mich nun stark genug, um diesen Gedanken ohne Schmerz zu ertragen.

Die Ferien hatten begonnen, und sie schickten mir Michael herauf. Er stand jetzt im vierzehnten Lebensjahr und war im Stimmbruch – ein schlank gewachsenes Bürscherl, den Märchen entwachsen und schon recht selbstbewusst. Oder er wollte sich mir gegenüber bloß so aufspielen.

Ich konnte ihn notwendig brauchen, weil wir ja das Heu hinter der Hütte noch einzubringen hatten, es musste noch gemäht werden. Ich begann gleich nach dem Morgenmelken. Barfuß setzte ich Schritt vor Schritt, bis ich die Sense wieder einmal niederstellte, um sie zu wetzen. Ich gönnte mir einen Augenblick Rast. Der frische Morgenwind spielte mit meinen Schläfenhaaren, und ich schaute zu den Bergen hinauf, die vom Licht der steigenden Sonne umflutet wurden.

Michael kam mit einer Gabel und streute das gemähte Gras an. Er tat es mit entblößtem Oberkörper, dem Sonne und Wind bereits die Farbe von Nußbaumholz verliehen hatten. Die Sonne stieg immer höher und brannte unbarmherzig herunter. Der ganze Himmel glänzte vor lauter Licht. Michael wischte sich mit dem Arm den Schweiß von der Stirne. Er hätte sich auch in den Schatten legen können, aber er schwitzte mir zuliebe, auch wenn er das nicht zugegeben hätte. Michael war sehr gewachsen, er war nun schon so groß wie ich, und wenn der Stimmbruch vollendet war, dann würde er eine schöne, dunkle Stimme haben.

Manchmal, wenn wir abends beieinander saßen, trieben wir das neckische Spiel, einander so lange in die Augen zu sehen, bis einer von beiden lachen musste. Meist war ich diejenige, die nicht standhalten konnte, weil Michael sich so krampfhaft bemühte, ernst und männlich zu schauen, dass ich einfach lachen musste.

Dann war ich wieder allein. Die Ferien waren vorüber, und Michael musste zur Schule, denn für ihn suchte der Bauer nicht um Verlängerung der Ferien nach.

Die Bäuerin fand überhaupt, dass der Bub jetzt lange genug gefaulenzt hatte. Sie hielt es vermutlich ohnehin nicht für ratsam, uns beide da oben so allein miteinander zu lassen. Ich vermisste den Buben danach stärker, als ich erwartet hatte, nicht nur weil er mir bei der Arbeit so fleißig geholfen hatte, sondern weil seine unbekümmerte Art mich mitgerissen hatte, so dass ich mich manchmal selber wieder wie ein Kind fühlte.

6

So verging die Zeit. Über die Almfelder trieb schon ein Wind, der den nahenden Herbst spüren ließ. Um diese Zeit geschah etwas, woran ich schon nicht mehr geglaubt hatte: Marianne erschien. Sie kam nicht von unten herauf, sondern von oben herunter, weil sie sich ein wenig verlaufen hatte, und es sah so aus, als könne so eine blendende Erscheinung nur von oben herkommen, vom Himmel sozusagen. Man hätte wirklich denken können, es steige ein Engel vom Himmel herab, oder vielleicht auch eine Märchenfee, als sie aus dem glühenden Abendrot heraus neben dem Latschenfeld niederstieg. Dieses Licht umschimmerte ihre ganze Gestalt, ihr weißes Kleid, ihre schlanken Beine, und mit ihrem Haar spielte der Abendwind.

Ich war von einem freudigen Erschrecken bewegt. Wie lange war es eigentlich schon her, dass ich Marianne zuletzt gesehen hatte? »Marianne«, rief ich und breitete die Arme weit aus.

Und Marianne begann zu laufen, flog förmlich in meine Arme, umschlang mich innig und küsste mich auf Augen, Wangen und Mund. Und wie sie küsste – wie eine Verdurstende, der man endlich einen Trunk Wasser reichte. »Ach, Liebes, wie habe ich mich nach dir gesehnt. Komm, küss mich auch.«

Ich war verwirrt von diesem leidenschaftlichen Überfall, gab den Kuss zurück, aber nur zögernd und ungeschickt. Ich hatte auch keinerlei Empfindung dabei, denn mir fehlte noch jede Erfahrung. So nahm ich die Liebkosungen Mariannes als mütterliche Zärtlichkeit hin, teils auch als Freude über das Wiedersehen nach so langer Zeit.

Endlich kam ich dazu zu fragen: »Wo kommst du denn her, Marianne?«

»Von zu Hause. Am Montag bin ich aus Ägypten zurückgekommen. Es gibt noch so vieles zu ordnen und zu regeln. Meinem Mann ist eine Professur in Kalifornien angeboten worden. Er ist bereits vorausgereist. Und ich – ich komme nach.«

»Ihr wollt also wirklich ...?«

»Ja, Susanne. Jakob und ich haben lange das Für und Wider erwogen, und wir sind zu dem Schluss gekommen, dass es besser ist, wenn wir nicht nach Deutschland zurückkehren. Denn wenn diese braune Woge ins Rollen kommt, ist es besser, man weicht ihr aus.«

»Was für eine Woge?«, fragte ich verwirrt.

»Aber Kind«, lachte Marianne, »lebst du denn hier hinterm Mond? Weißt du denn nicht, was da draußen vor sich geht?«

»Nein.«

»Jakob ist doch Jude. Man hat uns bereits an unserm Haus im Dorf die Fensterläden verschmiert. Das ist aber mit Sicherheit erst der Anfang.«

Jetzt begriff ich überhaupt nichts mehr. Dass der Maler Lipold Jude war, ja, das hatte ich gewusst. Aber wer verschmierte denn deshalb die Fensterläden an seinem Haus?

Marianne schüttelte den Kopf über meine Unwissenheit. Ob ich in meiner Abgeschiedenheit etwa nicht mitbekommen hätte, welche Partei bei den Reichstagswahlen die meisten Stimmen bekommen hatte?

»Ich verstehe davon nichts, Marianne«, musste ich zugeben.

»Gott segne deine Naivität«, sagte Marianne. Ich erfuhr, dass es sich um die Partei handelte, von der die Flugblätter stammten, auf denen behauptet wurde, die Juden seien unser Unglück. Da sie von mehr Leuten gewählt worden war als jede andere Partei, wollte sie nun Deutschland regieren. »Und was wird dann aus uns, meinem Mann und mir? Aber – ich kann doch bei dir über Nacht bleiben, Susanne?«

»Freilich. Im Heu.«

»Nein, bitte nicht im Heu.«

Ich dachte ein wenig nach und lachte dann. »Dann schlaf halt ich im Heu. Aber jetzt komm rein, du wirst Hunger haben.«

»Ja, großen Hunger.«

Die Sonne war längst untergegangen, Schatten lagen über dem Almfeld. Von weit drunten herauf hörte man das Gebimmel der Herdenglocken. Am dunklen Nachthimmel flimmerten die Sterne. Wir saßen nach dem Essen auf der Bank vor der Hütte. Marianne erzählte von der großartigen Schönheit des ägyptischen Landes und von den Steppen Nubiens. In dieser Landschaft glühte alles von Licht, und alles war übersät von den Goldschwaden der Sonne. Dieses Land wäre ein Paradies für alle Liebenden, doch dazu gehörte sie leider nicht.

»Warum nicht?«, fragte ich.

Marianne sah gedankenverloren vor sich hin. »Weil ich mich einmal in meinem Leben verrechnet habe. Ich wollte reich sein und mir jeden Wunsch erfüllen können. Darum habe ich Jakob geheiratet, der fünfunddreißig Jahre älter war als ich und ein reicher Mann. Nur um die Versorgung ist es mir gegangen. Ich bin ihm auch heute noch dankbar, ich fühle mich ihm verpflichtet und kann ihn jetzt, wo der Hass gegen seine Rasse lodert, nicht auch noch im Stich lassen.«

»Nein, das darfst du nicht. Wenn man einen Menschen liebt, darf man ihn nie verlassen.«

»Dazu bedarf es gar nicht einmal der Liebe, denn ich liebe Jakob nicht, aber ich empfinde Achtung für ihn. Weißt du, Susanne, Liebe ist oft ein Balancieren zwischen Traum und Wirklichkeit. Zuerst träumst du, und dann wachst du auf, und es ist alles ganz anders, als du es dir eingebildet hast. Nichts ist trügerischer als die Liebe zwischen Mann und Frau.«

Das begriff ich nicht so recht. Ich verstand überhaupt so manches nicht, was Marianne in dieser Nacht zu mir sagte. Ich schreckte zusammen, als Marianne die Frage stellte: »Und nun sag mir ganz ehrlich, Susanne, warst du schon einmal mit einem Mann zusammen?«

»Ja, wochenlang, mit dem Michael, aber das ist noch kein Mann, bloß ein lieber, herziger Bub.«

Marianne lachte. »Das meine ich doch nicht. Ich meine doch einen Mann, der dich in die Arme genommen und dich begehrt hat.«

»Nein, wo denkst du hin?«

»Hüte dich auch fernerhin.«

Die Nachtluft war so klar und rein, nur von einem leisen Wind bewegt. Einmal hörte man aus der Tiefe herauf die Glockenschläge einer Turmuhr und den Ruf eines Nachtvogels aus dem nahen Wald.

»Wir müssen jetzt schlafen gehen«, sagte ich, da ich an das Morgen dachte und was da alles wieder an Arbeit auf mich wartete.

Ich weiß das Datum nicht genau und bin zu faul, erst im Kalender nachzusehen. Darum schreibe ich einfach:

Mitte September 1932.

Ich habe noch nie die Notwendigkeit so sehr in mir verspürt, mich meinem Tagebuch anzuvertrauen, wie jetzt. Drei Tage ist Marianne bei mir auf der Alm heroben gewesen. Von diesen drei Tagen und Nächten kann ich nie jemandem erzählen, genausowenig wie von meinem schwärmerischen Verliebtsein in den Pfarrer vor einem Jahr. Nun, da Marianne wieder von mir gegangen ist, weiß ich nicht, ob ich darüber weinen oder mich freuen soll. Ich muss der Reihe nach beginnen, denn wenn ich in späteren Jahren, wenn mein Haar einmal weiß geworden ist, in meinem Tagebuch nachlese, dann könnte es sein, dass ich es nicht mehr genau rekonstruieren kann.

Marianne kam also zu einer Abendstunde wie eine weiß gekleidete Fee über den Latschenhang herunter. Wir saßen an diesem Abend lange, sehr lange vor der Hütte, dann gingen wir zu Bett. Ich legte den Querbalken vor die Tür und zündete eine Kerze an. Marianne sagte, dass sie kein Nachtzeug bei sich habe, und begann sich auszuziehen. Stück für Stück legte sie ab und breitete es auf die Bank. Zum Schluss stand sie ganz nackt da. Ein wunderschöner Körper, über den das Licht der Kerze hinflackerte. Ich hatte so etwas noch nie gesehn. Mir schoss das Blut zu Kopf und ich sagte: ›Nimm du die Kerze. Ich finde auch im Dunkel zum Heuboden hinauf.‹

›Nein, bitte, Susanne, bleib bei mir. Lass mich nicht allein!‹

Ich fühlte mich wie willenlos, als Marianne anfing, mich zu entkleiden. Nur das Hemd, ein rupfenes Hemd, das meine Knie nicht erreichte, das ließ ich mir nicht mehr abnehmen. Nein, ich wollte nicht nackt sein. Mich unverhüllt zu sehen, das war nur meiner Mutter erlaubt gewesen. Ich hatte Angst vor der Nacht und konnte mich diesen bittenden Augen doch nicht verschließen. Marianne löste auch meine Zöpfe, das Haar fiel weit hinunter. ›Wie ein goldener Man-

tel‹, schwärmte Marianne und barg ihr Gesicht darin. An mir geschah das gänzlich Unerwartete, das Unfassbare, dass mein Wille immer mehr erlahmte und ich schließlich neben Marianne in meinem Bett lag. Zunächst hatte ich noch Scheu vor ihr und Scham vor mir selber, aber dann wurde ich mit so viel behutsamer Zärtlichkeit überschwemmt, der ich mich hingab, als wäre es wieder meine Mutter, an die ich mich kuschelte. Und dabei kam mir wie ein Dolchstoß der Gedanke, um wie viel sanfter und liebevoller diese Augenblicke der verschwenderischen Zärtlichkeit gegenüber der rohen Gewalt des Bauern Josef Liegl waren. Ich verlor mich wie in einen fremden Zauber, und es war so schön, einschlafen zu können, das leise Geflüster im Ohr, dass ich von ganzem Herzen geliebt werde, auch wenn es von einer Frau geflüstert wurde.

Am nächsten Morgen war die Scheu wieder da, ich hatte das Gefühl, mich an etwas Seltsames und Fremdes verloren zu haben. Aber als Marianne mich beschwor, dass ich ihr ewig treu sein möge so wie sie mir, da konnte ich dies mit gutem Gewissen versprechen, weil das, was sie mir über die Brutalität der Männer zu sagen wusste, wie eine unheimliche Warnung in mein Herz eindrang.

Die drei Tage waren wie ein Traum, der nicht zu enden schien. Marianne geriet sogar in Zweifel, ob sie nicht doch ganz dableiben sollte. Zuletzt überwog aber dann doch das Mitleid mit ihrem sowieso schon verzweifelten Mann, der auf sie wartete. Wir weinten beide, und Marianne konnte in ihrer Erschütterung nur noch darin Trost finden, dass die Zeit der braunen Gewalt doch nur für kurze Zeit dauern könne. Dann würde sie sofort wiederkommen. Zum Schluss übergab sie mir die Schlüssel zu ihrem Haus und bat mich, manchmal dort nachzusehen, die Fenster zu öffnen, damit sich kein Modergeruch festsetzte, und aus dem Bücherschrank könnte ich mir nehmen, was mir gefiele.

Die Bäuerin sagte »Gott sei Dank, dass du wieder da bist«, als ich mit der Herde herabkam. Ich sei eben doch die einzige, die sich im Haus gut genug auskenne und mich auch einmal etwas zu sagen getraue. Es konnte auch sein, dass die Bäuerin zu müde und verdrossen geworden war, um sich ihren nie endenden Pflichten so wie früher widmen zu können, obwohl sich der kleine Lorenz ganz gut entwickelte, ganz abgesehen von Michael, dem auf der Oberlippe bereits der erste Flaum spross.

Es ging halt nicht alles so, wie die Hartauerin es gewollt hätte. Die Liesl in Traunstein war schwanger mit einem Kind von einem Metzgergesellen, den daraufhin die Tante hinausgeworfen hatte. Manchmal war ich versucht, die Bäuerin zu fragen, ob dieses Kind nicht auch ein Bankert sei. Aber ich war ja kein rachsüchtiger Mensch, und im Grunde genommen tat die Bäuerin mir Leid, die sich wegen ihrer Tochter so grämte und oft weinte.

Vielleicht weinte sie auch ihres Mannes wegen, der die Mahnung des Arztes, dass Feierabend sein müsse, zu wörtlich nahm. Der Doktor hatte nur gemeint, dass die Bäuerin kein Kind mehr bekommen dürfe, aber doch nicht gleich Feierabend für immer und ewig. Auch ging das Gerücht, dass es der Bauer mit einer Magd aus dem Nachbardorf hätte, die von Hand zu Hand ginge und von den Männern als erotischer Wanderpokal betrachtet wurde. Er leugnete es zwar, hob sogar die Schwurfinger, aber das Gerücht hielt sich hartnäckig. Jedenfalls, an mich wagte er sich nicht mehr heran. Er hatte begriffen, dass er von mir ohne

Gewalt nichts erwarten konnte, und das war ihm die Sache nicht wert. Außerdem, so eine Arbeitskraft wie mich würde er so schnell nicht wiederbekommen, falls ich meine Drohung wahrmachte, ihm den Dienst aufzukündigen.

Ich ging jeden Sonntagnachmittag hinauf zur Malervilla, lüftete und wischte Staub. Die Bäuerin hatte am Anfang zwar gemault, aber es war schon lange nicht mehr so wie früher, dass ich mich duckte oder gar ausnützen ließ.

Vierteljährlich schrieb Marianne einen Brief. Ich gab ebenso regelmäßig Antwort, vermied es aber, auf Anspielungen einzugehen, die mit ihrem Aufenthalt auf der Alm im Sommer zu tun hatten.

In letzter Zeit starrten mir die Burschen häufig in einer Weise nach, wenn ich nach der Kirche über den Dorfplatz schritt, dass ich das kaum übersehen konnte. Doch das ließ mich unberührt.

Manchmal traf es sich, dass ich dem Pfarrer begegnete. Wenn ich vom Grab der Mutter wegging, kam er manchmal gerade aus der Sakristeitüre. Böse Mäuler konnten vermuten, dass da eine bestimmte Absicht dahinterstünde. Aber es war wirklich nicht so, es war keine Berechnung dabei, nur reiner Zufall.

»Grüß dich Gott, Susanne«, sagte der Pfarrer.

»Grüß Gott, Herr Pfarrer.« Wir gaben uns die Hand.

»Wie geht es dir, Susanne? Ich hab dich lange nicht mehr gesehen. Ach ja, ich weiß, du warst ja den Sommer über auf der Alm. Immer habe ich vorgehabt, dich einmal zu besuchen da oben. Aber die Zeit reicht bei mir eben nie aus.«

Wir waren vor dem Pfarrgarten angekommen. »Du kommst nicht auf einen Sprung mit rein, Susanne?«

»Leider geht es nicht, daheim ...«

»Ja, ich weiß, daheim wartet wieder eine Menge Arbeit auf dich.« Der Pfarrer öffnete das Gartentürchen, wandte sich aber noch mal um. »Ich beobachte dich sonntags zuweilen da droben in der Malervilla.«

»Ich seh nach dem Rechten«, antwortete ich. »Lipolds sind nach Kalifornien ausgewandert, und man hat mir den Schlüssel für das Haus anvertraut.«

»Sind noch wertvolle Bilder dort?«

Ich zuckte die Achseln, denn ich hatte keine Vorstellung davon, ob diese Gemälde wertvoll waren oder nicht.

»Wenn du wieder einmal raufgehst, Susanne, dann nimm mich mit. Es kann leicht sein, dass man einiges in Sicherheit bringen muss, wenn es an der Zeit ist.«

Ich begriff nicht so ganz, was der Herr Pfarrer mit »in Sicherheit bringen« meinte und wann es dazu an der Zeit wäre. Wer würde sich denn am Eigentum der Lipolds vergreifen wollen? Aber das wurde mir dann allmählich klarer, als eines Tages an den hölzernen Masten der Stromleitung, an Schuppen und Scheunentoren leuchtendrote Plakate hingen, die zu einer Versammlung in den Saal des Lamplwirts für den Sonntagnachmittag um drei Uhr einluden. In der Zeitung war zu lesen, dass als Redner ein Herr aus München käme, ein gewisser Doktor Schierl, und dass es für jeden guten Bürger geradezu eine heilige Pflicht sei, in diese Versammlung zu gehen, um zu hören, wie der Schandfriede von Versailles das deutsche Volk immer tiefer in den Abgrund führe.

Der Pfarrer sagte bei seiner Sonntagspredigt, dass er sich unter einer heiligen Pflicht ganz was anderes vorstelle, aber man könnte ruhig einmal hingehen, um zu hören, was Hetze und Verleumdung wäre. Ja, wenn sogar der Herr Pfarrer sagte, dass man da hingehen solle, dann fand auch der Hartauer nichts Unrechtes dabei und brachte sogar auch seine Frau so weit, dass sie mitging. »Du kannst ruhig auch mitgehen«, sagte er zu mir, »aber bloß wenn du magst. Verstehen wirst du ja nichts von solchen Sachen.«

Gerade weil er das meinte, bekam ich Lust mitzukommen. Als wir den Saal betraten, war er bereits weit über die Hälfte gefüllt. Und ganz vorne am ersten Tisch saß der Pfarrer, hatte eine Halbe Bier vor sich stehen und betrachtete die Leute, die immer noch hereinströmten. Er hatte nicht seinen Trachtenanzug an, sondern sein schwarzes Priestergewand mit der breiten Schärpe um den Leib. Der Hartauerin war es direkt peinlich. Sie blieb beim Pfarrer stehen und sagte: »Ich wär ganz sicher nicht hergekommen, aber unser Bauer hat gesagt, dass Sie, Herr Pfarrer, heute in der Predigt gesagt hätten, man solle zu der Versammlung kommen.«

»Jawohl, das habe ich gesagt. Man kann doch ruhig auch einmal die Meinung anderer hören. Wir leben schließlich in einer Republik. Noch wenigstens. Und du, Susanne, bist auch dabei? Schön, schön. Dann wollen wir einmal hören, was der Herr so unter heiliger Pflicht versteht.«

Der Redner selber war in Zivil, aber er hatte ein halbes Dutzend Begleiter in Uniform dabei, mit viel Leder um Bauch und Schulter.

Die größte Überraschung aber war dann der Schlossermeister Heck, der die Versammlung eröffnete. Niemand oder nur wenige hatten bisher gewusst, dass er so etwas wie ein Ortsgruppenleiter dieser Partei war. Er begrüßte den Redner, diesen Doktor Schierl, und dankte ihm, dass er seinen wohlverdienten Sonntag geopfert habe, um in die dörfliche Einsamkeit herauszukommen und den Leuten zu sagen, wie es um unsern Staat eigentlich stünde. Dafür gebühre ihm ein herzliches Vergelt's – äh, er wolle sagen, ein herzliches Dankeschön. Und so erteilte er dem Herrn Doktor Schierl das Wort.

Der Redner erhob sich und trat an das Pult. Er holte nach, was der gute Heck vergessen hatte, verneigte sich leicht und sagte, dass es ihn besonders freue, auch den Herrn Pfarrer hier begrüßen zu dürfen. Solche Unterstützung der Geistlichkeit für die hohen Ziele, auf die er und seine Leute hinarbeiteten, sei in letzter Zeit gar nicht mehr so selten, und er komme überhaupt viel mit Theologen zusammen. Dann trat er zurück und riss den Kopf in die Höhe. »Deutsche Volksgenossen und Genossinnen ...«

Er begann ganz gemütlich, erzählte der Versammlung, dass er selber vom Land stamme und sich immer noch mit der bäuerlichen Bevölkerung ganz besonders verbunden fühle. Er wisse um die Mühsal und um die Schwere der Arbeit von früh bis spät. Und der Ertrag? Er kenne an die hundert Höfe, die auf die Gant gekommen seien. Und wer sei daran schuld? Diese willenlose, erbärmliche Regierung, die man nicht anders als die Erfüllungsgenossen des internationalen Judentums nennen könne. Noch ärmer seien die Knechte und Mägde dran. Für einen Hungerlohn schufteten und rackerten sie sich ab, dem Wetter und oft der menschlichen Willkür ausgesetzt und auf der untersten Stufe eines sozialen Daseins stehend.

Hier wurde der Redner zum ersten Mal unterbrochen, denn von der Ecke bei der Schenke hinten rief der Eberlknecht heraus: »Ja, da hast du Recht. Vier Mark in der Woche zahlt mir der meine.«

»Mehr bist du auch nicht wert«, schrie der Eberl zurück.

»Das sagst du mir! Darfst du mir das sagen, dass ich nicht mehr wert bin?«

Da erhob sich der Schlossermeister Heck. »Xaverl, halt dein Maul, sonst fliegst du raus. Du darfst die Versammlung nicht stören.«

»Ja, weil's wahr ist! Darf der sagen, dass ich nix wert bin?«

Der Redner ließ sich nicht stören. Er wehrte die Einwürfe mit einer Handbewegung ab wie lästige Fliegen und lächelte ein bisschen dazu. Rhetorisch war seine Rede hervorragend, er stellte die große Arbeitslosigkeit heraus und nannte die Namen derer, die daran schuld wären. Es gab kaum ein Thema, das er denen nicht zum Vorwurf machen konnte, und wenn er einmal stockte, dann schaute er nur auf einen Zettel, wo er scheinbar die Stichwörter ablas und das nächste Thema aufgreifen konnte. Das Thema der ledigen Mütter etwa, die letzten in der Reihe der Verdammten. Als ob sie nicht das gleiche Recht hätten wie jede Mutter, geachtet und geehrt zu werden. Hier müsse man vor allem der Kirche ihr Verhalten ankreiden, deren Vertreter die ersten seien, die den Stein heben. Es durfte doch keinen Unterschied machen, ob eine reiche Bäuerin in den Wehen lag oder eine ledige Magd, denn jede Mutter gebe dem Volk das Kostbarste, was es brauche, um stark zu werden: einen neuen jungen Menschen.

»Bravo«, schrie die Brucklechnerdirn vom Nachbardorf, und alle wandten den Kopf nach ihr. Die hatte es nötig!

Ich hörte mir das alles an, sagte aber nichts, sondern machte mir nur meine Gedanken. Wenn nämlich dieser Mann meinte, die Bauern seien arm dran, dann war es doch Unsinn, gleichzeitig von den Bauern zu verlangen, dass sie ihren Knechten und Mägden mehr Lohn zahlen mussten. Wie sollte das denn zusammenpassen? Ich vermutete, dass er eben jedem das erzählte, was er gerne hören wollte: den Bauern, den Knechten, den ledigen Müttern. Es hätte mich interessiert, was er wohl in einer Versammlung mit lauter reichen Leuten erzählt hätte.

Endlich kam der Redner zum Ende. Der Beifall war ziemlich flau. Wahrscheinlich hatten die guten Leute gar nicht alles verstanden, was er gesagt hatte. Die Gehilfen des Redners legten Zettel auf einem Tisch aus. Dies seien Beitrittserklärungen für die Partei, wurde gesagt. Das interessierte offenbar den Herrn Pfarrer. Er ging zu diesem Tisch hinüber, nahm so einen Zettel in die Hand und las ihn aufmerksam. Dabei blieb er stocksteif bei dem Tisch stehen, und wenn wirklich einer sich überlegt haben mochte, so eine Beitrittserklärung auszufüllen, jetzt genierte er sich vor dem Pfarrer und ging an den Zetteln vorbei. Nur der Eberlknecht, der Xaver Lodinger, genierte sich nicht und unterschrieb. »Diesen Pfaffen merken«, flüsterte der Redner den Uniformierten zu. Dann sah er zu, wie sich die Menschen aus dem Saal schoben. »Blödes Bauernvolk«, knirschte er und schloss seine schöne Aktenmappe. Ich hörte beides ganz genau, weil ich es nicht eilig hatte, sondern abwarten wollte, bis das Gedrängel an der Tür etwas nachgelassen hatte.

Inzwischen schlief ich schon lange nicht mehr in der Kammer zu ebener Erde neben dem Stall. Die Hartauerin hatte Bedenken bekommen: Man kannte ja die jungen Mannsbilder, wenn sie brunftig waren. So ein morscher Fensterstock gab nach, wenn sie sich mit der Schulter dagegenstemmten. Und es sollte mir ja um Gottes willen nicht so ergehen wie meiner Mutter. Die Hartauerin sagte, dass sie eine Verpflichtung habe, nicht nur weil sie mich großgezogen habe, sondern auch meine Firmpatin sei. So hatte ich also eine Kammer im oberen Stockwerk bekommen, eine schöne, helle Kammer. Die Kammer hatte einen neuen Fensterstock mit zwei dicken Eisenstangen. Im Augenblick konnte ich allerdings gar nicht zu dem Fenster gelangen, weil man meine Kammer außerdem nutzte, um Winteräpfel einzulagern. Ich hätte erst über einen Berg Äpfel steigen müssen, um an das Fenster heranzukommen. Ganz abgesehen davon klopfte niemand ans Fenster. Ich ermutigte auch keinen der Burschen dazu, es einmal zu tun.

An Weihnachten wurde ich reichlicher beschenkt als jemals zuvor. Die Hartauerin hatte, seit die eigene Tochter zu einem Stein des Anstoßes geworden war, eine gewisse Vorliebe für mich entwickelt. Es sei ein liebes Kind, schrieb die Liesl aus Traunstein, und ob die Mutter den kleinen Alois nicht einmal anschauen wolle. Die Hartauerin hatte allerdings keine Lust, dieses »Sündenkind«, wie sie es nannte, zu sehen. Sie war zutiefst betroffen und machte der Tante in Traunstein die heftigsten Vorwürfe. Die hätte es an der schützenden Hand fehlen lassen, und die Liesl sollte sich ruhig ein Beispiel an mir nehmen, die ich meine gefährlichen Jahre so makellos lebe, dass man mir eine mütterliche Zuneigung nicht vorenthalten dürfe. Ich dachte bei mir, dass dies der Hartauerin wahrhaftig schon früher hätte einfallen können.

Die große Narrenzeit begann, und wenn ein Dorf noch so klein war, es hatte seine Vereine, und es wollte auch seine Feste feiern. Am Dreikönigstag hielt der Trachtenverein bereits eine Veranstaltung ab. Am zweiundzwanzigsten Januar lud der Veteranenverein zu seinem Faschingsball ein, dem der Hartauer nicht ausweichen konnte, weil er Kassier dieses Vereins war. Bisher hatte er immer seine Bäuerin zu diesem Fest mitgenommen. Diesmal aber streikte sie, nicht nur weil sie im Vorjahr außer ihrem Mann kein anderer zum Tanz geholt hatte, sondern weil sie körperlich nicht mehr so beieinander war. Das Herz machte ihr zu schaffen, die Nieren arbeiteten nicht mehr so einwandfrei und die Füße waren oft geschwollen und schmerzten. Nein, sie wolle auf diesen Veteranenball verzichten. Der Hartauer nickte verständnisvoll und dachte sich wohl: ›Endlich einmal allein!‹ Er brauchte nun ihre nörgelnde Stimme nicht anzuhören: »Sepp, sauf nicht so viel!«

Doch da kam die Hartauerin mit einem Vorschlag, mit dem niemand gerechnet hatte. Sie sagte, er solle doch mich zu diesem Veteranenball mitnehmen. Der Hartauer tat zwar so, als müsste er sich das noch überlegen, nickte aber dann: »Ja, wenn du unbedingt meinst. Die Leute werden sich zwar das Maul zerreißen, wenn ich mit ihr aufkreuze. Aber du hast schon Recht, das Mädchen kennt wirklich sonst keine Freuden.«

»Ja, aber sauf nicht wieder, bis dir die Augen tropfen. Und gib auf die Susanne acht, dass sie nicht saudumm auf einen reinfällt. Denk an ihre Mutter!«

Der Tag kam heran, es war ein Samstag, und ich war schließlich doch ein kleines bisschen aufgeregt. Ziemlich lange stand ich vor dem Spiegel und probierte Verschiedenes aus, um mich schön zu machen. Zuerst wollte ich das blonde Haar im Nacken zu einem Knoten schlingen, dann überlegte ich es mir wieder anders und schlang die Zöpfe gleich einem Ährenkranz um die Stirne. Das gefiel mir besonders gut, und ich beschloss, meine Frisur so zu lassen. Schließlich war ich zufrieden mit dem Bild, das ich im Spiegel sah: Der dunkle Faltenrock ging mir knapp bis an die Knöchel, und man sah gerade noch die weißen

Strümpfe und die schwarzen Schnallenschuhe. Die Brust umspannte ein straffer lilafarbener Spenzer mit kleinen silbernen Knöpfen. Das Schultertuch mit den langen Fransen stammte noch von meiner Mutter. Es roch ein bisschen nach Mottenkugeln – aber es duftete auch nach Mutter.

»Warte«, sagte die Bäuerin, als ich so vor sie trat. »Der Hals ist noch so nackt.« Und sie legte mir, der Magd, ihre eigene, sechsgliedrige Silberkette mit der Goldschließe um den Hals! Damit hatte ich nicht gerechnet, und ich war kurz sprachlos. Ja, es hatte sich in ihrem Verhältnis zu mir wirklich so manches geändert seit meiner Kindheit.

Der Hartauer ging ungeduldig in der Stube auf und ab. »Herrgott, werdet ihr Weiberleute gar nicht fertig?«

Aber nun war ich wirklich so weit. »Ich bin fertig, Bauer«, sagte ich ihm.

Aber die Bäuerin hatte noch etwas zu sagen, während sie die Finger in das Weihbrunnkesselchen tauchte und mich damit bespritzte. Auch der Bauer bekam ein paar Spritzer ab. »Also, was ich dir noch sagen will, Susanne. Denk immer scharf drüber nach, was dir einer sagt. Wenn dich einer beim Tanzen ganz fest an sich drückt, der hat was Schlechtes im Sinn. Und wenn einer recht süßraspelt, dann weißt du, dass er es nicht ehrlich meint. So – und jetzt geht.«

Der Bauer ging voraus, und gerade als ich die Stubentür hinter mir schließen wollte, gewahrte ich hinten im Ofenwinkel ein zorniges, finsteres Bubengesicht. Michael war zwar zurzeit in Wolfratshausen auf der Landwirtschaftsschule, kam aber jede Woche über Samstag und Sonntag heim.

Ich kehrte noch mal um, streichelte dem Michael zärtlich und liebevoll die Wange und lächelte ihn an.

»Michael, nimm's doch nicht so tragisch. In ein paar Jahren bist achtzehn und darfst auch auf den Tanzboden.« Dann beeilte ich mich, zu gehen, bevor der Bauer sich über die erneute Verzögerung zu ärgern anfing.

Nun rollte die braune Woge schneller heran, als man es erwartet hatte, hier im Dorf, wo die Nationalsozialisten bei ihrer Versammlung nur ein so klägliches Echo hervorgerufen hatten. Fast über Nacht geschah das, und um die Mittagsstunde des Wintertages plärrte ein Lautsprecher über den stillen Dorfplatz – wo sie nur den Lautsprecher so schnell herhatten? –, dass der Reichspräsident von Hindenburg den Führer der Nationalsozialistischen Partei, Adolf Hitler, zum Reichskanzler ernannt habe.

In den Bauernstuben, wo in den meisten ja auch ein Radio stand, ließen sie die Löffel sinken und starrten sich an. Der Hartauer warf seinen Löffel so heftig auf die Tischplatte, dass er klirrend darüber hinaus auf den Stubenboden fiel. »Jetzt haben wir's«, sagte er und war ganz blass im Gesicht.

Die Hartauerin aber schlug das Kreuz über Stirn und Brust und meinte: »Da müssen wir jetzt erst einmal abwarten, was Gott dazu sagt.«

Aber Gott sagte nichts. Gott schwieg, wenn auch auf dem Dorfplatz der Lautsprecher noch so laut plärrte. Und die Sätze waren von Marschmusik untermalt. Diese neue Zeit, die nun angebrochen war, wie sie sagten, hatte ihre eigenen Götter.

Der Hartauer griff sich seine Pelzmütze, schlüpfte in die Lodenjoppe und ging hinaus. Er mischte sich unter die Menschen, die sich vor dem freien Platz beim Lamplwirt sammelten. Immer mehr kamen aus ihren Haustüren und gingen mit schwerem Schritt zum Dorfplatz wie ehedem ihre Urahnen zum Thingplatz, um Gericht zu sitzen. Aber hier war kein Gericht, noch nicht. Denn was der Schlossermeister Heck zu sagen hatte, klang ganz friedsam, und er sagte es mit satter Zufriedenheit, dass jetzt endlich die Stunde der Freiheit geschlagen habe.

»Warum?«, fragte der Bürgermeister Schmoderer, dessen Bauernhof am östlichen Ende des Dorfes lag. »In Unfreiheit haben wir doch bis jetzt auch nicht gelebt.«

Aus dem Schulhaus kam der Lehrer Altinger in braunen Schaftstiefeln und überhaupt ganz braun angezogen bis obenhin und sagte, dass nun die Fesseln des Versailler Vertrages gesprengt würden und dass es an der Zeit wäre, dass der Herr Bürgermeister daran denken sollte, vor der Gemeindekanzlei eine Hakenkreuzfahne aufzuziehen.

»Wo soll ich denn die hernehmen?«

»Meine Frau näht gerade an einer.«

Der Eberlknecht schlängelte sich mit seinen krummen Beinen an den Menschenhaufen heran und schrie auf die andere Seite zu seinem Bauern hinüber: »Jetzt wird sich ein bisschen was ändern, glaube ich. Jetzt wirst du um vier Mark in der Woche für mich schuften.«

Der Eberl sagte gar nichts, kam nur langsam über die Straße herüber, zog dann die rechte Hand aus seiner Hosentasche und versetzte seinem Knecht eine schallende Ohrfeige. »Dass du weißt, wer bei uns auch in Zukunft das Sagen hat, du Trottel, du viereckiger. Und jetzt schau, dass du heimkommst und einspannst. Mist wirst du heute Nachmittag fahren, dass du nur weißt.«

Der Lehrer Altinger nickte. Er sagte nicht, dass er mit der Ohrfeige einverstanden sei, er meinte aber, dass es ohne Disziplin auch in Zukunft nicht gehen werde. Hier scheine ihm, sei die Machtergreifung ein bisschen missverstanden worden, aber das werde sich alles noch klären.

Es schien überhaupt so, als ob in Zukunft der Lehrer Altinger das Heft in diesem Dorf in die Hand zu nehmen gedachte. Was er bisher verdeckt unter seinem rechten Joppenaufschlag getragen hatte, das glänzte jetzt außen in der Januarsonne. Der Schlossermeister Heck hatte es gleich gesehen und fragte mit einiger Betroffenheit: »Wie lange schon?«

»Schon bevor ich hierher versetzt worden bin. Ja, und nun wollen wir halt einmal sehn, wie wir diesen Laden in Ordnung bringen. Wie und wer das machen wird, das entscheidet die Kreisleitung vielleicht heute noch.«

Die Leute verstreuten sich wieder. Die erste Neugierde war gestillt, und sie konnten es schon noch abwarten, bis der Glanz auf ihre müden Schultern fiel. Man konnte doch jetzt wegen so einem bisschen Machtübernahme nicht an einem ganz normalen Montag Feiertag halten. Der Eberlknecht, dem wahrscheinlich die Wange noch brannte, fuhr bereits mit einem Fuder Mist auf den Feldweg hinaus. Auf dem Hang hinter dem Lochingerhof breiteten ein paar Weiberleute Mist an, und beim Hartauer standen wir in dem windgeschützten Eck zwischen Stall und Querstadel vor einem riesigen Haufen Fichtenäste und hackten sie klein. Zuweilen strich ein Windhauch über die alten Bäume hinter dem Stadel. Dann wehte es ein vergilbtes, von den Herbststürmen vergessenes Blatt über das Dach herüber und wirbelte es über den Hof.

Nein, für mich schien sich nichts geändert zu haben. Es war ein dreißigster Januar, wie er es im Vorjahr auch gewesen war und wie er es im nächsten Jahr auch wieder sein würde. Ich hatte außerdem an anderes zu denken, oder, genauer gesagt, an jemand anderen. Andreas hieß er, Andreas Bürgle, er hatte auf dem Veteranenball mit mir getanzt und mich dann nach Hause gebracht, weil der Hartauer um zehn Uhr schon besoffen gewesen war.

Eleve war er auf einem großen Herrensitz, auf dem Gut Herlichkingen. Ich hatte nicht gewusst, was ein Eleve war, aber Andreas hatte es mir erklärt. Er habe Agrarwissenschaft studiert, und nun müsse er ein paar Jahre Praktikum machen. Es sei die Laufbahn eines Gutsverwalters, vorerst aber nur so etwas wie ein besserer Knecht, doch in ein paar Jahren ... Ich müsse nur warten können und Vertrauen haben.

Noch nie hatte mir ein Mann so betörende Worte ins Ohr geflüstert, und noch nie hatte jemand gesagt, dass ich berückend schön sei. Außer Marianne natürlich, aber die war ja kein Mann. Eng umschlungen waren Andreas und ich durch die Nacht heimgegangen, und obwohl sie klar und voller Sterne gewesen war, hatte ich keine Kälte verspürt. Er hatte mich fest in seinem Arm gehalten, und seine Küsse waren wie brennendes Feuer gewesen. Es fühlte sich ganz anders an als mit Marianne. Andreas war aber schließlich auch ein Mann, ein junger, gut aussehender Mann von vierundzwanzig Jahren.

Ich müsse ihm unbedingt schreiben, hatte er verlangt. Auf dem Tanzboden hatte er mir seine Adresse bereits gegeben. Der Zettel steckte in meinem Kittelsack. Und wenn ich irgendwann einmal in Schwierigkeiten kommen sollte, er sei jederzeit für mich da. Ja, er überlege gerade, ob er mich nicht überhaupt auf das Gut entführen könne, in die Küche, neben eine erstklassige Köchin, denn als künftige Gutsverwalterin müsse ich ja auch der Küche vorstehen.

An all das musste ich immer wieder denken, auch jetzt, während ich die Fichtenäste hackte, jedes Stück etwa fünfundzwanzig Zentimeter lang.

Es dämmerte bereits, und die Bäuerin hatte schon das Licht in der Küche angemacht. Um diese Zeit ungefähr war es, als am Schulhaus ein graues Auto hielt und ein paar Männer in langen Mänteln ausstiegen, wie uns der Bauer später zu berichten wusste. Im Wirtshaus hatte man darüber geredet.

Der Schlossermeister Heck und der Bürgermeister Schmoderer hatten diese Männer aus der Nähe gesehen und das eine oder andere berichtet, was sich in der Lehrerwohnung zugetragen hatte. Man hatte sie herbeigeholt und dem Bürgermeister Schmoderer höflich, aber dennoch unumwunden gesagt, dass sein Stuhl wackle, wenn er sich nicht entschließen könne, der Partei beizutreten.

Den Schmoderer hatte das aber gar nicht aus der Ruhe gebracht, und er hatte bloß geantwortet, dass er auf diesem Stuhl noch nie recht gern gesessen sei, und er müsse sich das noch überlegen.

Das schienen die Besucher nicht ungern zu hören. Der Parteigenosse Heck werde dann also das Amt des Bürgermeisters übernehmen und Parteigenosse Altinger die Ortsgruppe.

»Ja, muss denn da nicht gewählt werden?«, wollte der Bürgermeister wissen.

»Diese unteren Posten werden bei uns nur bestimmt. Aber da ist noch etwas. Die Judenvilla.«

»Sie meinen das Haus des Malers Lipold?«, berichtigte der Schmoderer.

»Ach was. Den Namen hat er sich doch bloß als Künstlernamen zugelegt. In Wirklichkeit heißt der Kerl Levi. Die Villa wird natürlich beschlagnahmt. Wo steckt der Kerl überhaupt?«

»Ist nach Kalifornien ausgewandert«, wusste der Bürgermeister.

»Haben Sie seine Anschrift?«

»Ja.«

»Und den Schlüssel zur Villa? Ich könnte mir denken, dass er den beim Bürgermeisteramt hinterlegt hat.«

»Nein.«

»Ja, wer hat ihn denn dann?«, fragte der Lehrer. »Irgendjemand muss ihn doch haben. Als wir im Herbst hierherzogen, waren sonntags meistens die Fenster da droben geöffnet.«

»Ach so? Nun, Parteigenosse Altinger, Sie werden das herausbekommen. Notfalls ist es ja kein Kunststück, auch ohne Schlüssel in so ein Haus zu kommen.«

»Selbstverständlich.«

Die Herren ließen sich in die langen Mäntel helfen und fuhren wieder davon, ohne irgendwelchen Glanz zu hinterlassen.

3. Februar 1933.

Gestern war der Maria Lichtmesstag, der große Wandertag für alle Knechte und Mägde, die den Platz wechseln, und so eine Art Bauernfeiertag. Um sechs Uhr früh ist eine stille Messe gewesen, eine Dienstbotenmesse, hat der Pfarrer gesagt. Danach habe ich den Pfarrer im Friedhof wieder getroffen, und er sagte: ›Gut, dass ich dich treffe, Susanne. Ich brauche dich heute Abend, wenn Ruhe ins Dorf eingekehrt ist. Nimm den Schlüssel zur Villa mit, wir wollen einige Bilder holen und in Sicherheit bringen.‹

Ja, dann sind wir also in der Lichtmessnacht unterwegs gewesen. Ich habe vorsichtshalber einen Rodelschlitten mitgenommen. Acht Bilder haben wir aus der

Lipoldschen Villa geholt. Wenn uns dabei jemand überrascht hätte – nicht auszudenken. Wir wären des Diebstahls bezichtigt worden, wenn es auch der Pfarrer ›in Verwahrung nehmen‹ nennt. Über den Wert der Bilder bin ich mir nicht im Klaren. Ich weiß auch nichts von Expressionismus und Kubismus. Der Pfarrer erwähnte diese Worte ein paar Mal. Er will die Bilder im Pfarrhaus, im Speicher oben, verstecken. In der Villa aber sind an den Wänden acht weiße Flecken zurückgeblieben. Wie zwei Verschworene sind wir gewesen, und ich dachte an die Zeit, in der ich in den Pfarrer so unsterblich verliebt gewesen war. Damals hätte ich sogar gemordet für ihn, wenn er es verlangt hätte. So aber handelt es sich bloß um ein paar Bilder, die wir in Sicherheit gebracht haben, bevor andere sie in ihren Besitz nehmen oder sie gar vernichten, weil sie von einem Juden gemalt worden sind. Ich sollte wohl Frau Marianne davon benachrichtigen.

Wir hatten nur eine Sorge, dass wir unsere Spuren um das Haus herum hinterlassen würden. Aber der Himmel scheint mit unserm heimlichen Tun einverstanden gewesen zu sein, denn nach Mitternacht begann es zu schneien, und der Schnee verwischte unsere Spuren. Wir gaben uns zum Abschied die Hand, und der Pfarrer sagte mir, dass ich ungewöhnlich tapfer sei, und der Mann, der mich einmal bekäme, dürfe sich glücklich schätzen, eine Frau zu bekommen, mit der man Pferde stehlen könne. Da hatte ich's. Bilder hatte ich mit ihm gestohlen, Pferde sollte ich mit einem andern klauen, der nicht unter dem Gesetz des Zölibats stand. Leidet so ein Mann eigentlich darunter? Am liebsten hätte ich ihn danach gefragt. So wie es jetzt um mich steht, bereits losgelöst von meiner kindhaften Verliebtheit und nur mehr im Gefühl geschwisterlicher Verbundenheit, hätte ich diese Frage wohl stellen können. Aber es war die reine Ehrfurcht vor seinem priesterliche Gewand, die mir für eine solche Frage die Lippen verschloss.

Die Schneeflocken begannen dichter zu fallen. Ich zog das Schultertuch über mein Haar und lief eilig zu unserm Hof. Durch den Stall schlich ich mich ins Haus und die Stiege hinauf. Auf dem Boden meiner Kammer lagen nicht mehr so viele Äpfel, und man konnte jetzt leichter zum Fenster hingelangen. Einen Augenblick lang schaute ich noch in die Nacht hinaus. Immer dichter fielen die Schneeflocken. Ein Wind war aufgekommen und trieb die Flocken vorüber, ein wirbelndes Spiel von weißen Flaumwölkchen. Ich entkleidete mich rasch und schlüpfte in mein Bett. Aber ich konnte lange nicht einschlafen. Meine Gedanken waren längst nicht mehr bei den Bildern, sondern wanderten durch den Schneewirbel in die Ferne, wo dieses Herrengut Herlichkingen liegen mochte. Ich verschränkte die Arme hinter dem Kopf, schaute ins Dunkel und stellte mir das braun gebrannte Gesicht des Andreas Bürgle vor.

Dann schlummerte ich endlich ein. Aber ich muss die Gedanken um den fernen Mann in meinen Traum mit hineingenommen haben. Ich ritt auf einem weißen Pferd mit Andreas durch Sturm und Schneegestöber. Er hielt mich vor sich im Sattel fest. Die Mähne des Schimmels war in kleine Zöpfchen geflochten, und die sahen aus wie silberne Ähren. Sie schlugen aneinander, und es war ein wunderschönes, silberhelles Geläute, das bimmelte wie Wandlungsglöcklein in der Frühmesse. Dann tat es plötzlich einen dumpfen Schlag, vor dem wir beide erschraken. Es war aber nur die Faust meines Bauern, und seine schlaftrunkene Stimme rief: ›Zeit ist's! Aufstehn!‹

7

Die strenge Kälte, die Mitte Februar einsetzte, dauerte bis zum Monatsende hin. Aber dann blies der Föhn über die Berge herein, und der Schnee schmolz. Es war noch die Sommergerste und der Hafer der Erde anzuvertrauen und Gott zu bitten, dass er die jungen Saaten segnen und sie vor Unwettern bewahren möge. Die Saaten würden wachsen und schließlich zu Brot werden wie zu allen Zeiten. Die Äcker wussten nichts von einer neuen Zeit. Von der hörte man aus dem Radio, und sie war sichtbar im Dorf durch die Flagge vor dem Schulhaus, die jeden Morgen aufgezogen wurde. Flaggenhissung nannten sie das. Die Kinder beteten jetzt auch nicht mehr vor dem Unterricht wie früher, aber sie sagten irgendeinen der neuen Sprüche auf: »Gott erhalte uns das neue Reich« oder dergleichen. Gott hatten sie also doch noch nicht ganz vergessen. Nur die Lieder waren jetzt anders. Wenn die Bauern mit ihren Fuhrwerken am Schulhaus vorbeifuhren, dann hörten sie den Gesang aus dem Schulzimmer. In den neuen Liedern ging es jetzt nicht mehr um einen Brunnen vor dem Tore oder ein Vaterhaus, vor dem eine Linde steht, sondern man ließ jetzt in scharfem Rhythmus die Forderung nach östlichen Fernen erklingen: »In den Ostwind hebt die Fahnen« oder etwas ähnliches.

Der Hartauer säte Hafer. Er ging hinter der Sämaschine, und ich eggte mit dem zweiten Gespann die Körner unter die Erde. Michael würde erst um Ostern herum aus der Landwirtschaftsschule kommen. Er war mit seinen sechzehn Jahren schon Manns genug, dass man sich einen Knecht sparen konnte. In der Zwischenzeit, von Lichtmess bis Ostern, hatte ich diesen eingesparten Knecht zu ersetzen.

Fast überall auf den Äckern weitum waren Gespanne zu sehen. Ackerstaub stieg hinter ihnen auf, und wenn man auf das Dorf hinschaute, sah man nach langer Zeit wieder einmal Wäsche auf der Leine flattern. Beim Bimslinger hatten sie sogar die Betten schon in die Sonne herausgelegt, ein bisschen zu früh, dachte ich, denn nach einer alten Bauernregel sollte man die Betten erst in den Monaten, die kein »r« in ihrem Namen haben, in die Sonne legen. Von Mai bis August also.

Ich wusste gut Bescheid über die alten Bauernregeln, und wenn ich einmal Frau Verwalter wäre, dann wollte ich mich auch daran halten. Ach, dass mir das immer wieder in den Sinn kam. Wenn nur diese Hemmungen nicht gewesen wären! Ich hatte Sehnsucht und wollte ihm gerne schreiben. Aber sah das dann nicht wie Nachlaufen aus, wenn ich schrieb: Lieber Andreas, bitte komm doch! Oder hast du mich schon vergessen?

So hing ich bei der Arbeit meinen Gedanken nach, und es dauerte eine Weile, bis mir etwas auffiel, das eigentlich nicht sein konnte. Ich stutzte und hielt das Gespann an, um den Hügel, auf dem die Malervilla stand, genauer in Augenschein nehmen zu können. Da die Bäume um das Haus noch ohne Laub waren, konnte man es um so deutlicher sehen. Die Fensterläden waren geöffnet, und aus dem Kamin stieg bläulicher Rauch. »Was soll denn das bedeuten?«, fragte ich den Hartauer, der mit der Sämaschine neben meinem Gespann ebenfalls anhielt. Der Hartauer zog die Schultern hoch.

»Hast denn nicht du den Schlüssel?«

»Ja, den hab ich. Das sieht nach einem Einbruch aus.«

»Oder nach Beschlagnahme.«

»Beschlagnahme? Wer sollte denn so viel Frechheit haben.«

»Die neuen Herrn.«

»Das werde ich ihnen versalzen.«

»Du solltest dich da nicht einmischen, Susanne. Das könnte schlecht für dich ausgehen.«

Ich fühlte Zorn in mir aufsteigen. »Ich soll mich da nicht einmischen, meinst du? Ich hab doch die Verantwortung. Ich werd mich rühren. Ich geh zur Gendarmerie. Das ist Einbruch. Die werfe ich hochkantig hinaus. Und zwar gleich.«

Der Hartauer mahnte, drohte und fuchtelte mit den Armen. »Bleib da, der Hafer muss noch eingeeggt werden!«, befahl er mit strenger Miene, doch das kümmerte mich nicht. »Herrgottsakra, meinst du denn, ich habe dir gar nichts mehr zu sagen? Du vergisst, dass du Magd bei uns bist und nicht von der Arbeit weglaufen kannst.«

Doch das hörte ich kaum noch. Ich hatte mich längst entschlossen, auf der Stelle zur Malervilla zu gehen, und ich wollte keine Zeit mehr verlieren.

In der Malervilla herrschte Hochbetrieb. Ein fremder Mann hob neben dem Schwimmbassin eine Grube für eine Fahnenstange aus, die bereits gestrichen auf dem Rasen nebenan lag. Zwei weitere Männer installierten gerade ein Telefon im Hausflur. In dem großen Wohnzimmer aber saß in einem der Klubsessel ein Mann, der Gauamtsleiter Friedrich Helmerich, wie ich später erfuhr, hatte die Beine mit den glänzenden Schaftstiefeln übereinander geschlagen und las in der Zeitung. Seine Frau, ein mütterlich wirkendes, ziemlich farbloses Wesen, saß ihm gegenüber und schenkte ihm gerade Kaffee ein, als ein Mann in Uniform den Raum betrat und meldete: »Da draußen ist ein äußerst resolutes Geschöpf und will Sie unbedingt sprechen.«

»Was will sie denn?«

Ich war allerdings keineswegs gehorsam draußen stehen geblieben, um auf eine Einladung zu warten. Bevor der Uniformierte antworten konnte, trat ich in den Raum, so wie ich hergekommen war, den Staub des Ackers noch an den Schuhen.

»Nanu?«, staunte Helmerich, stand dann auf und knöpfte seine Uniformjacke zu. »Welch ein Glanz kommt denn da in meine Hütte. Was wünschen Sie?«

»Was heißt da meine Hütte?«, fragte ich zurück. »Seit wann ist denn das eine Hütte?« Ich bebte innerlich vor Zorn. »Das ist ein Haus, verstehen Sie, Herr oder was Sie sein wollen. Und für dieses Haus habe ich die Verantwortung. Wie kommen Sie überhaupt da rein, wenn ich den Schlüssel habe?«

»Ach, Sie haben den Schlüssel? Interessant. Aber beruhigen Sie sich, wir sind auch so hereingekommen und werden auch hier bleiben. Das ist jüdischer Besitz, und wir haben ihn beschlagnahmt.«

»Beschlagnahmt? So, so! Eingebrochen habt ihr, und das ist strafbar. Wenn ihr bis in einer Stunde nicht verschwunden seid, dann zeig ich euch an.«

Amüsiert verschränkte Helmerich die Arme über der Brust und lächelte. »Anzeigen will sie mich. Hast du das gehört, Else?«

Der Frau merkte man es an, dass ihr der Auftritt sehr peinlich war, und sie sagte begütigend: »Friedrich, hör dir doch das Fräulein einmal ruhig an, was sie zu sagen hat.«

»Mit dieser Dame kann man scheinbar nicht ruhig reden.« Er deutete mit der Hand an die weißen

Flecken an der Wand. »Wenn Sie den Schlüssel haben, dann haben Sie vielleicht auch die Bilder entfernt. Und das ist Diebstahl, verstehn Sie, meine Werteste.«

Ich erschrak. Auf einmal hatte ich wieder das beklemmende Gefühl, dass ich nur ein Nichts war und dass mir mit den Uniformen die Gewalt und die Macht gegenüberstanden. Aber ich schüttelte die aufsteigende Angst schnell ab und sagte, um ein paar Nuancen ruhiger im Ton: »Sie unverschämter Kerl, was bilden Sie sich überhaupt ein? Wahrscheinlich haben Sie die Bilder verschwinden lassen, und auf mich möchten Sie's schieben. Wer sind denn Sie überhaupt mit Ihrer lächerlichen braunen Kostümierung?«

Das feiste Gesicht des Gauamtsleiters Helmerich schwoll purpurrot an. Er schaute seinen Adjudanten an, der zwei Sterne auf den Kragenspiegeln hatte. »Kerschsteiner, haben Sie das gehört? Sie beleidigt unsere Uniform und tritt damit all unsere Symbole in den Dreck.« Er machte mit dem Daumen eine Bewegung, wie sie eines Kaisers Nero in Rom würdig gewesen wäre. »Hinaus mit dem Frauenzimmer.«

Der als Kerschsteiner Angesprochene wollte mich am Arm packen, aber ich wich einen Schritt zurück und fauchte ihn an: »Rühr mich nicht an, du, sonst zerkratze ich dir das Gesicht, dass du dich eine Woche lang nicht mehr in der Öffentlichkeit blicken lassen kannst. Mich rauswerfen? Seid bloß froh, wenn ihr nicht rausgeworfen werdet! Ihr aufgeblasenes Pack, spielt euch nicht so auf, nur weil euch die Politik ein bisschen Macht in die Hände gespielt hat. Der Tag wird aber nicht fern sein, da werdet ihr hinausgeworfen, und dann stifte ich der seligen Jungfrau von Birkenstein zwei dicke Kerzen.«

Vor lauter Zorn war ich, ohne es zu merken, ins allgemeine Du verfallen und nannte auch den Gauamtsleiter so. »Wer bist denn du überhaupt, dass du dich so aufspielst hier, du mit deinem voll gefressenen Bauch?«

Erschrocken starrte der Adjudant auf seinen Herrn, dem jetzt der Schweiß auf der Stirne stand. Er stemmte beide Fäuste in die Hüften. »Wer sind denn Sie überhaupt?«

»Ich bin die Susanne Reichertseder und bin Magd beim Hartauerbauern«, sagte ich.

»Aufschreiben«, befahl der Gauamtsleiter seinem Adjudanten. »Das wird noch Folgen haben.«

»Vielleicht für dich.« Draußen stand jetzt die Fahnenstange, und die Hakenkreuzfahne wurde daran hochgezogen.

Das machte mich erneut fuchtig. Ich atmete kurz durch und sagte dann mit beißender Schärfe: »Der Fetzen da draußen, der wird nicht lang hängen. Und jetzt geh ich, das Weitere werden wir dann schon sehen. Ich möchte doch einmal wissen, ob ihr da einfach einbrechen dürft.«

Ungehindert verließ ich das Haus und die Menschen, die dort eingedrungen waren. Ich hörte noch im Weglaufen, dass hinter mir hergerufen wurde, ich sei ein judenhöriger Trampel, aber darauf gab ich keine Antwort mehr. Immer noch zornig kam ich wieder auf dem Acker an. Die Pferde standen da, wo ich sie verlassen hatte. Ich bückte mich nach den Zügeln, und da der Hartauer gerade mit der Sämaschine an mir vorbeifuhr, rief ich ihm zufrieden zu: »Denen hab ich's jetzt gesagt.«

»Wem hast du es gesagt?«, wollte der Hartauer wissen und hielt sein Gespann an.

»Denen, die eingebrochen sind da droben. Schau rauf, jetzt flattert der rote Fetzen schon an der Stange.«

»Wenn du da bloß nicht in ein Wespennest reingestochen hast«, meinte der Hartauer.

Ich klatschte mit den Zügeln. »Hü, geht's weiter, dass wir fertig werden.«

Eigentlich hatte ich ja wegen dieser Sache auf der Gendarmerie vorsprechen wollen, aber noch bevor ich Zeit fand, das zu tun, kam die Gendarmerie zu mir. Schon am nächsten Tag radelte der Kommissar Aschauer auf unseren Hof, lehnte sein Fahrrad an die Mauer und ging in den Stall.

Ich war gerade beim Melken und hörte ihn gar nicht. Erst als er mich ansprach, merkte ich, dass da einer hinter mir stand: »Ach, da bist du ja.«

Ich wandte den Kopf nach ihm um, aber ich erschrak nicht. Schließlich kannte ich den Gendarmeriekommissar. Hin und wieder hat er uns besucht und in der Stube ein Schnäpschen getrunken. »Der Bauer wird vorn in der Stube sein«, sagte ich.

»Ich brauch den Bauern heute nicht. Ich brauche dich. Du bist doch die Susanne Reichertseder?«

»Ja, um was geht es denn?«

»Tja, das ist so eine Sache, eine peinliche Angelegenheit sozusagen. Die können wir hier nicht zwischen Kuh und Milch so ohne weiteres abmachen.«

Da ich mit dieser Kuh gerade fertig war, gingen wir nach vorne zum Stallfenster. Das Fenstersims diente dem Kommissar als Schreibunterlage. »Also, jetzt sag mir einmal den genauen Namen, dein Geburtsdatum, dann den Namen deiner Mutter und den des Vaters.«

»Die Mutter hat Maria Reichertseder geheißen und ist gestorben. Der Vater heißt Georg Koffler, den kenne ich nicht. Der ist in Kalifornien und züchtet Weizen.«

»So, so, Weizen.«

»Ja, und da sollen silberne Ähren dabei sein.«

Der Kommissar machte seinen Bleistift mit der Zunge wieder nass. »Mädchen, die Sache ist viel zu ernst, um Witze zu machen. Silberne Ähren. Was dir nicht einfällt. – Also, wie war das jetzt in der Malervilla droben wirklich?«

»Ach so, um das dreht es sich«, sagte ich, und nun stieg doch ein gewisses Unbehagen in mir auf.

»Ja, genau um das.« Der Kommissar schaute wieder in sein Notizbüchlein. »Hast du wirklich den Herrn Gauamtsleiter Helmerich einen Einbrecher genannt und gesagt, er trage eine lächerliche Kostümierung?«

»Ja, das kann schon sein.«

»Und dass er einen voll gefressenen Bauch habe?«

»Hat er auch.«

Der Kommissar schüttelte bekümmert den Kopf.

»Mädchen, da hast du dir aber eine Suppe eingebrockt. Es ist nicht mehr so wie früher, dass man alles sagen kann, was man sich denkt. Das ärgste ist, dass du gesagt haben sollst, die Hakenkreuzfahne sei ein Fetzen. Hast du das wirklich gesagt?«

»Ich glaub schon.«

»Du gibst es wenigstens zu, und ich rate dir, dass du vor Gericht auch so ehrlich Antwort gibst.«

Jetzt erst erschrak ich wirklich. »Die werden mich doch nicht einsperren wollen? Herr Kommissar, das gibt's doch überhaupt nicht. Wie kommen die denn eigentlich dazu, in anderer Leute Häuser einzudringen? Das Haus gehört den Lipolds.«

Der Gendarmeriekommissar schaute mich an, mitleidig wie es mir vorkam. Sich mir gegenüber als Staatsgewalt aufzuspielen, ging ihm sichtlich gegen den Strich. Es gebe ein neues Gesetz, erklärte er mir. Nach diesem Gesetz waren diese Herren berechtigt, das Haus zu beschlagnahmen, weil es einem Juden gehöre, der sich ins Ausland abgesetzt habe. Es hatte also alles seine Richtigkeit, nichts mit Einbruch oder dergleichen.

»Wenn die einfach bestimmen können, dass die Villa Lipold nicht mehr dem Maler Lipold gehört, was ist dann, wenn denen plötzlich einfällt, dass der Hartauerhof nicht mehr dem Hartauer gehört?«, fragte ich ihn. »Das ist ein Gesetz, das kein normaler Mensch richtig finden kann.«

Aschauer zuckte die Achseln. Wer solle sich denn in den heutigen Zeiten noch auskennen, fragte er mich. Dreimal habe er jetzt schon einen Eid geleistet. Einmal auf den Kaiser, dann auf die Republik und jetzt auf ein Drittes Reich und dessen Führer. Und seinem Eid müsse er ja wohl gehorchen und habe nicht zu fragen, ob die Gesetze gut oder schlecht seien, nach denen er sich zu richten habe. Überhaupt, wollten wir hier etwa gescheiter tun als diejenigen, die die Gesetze gemacht hatten? Sie hatten das schließlich gelernt.

»Ja, Susanne, du wirst vor Gericht kommen, damit musst du leider rechnen. Zwei, drei Monate können da schon drin sein. Wenn ich dir einen Rat geben darf, stell dich bei der Verhandlung möglichst dumm. Sag ihnen, dass es dir Leid tut, dann kommst du noch am besten weg. Mit ein bisschen Glück kommst du dann noch einmal davon oder bekommst nur eine Bewährungsstrafe.« Er steckte sein Notizbüchlein wieder ein. »Was mir gerade noch einfällt, mit den Bildern hast du nichts zu tun? Es sollen auch Bilder fehlen.«

Benommen schüttelte ich den Kopf. Jähes Entsetzen packte mich, als ich an den Pfarrer dachte. Das wäre ja entsetzlich, wenn er auch noch in diese Misere hineingezogen würde.

»Von Bildern ist mir überhaupt nichts bekannt«, sagte ich und schwor mir, dass ich auch vor Gericht schweigen würde wie ein Grab.

Ich solle mir nicht zu viele Gedanken machen, meinte der Kommissar noch, verließ den Stall und nahm sein Rad von der Mauer. Er stieg von hinten auf, wie man es damals noch machte. Ich sah ihm kurz nach, dann griff ich wieder nach dem Melkeimer, setzte mich unter die nächste Kuh und putzte zuerst das Euter ab, bevor ich zu melken begann. Den Kopf hatte ich an den warmen Leib der Kuh gelehnt, und meine Hände zogen ganz mechanisch die Milch aus dem Euter. Diese Gedanken gingen mir im Kopf herum, als wären sie angekurbelt worden und könnten nicht mehr zum Stehen gebracht werden.

Meine Welt war immer rund gewesen, und es hatte keinen Anlass gegeben, über gewisse Dinge oder gar die Ereignisse in letzter Zeit nachzudenken. Aber jetzt war die Welt ringsherum auf einmal voller Ecken, an die man anstieß. Wie konnte das sein, dass ein Einbruch neuerdings erlaubt war, wenn das Haus einem Juden gehörte, und dass man bestraft werden konnte, wenn man die Einbrecher daran zu hindern versuchte? Mir fiel ein, was Marianne im letzten Sommer gesagt hatte. Sie hatte wohl Recht gehabt. Gut, dass sie mit ihrem Mann sicher in Kalifornien war. Wenn man in das Haus eines Juden ungestraft einbrechen konnte, was machte man dann erst mit dem Besitzer selbst, wenn er sich dagegen wehren wollte? Wenn ich daran bloß dachte, dass man mich vielleicht einsperren würde, lief mir ein kalter Schauer über den Rücken. Dann aber dachte ich wieder: Die können mich ja gar nicht einsperren, ich muss ja wieder auf die Alm. Wer soll denn die Kühe da droben versorgen? Kühe werden ja nicht von Symbolen satt und geben keine Milch, wenn nicht eine geübte Hand da ist. Das werde ich denen vom Gericht sagen. Allerhand ging mir durch den Kopf, und auf einmal kam mir die rettende Idee. Hatte da nicht einer gesagt, dass er jederzeit für mich da wäre, wenn ich einmal in Schwierigkeiten käme? Ein wunderbares Gefühl durchströmte mich. Ich war ja gar nicht allein – es gab einen Menschen auf der Welt, den ich nur zu rufen brauchte. Ach, Andreas, dachte ich für mich, warum habe ich nicht gleich an dich gedacht?

Noch in dieser Nacht setzte ich mich hin und schrieb einen Brief an den Herrn Andreas Bürgle, Eleve auf dem Gut Herlichkingen, Post daselbst. Und es waren nicht nur alleine meine Sorgen, die mir die Worte wie von alleine eingaben – nein, es war auch eine gewisse Erleichterung, dass ich nun endlich einen guten Grund hatte, ihm zu schreiben. Ich schrieb:

Mein allerliebster Andreas,

ich habe immer gehofft, dass ich vielleicht von dir einmal ein Brieflein bekäme. Aber du wirst halt am Abend auch immer so müde sein, dass du keine Lust mehr zum Schreiben hast. Liebend sind meine Gedanken so oft bei dir, und im Geiste sehe ich mich manchmal als Gutsverwaltersfrau an einem großen Herd stehen und laufe dann vor die Haustüre, wenn ich dich von den Feldern in den Hof reiten sehe.

Lieber Andreas, du hast mir damals nach dem Veteranenball gesagt, dass du jederzeit für mich da wärst, wenn ich einmal in Schwierigkeiten komme. Jetzt bin ich in Schwierigkeiten, und ich hoffe, dass du mir helfen wirst.

Und ich schrieb nun alles auf, was sich in der Malervilla zugetragen hatte, und dass ich nicht gewusst hatte, dass man eine Fahne keinen Fetzen nennen durfte, weil das ein Symbol war! Nur von den Bildern schrieb ich nichts.

Und so hoffe ich halt, lieber Andreas, dass du zu deinem Wort stehst und mir hilfst. Ich habe ja sonst niemanden als dich. Ich bitte dich, komm zu mir. Ich erwarte dich am Samstag, wenn es dunkel geworden ist, bei uns hinter der Tennbrücke. Hast du nicht gesagt, du hättest ein Motorrad? Stell es beim Lamplwirt hinter den Stallungen ab, dass man bei uns nicht hört, wenn du kommst und wieder wegfährst. Und zieh dich warm an, denn die Nächte sind immer noch recht kalt. Ach, lieber Andreas, wie freue ich mich schon, wenn es wieder Sommer wird, wenn ich auf der Alm bin und du zu mir kommst. Also dann, bis zum Samstagabend, wenn es dunkel ist. Inzwischen verbleibe ich mit herzlichen Grüßen und Küssen deine Susanne Reichertseder.

Am nächsten Vormittag passte ich den Postboten ab, händigte ihm den Brief aus und gab ihm zum Briefporto extra noch zehn Pfennige Trinkgeld dazu. Es war mir sofort um vieles leichter. Der Schreck, der mich überfallen hatte, war wie weggeblasen, und ich fing sogar an, mich wieder zu fragen, ob es nicht doch so kommen könnte, dass nicht ich als Angeklagte vor Gericht stehen würde, sondern diejenigen, die wirklich in die Malervilla eingebrochen waren. Kein Mensch, der seine Sinne beieinander hatte, konnte doch ein solches Gesetz erfunden haben, wie das, von dem der Kommissar gesprochen hatte!

Am Samstag, als auf dem Hartauerhof schon alle Lichter erloschen waren, schlich ich bei der hinteren Stalltüre hinaus und stellte mich, weil so ein kalter

Wind wehte, in die schützende Ecke der Tennbrücke und wartete. Dieser Wind war den ganzen Tag schon gegangen, und es sah gerade so aus, als ob der Winter nochmals wiederkommen wollte. Darum hatte ich in der leeren Box neben den Pferdeständen einen Haufen Stroh aufgeschüttet. So konnte ich dann mit Andreas in der Wärme des Stalles sitzen. Jetzt aber musste ich zunächst auf ihn warten.

Es war keinerlei Angst mehr in mir, nur noch wartende Sehnsucht. Aber Andreas kam nicht. Ich hörte vom Kirchturm die Uhr schlagen. Zehnmal schlug sie. Die Klänge verwehten in der Dunkelheit. Dann fing es auch noch zu regnen an. In schweren Güssen schlug das Wasser auf das Dach und begann in den Dachrinnen zu gurgeln. Während ich wartete und wartete, der Kälte wegen immer von einem Fuß auf den anderen tretend, den Wollschal fest um Schultern und Hals gezogen, rief ich mir immer wieder Andreas' Gesicht vor mein sehnsüchtiges inneres Auge.

Doch Andreas kam nicht.

Dass er mein Rufen missachten könnte, auf den Gedanken wäre ich überhaupt nicht gekommen, denn ich vertraute ihm restlos. Wahrscheinlich hatte er den Brief nicht bekommen, oder sein Motorrad war kaputt, überlegte ich mir. Irgendetwas musste ihn jedenfalls daran gehindert haben, zu mir zu kommen. Als ich die elfte Nachtstunde schlagen hörte, gab ich das Warten auf. Auf leisen Sohlen schlich ich durch den Stall ins Haus hinüber und die Stiege hinauf in meine Kammer.

Am Montag brachte dann der Postbote einen Brief von ihm. Nach dem Mittagessen wartete ich einen günstigen Augenblick ab, um mich in einen ruhigen Winkel zurückzuziehen und den Brief zu lesen. Mit vor Aufregung zitternden Händen riss ich das Kuvert auf und erstarrte dann fast vor Schreck, als ich seine Anrede las. Er sprach mich nicht mit liebe Susanne an, sondern nur mit Susanne! Hart, brutal und nüchtern war auch das, was auf die Anrede folgte:

Susanne, deinen Brief habe ich erhalten, und ich war bestürzt über so viel Unverständnis, mit der du der neuen Zeit begegnest. Was du dir da geleistet hast, ist schon ein starkes Stück. Und da meinst du, dass ich dir helfen solle? Ausgerechnet ich, der in glühender Verehrung der neuen Lehre verbunden ist. Du solltest begreifen, dass die neue Zeit die Menschen in zwei Kategorien einteilt. In solche, die stumpf bleiben und das große Geschehen über sich ergehen lassen wie einen Novemberregen, und die anderen, die zur Tat schreiten. Nein, ich kann dir nicht helfen. Nimm dir einen guten Rechtsanwalt, und wenn du Glück hast, kannst du vielleicht mit einem halben Jahr davonkommen. Aber lass es dir in Zukunft eine Lehre sein. Die Bewegung kann nicht dulden, dass man seine Hoheitsträger beleidigt. Sie wird rücksichtslos jeden zertreten wie einen Käfer, der da meint, Steine in den Weg werfen zu können.

Und was du da von einer Zukunft schreibst, dass du einmal in einem Gutshof am Herd stehen wirst, das schlag dir nur gleich aus dem Kopf, denn ich kann nur eine Frau brauchen, in der alles leuchtet und glüht für das Leben, wie wir es gestalten wollen. Es muss eine rückhaltlose Hingabe an das Reich und seine neue Führung da sein. Es ist undenkbar, dass meine zukünftige Frau die Fahne unserer Bewegung einen Fetzen nennt.

Im Übrigen, ich habe nach unserer Begegnung damals ernsthaft über dich nachgedacht. Deinen Küssen nach zu urteilen und so wie du sie gibst, bist du kein unbeschriebenes Blatt mehr. Das ist alles, was ich dir noch zu sagen habe. Andreas Bürgle.

Mir war beim Lesen der kalte Schweiß ausgebrochen, ich musste mich gegen die Ziegelmauer lehnen, so schwindelig war mir dabei geworden. Meine Hände, die den Brief hielten, zitterten. Dass er mir nicht helfen wollte, das konnte ich noch verstehen, da die Symbole, die ich beleidigt hatte, auch seine eigenen Symbole waren. Aber was er mir da wegen meiner Küsse vorhielt, das war, als hätte er mir brutal ins Gesicht geschlagen. Ich war nie vorher einem Mann so nahe gewesen wie ihm. Kein unbeschriebenes Blatt nannte er mich! Aber wollte ich mich vor ihm rechtfertigen? Meine Zärtlichkeit war aufrichtig gewesen. Und daraus machte er mir jetzt einen Vorwurf! Wie hatte ich mich nur so in ihm täuschen können?

Ich hätte weinen mögen und konnte es nicht. Doch plötzlich, wie die Sonne manchmal aus dunklen Wolken bricht, kam mir ein Gedanke. Es war, als ob eine innere Stimme in mir sprechen würde: ›Susanne, lass dich von so viel Gemeinheit nicht zu Boden drücken. Wäre er der Mann, den du in ihm gesehen hast, dann hättest du Grund, dich vor ihm zu rechtfertigen, wenn er dir Vorwürfe macht. Aber du hast dich in ihm getäuscht. Vergiss ihn, denn er ist es nicht wert, dass du um ihn weinst.‹

Ich raffte mich auf und beschloss, es so zu halten, wie die innere Stimme es mir zuflüsterte, obwohl ich gute Lust hatte, ihm eine Antwort zu schreiben, die sich gewaschen hatte. Doch dann fiel mir ein, dass auch dies schon eine Beleidigung sein konnte für einen Menschen, der sich dieser neuen Weltanschauung verschrieben hatte und der nicht einmal unterscheiden konnte, ob ihm Küsse aus Liebe oder nur aus Berechnung geschenkt wurden. Ich hätte eher schreiben müssen: »Armer Andreas.« Da schrieb ich doch lieber überhaupt nicht. Ich raffte mich endgültig auf und ging auf die Streuwiesen hinaus, um wieder meinen Pflichten nachzugehen.

Sie nannten es ein Schnellverfahren, nach dem schon vierzehn Tage später vor dem Amtsgericht in der Kreisstadt verhandelt wurde. Der Amtsrichter war ein älterer weißhaariger Herr mit dicken Brillengläsern. Ihm zur Seite saß eine noch jüngere Frau als Schöffin, auf der anderen Seite ein Schöffe in brauner Uniform. Der Richter und der Staatsanwalt hatten neue schwarze Talare an, auf deren linker Brustseite ein kleiner silberner Adler eingestickt war. Gerade überm Herzen. Von weitem könnte man es auch für zwei silberne Ähren halten, dachte ich bei mir.

Ich war inzwischen ganz ruhig und fest entschlossen, mich weder zu entschuldigen, noch dumm zu stellen, wie es mir der Gendarm – und nicht nur er! – geraten hatte. Ich würde nehmen, was die Hüter der neuen Ordnung für die Beleidigung ihrer Symbole als Strafe verlangten, und wenn das heißen sollte, dass ich ins Gefängnis musste, dann würde ich eben ins Gefängnis gehen.

Es ist doch eine merkwürdige Sache, wie auch die schrecklichsten Vorstellungen erträglich werden, wenn man auf einmal merkt, dass es viel schlimmer wäre, seinen Stolz opfern zu müssen. Den würden sie nicht bekommen, die neuen Herren. Nicht von mir.

Während der Verhandlung schaute ich die meiste Zeit zum Fenster hinaus, wo ein blätterloser Ahornbaum stand. Ein Springbrunnen plätscherte im Hof, aber diese Laute waren nicht zu vergleichen mit dem Geplätscher des Brunnens auf der Alm. Ja, auch an die Alm musste ich denken: Es wäre dennoch furchtbar, wenn sie mich verurteilen würden, denn dann käme ich ja nicht rechtzeitig auf die Alm.

Der Zeuge Kerschsteiner trat auf. Es war der, dem ich in der Villa angedroht hatte, ihm das Gesicht zu zerkratzen, wenn er mich anfassen würde. Diesen Vorfall erwähnte der Zeuge allerdings nicht. Er bezeugte nur, was ich an jenem Nachmittag in der Villa zum Gauamtsleiter und über die Fahne gesagt hatte.

Der Richter hatte die Anklage langsam vorgelesen, mit einer müden, fast verdrossenen Stimme. Mit der gleichen müden Stimme fragte er jetzt: »Nun, Angeklagte. Sie haben gehört, wessen Sie angeklagt sind?«

»Ja.«

»Und was haben Sie dazu zu sagen?«

»Nichts.«

»Tut es Ihnen wenigstens Leid, dass Sie solche Ausdrücke gebraucht haben?«

»Nein.«

Damit hatte ich mein Urteil bereits selber gesprochen, das konnte ich am vor Empörung hochrot angelaufenen Gesicht des Staatsanwalts schon ablesen, noch bevor er zu sprechen begonnen hatte.

Der Staatsanwalt, so hatte man mir erklärt, vertrete die Sache des Staates – also der neuen Ordnung, die ich beleidigt hatte. Mit scharfen Worten geißelte er mein Verhalten, das man nicht mehr Vergehen, sondern in Anbetracht der Zeit, in der man lebe, als Verbrechen bezeichnen müsse. Es sei kein Grund zu einer milden Beurteilung, wenn solch lästerliche Worte in einem abseits liegenden Dorf gefallen seien, denn bis in die fernsten Einöden habe man die Worte des Führers vernommen und wisse man um die hohe Aufgabe, die er sich gestellt habe, wieder ein großes, stolzes Reich zu schaffen. Mit der gespielten Naivität, die die Angeklagte – also ich – hier zur Schau stelle, könne sie ihn jedenfalls nicht beeindrucken, und er beantrage nur mit Rücksicht darauf, dass sie einen Verteidiger abgelehnt habe und somit kaum eine mildere Strafe als die zu erwarten habe, die er für sie fordere, eine Gefängnisstrafe von nur vier Monaten.

Bei diesen Worten wurde mir doch wieder etwas flau zumute, doch ich dachte nicht daran, meine Angst öffentlich zur Schau zu stellen. Ich hielt den Kopf so hoch wie die ganze Zeit schon, wandte mich zum Staatsanwalt und sah ihn direkt an. »Das ist ein starkes Stück«, war alles, was ich zu ihm sagte.

Das Gericht brauchte ziemlich lange zur Urteilsberatung und verkündete dann, dass die Angeklagte Susanne Reichertseder in Anbetracht ihrer Jugend und des Umstandes, dass sie elternlos hatte aufwachsen müssen, zu zwei Monaten Gefängnis verurteilt werde.

Es wurde auch noch gesagt, dass ich Berufung einlegen könne. Michael hatte mir am letzten Sonntag noch gesagt, dass auch der Staatsanwalt Berufung einlegen konnte, wenn ihm das Urteil zu gering erschien.

Zwei Monate, rechnete ich nach, als ich langsam aus dem Gerichtsgebäude ging. Wenn ich gleich gehen würde, könnte ich bis zum Almauftrieb wieder heraus sein. Als ich aus dem Tor trat, sah ich auf der anderen Straßenseite den Bauern stehen, der mich in die Kreisstadt gefahren hatte. Aber nicht nur der Hartauer stand dort, auch der junge Lehrer und noch einige Bauern aus der Nachbarschaft. Leise hatte ich ja gehofft, dass auch der Pfarrer unter den Zuhörern sein würde. Aber wegen der Bilder war es wohl besser, dass er nicht gekommen war. Merkwürdigerweise war ich nach den Bildern überhaupt nicht gefragt worden.

Ja, da standen sie alle beieinander und redeten über das Urteil, das keiner von ihnen begreifen konnte. Ob ich nicht Berufung einlegen wolle? Ich schüttelte den

Kopf. Auf alle Fälle könnte man um Haftaufschub nachsuchen, meinte der Lehrer, das wolle er gerne auf sich nehmen.

Sieh einmal an, dachte ich, der Lehrer, der doch Mitglied in der Partei der neuen Machthaber war, war dennoch auf meiner Seite. Wie konnte ein anständiger Mensch wie der nur zu diesen Leuten gehören? Aber wieder schüttelte ich den Kopf. »Nein! Wenn es schon sein muss, dann gleich. Dann hab ich es hinter mir.« Und weil von keiner Seite etwas unternommen wurde, erhielt ich bereits drei Tage später einen Einschreibebrief, wonach ich am achtzehnten März um acht Uhr früh meine Strafe im Gefängnis Stadelheim anzutreten hatte.

26. Mai 1933.

Ich bin seit fünf Tagen wieder auf der Alm, und die zwei Monate im Gefängnis liegen wie ein böser Traum hinter mir. Bei der Entlassung hat man mich ermahnt, ich solle in Zukunft mein Mundwerk besser im Zaum halten, weil es ein zweites Mal ganz sicher nicht mehr mit Gefängnis abginge, sondern ich dann unweigerlich ins KZ käme.

Was das ist, ein KZ, muss man mir inzwischen nicht mehr erklären. Ins KZ kommen diejenigen, die als Feinde der neuen Ordnung gelten. Im Gefängnis wurde gelegentlich darüber gesprochen, dass es dort schlimm zugehe und ein Gefängnis im Vergleich dazu das reinste Erholungsheim sei.

Erst als ich dann ins Dorf zurückkomme, da merke ich, dass ich jetzt eine ›Gesessene‹ bin. Alle schauen mich so seltsam und mit einer gewissen Scheu an, und manche gehen mir aus dem Weg. Ich komme mir vor, als ob ich einen Makel an mir hätte, nicht anders, als wenn ich ein Dutzend silberne Löffel gestohlen hätte.

Nein, alle sind nicht so. Der Pfarrer hat mich gleich am Tag meiner Heimkehr in den Pfarrhof zum Kaffee eingeladen.

Er sagte auch, dass vielleicht einmal die Zeit kommen werde, in der ich für alles entlohnt werde, was ich an ungerechter Bestrafung auf mich genommen habe. Im Augenblick lebten die Menschen wie in einem Rausch und liefen hinter einer Fahne her, wie einst die Kinder hinter dem Rattenfänger von Hameln. Dass die Arbeitslosen weniger werden und viele Bauern bereits schuldenfrei gemacht worden seien, gelte vielen als Zeichen dafür, dass die neuen Machthaber Recht hätten. Wer die Zeitung genau lese und die Reden im Radio anhöre und sich seine Gedanken dazu mache, der könne aber schon jetzt ahnen, dass es einmal ein schlimmes Ende nehmen werde.

Von den Bildern aus der Malervilla sagt der Pfarrer nichts. Mir kommt es gerade so vor, als wolle er mir damit keine neue Belastung auferlegen.

Damit ich es nicht vergesse. Mein Bauer, der Hartauer, hat mich einmal im Gefängnis besucht, und der Tag ist mir noch in lebhafter Erinnerung, als die Aufseherin sagt: ›Reichertseder, Besuch. Zehn Minuten Sprechzeit.‹

Als ich dann in den Besuchsraum geführt werde und den Hartauer so neben dem Fenster stehen sehe, da kann ich mir nicht mehr helfen, und mir steigen Tränen in die Augen.

Alles ist vergessen, meine armselige Kindheit auf seinem Hof und auch das andere, dass er mir einmal Gewalt antun wollte. Ich bin so gerührt, dass ich mit ausgebreiteten Armen auf ihn zugehe und ihm um den Hals fallen will. Aber die Aufseherin ruft sofort, dies sei verboten. Ich kann nur sagen: ›Du kommst zu mir, Bauer?‹

›Ja‹, antwortete er, ›und ich soll dir viele Grüße ausrichten, von allen daheim.‹

›Danke, Bauer. Und wie geht es dir? Du siehst schlecht aus. So gelb im Gesicht.‹

Wir sitzen uns an einem Tisch gegenüber, doch die Aufseherin schaut genau hin, dass unsere Hände sich nicht berühren.

›Die Leber‹, sagt er, ›die Leber ist's, Susanne. Die macht mir recht zu schaffen. Ich glaube, dass ich nicht alt werde, Sanni. Übrigens, es ist nichts mehr ohne dich, Sanni. Die Bäuerin meint, wenn du dich gut führst, lassen sie dich früher raus, und du könntest dann vielleicht gerade zum Almauftrieb heimkommen.‹

Ich hebe die Schultern und lasse sie wieder sinken. ›Wer weiß das schon, Bauer. Sonst sind es halt noch achtundzwanzig Tage.‹

Der Hartauer hat ein kleines Packerl mit und wickelt es aus. Ein Stückerl Geselchtes ist es, ein paar Eier und Butter. Schon als das Papier raschelt, sagt die Aufseherin: ›Nein!‹

›Dann eben nicht‹, sagt der Hartauer, wickelt die Sachen wieder ein und nickt traurig vor sich hin. ›Es stimmt schon, Sanni, du gehst uns allen recht ab.‹

›Die Zeit ist um‹, schnarrt die Aufseherin und klingelt mit den Schlüsseln. Es kann sein, dass ich mich täusche, aber ich meine, der Hartauer hat Tränen in seinen Augen, als er hinausgeht.

Nach diesem Besuch ist mir doch recht elend zumute.

Die Heimat ist zu mir gekommen. Der Geruch von Acker und Pfeifenrauch ist an ihm gewesen, und was mir besonders nahe geht, das sind seine Worte: ›Du gehst uns schon recht ab, Sanni.‹ Das ist ein Zeugnis, wie ich es mir schöner gar nicht vorstellen kann.

Wenn ich heute daran denke, wie mir das Wasser im Mund zusammengelaufen ist beim Anblick des schön durchwachsenen Stücks vom Geselchten. Bloß ein kleines Stückchen davon essen dürfen! Aber das Gesetz des Hauses ist unerbittlich hart. Ich esse das Gefängnisessen mit Widerwillen und nur von dem Gedanken geleitet, nicht abzumagern und schwach zu werden, auch in dem Wissen, dass diese Zeit nicht ewig dauern wird.

Noch schlimmer aber ist es, als vierzehn Tage später der Michael kommt, um mich zu besuchen. Er bringt wohlweislich gar nichts mit. Aber es genügt allein schon, dass er da ist, mit seinem frischen Hauch von Wald, Wiese und Jugend. Michael, der kleine Gefährte meiner Kindheit, jetzt schon recht männlich mit einem kleinen Bärtchen auf den Lippen und braun gebrannt von der Frühlingssonne. Wir sprechen nicht viel. Wir sehen einander bloß in die Augen, so wie wir es früher oft gemacht haben auf der Alm. Aber als ich meine Hand hebe, um ihm wenigstens die Wange zu streicheln, da ruft die Aufseherin sofort: ›Das ist verboten.‹

Michael, längst seiner knabenhaften Scheu entwachsen, fragt sie spöttisch: ›Warum denn so viel Neid?‹

›Ich verbitte mir solche Frechheiten, junger Mann.‹ Sie schaut auf die Uhr. ›Die Sprechzeit ist um.‹

Sie hat uns mindestens um vier Minuten betrogen, dieses Miststück. Ich verkneife mir mit Mühe die Tränen, als ich zurückgeführt werde, und denke mir, dass es besser ist, wenn mich niemand mehr von draußen besucht. Hier drinnen ist es sowieso schon schlimm genug. Nicht einmal die Behandlung an sich ist es, sondern vielmehr, dass man mich, die doch gar nichts verbrochen hat, unter Gewohnheitsverbrecher steckt. Da ist diese Margot Frühmeißl, die wegen verbotener Prostitution einsitzt, die Bogner Elsa, die man bei einem Kaufhausdiebstahl erwischt hat, dann die Lieblich wegen Kindesmisshandlung, die Melger Anna wegen Körperverletzung, vollzogen an einem Ortsgruppenleiter, ferner noch die Steffinger Sophie wegen Beischlafdiebstahls.

Diese Steffinger hat es in sich. Die hat eine eindringliche Flüsterstimme, die mir so viel Sympathie aufdrängt, dass es die andern ungeniert als Liebeserklärung bezeichnen. Zuerst begreife ich gar nicht, was sie von mir will, aber als sich ihre langen Finger, die vielleicht für einen Beischlafdiebstahl trainiert sind, an mir zu schaffen machen wollen und sie mir ins Ohr flüstert, dass ich mich meiner Jungfrauenschaft schämen solle und ob ich mir die bis zum Jüngsten Tag bewahren möchte, da hole ich aus und schlage ihr ins Gesicht.

Von da an habe ich Ruhe. Ich muss dabei unwillkürlich an meine Freundin Marianne denken. Gegen diese Steffingerin ist sie wirklich ein Engel gewesen. Wegen meiner Jungfräulichkeit necken mich allerdings auch die anderen, wenn auch auf gutmütige Art und durchaus nicht obszön. Aber ich habe in Liebesdingen nichts aufzuweisen wie die andern, außer der schwärmerischen Verehrung für unsern Pfarrer. Es sei denn, ich erinnere mich an die kurze Episode mit Andreas, die in bitterer Enttäuschung endete, noch ehe sie recht begonnen hatte. Und Michael? Ja, ich weiß auch nicht. Er steht meinem Herzen sehr nahe, aber mein Gefühl geht über eine geschwisterliche Verbundenheit nicht hinaus. Noch nicht!

Ich habe im Schreiben innegehalten und starre lange auf die zwei Wörtchen ›Noch nicht!‹ Ich darf mich keinen Illusionen hingeben. Michael kann für mich niemals etwas anderes sein als eine Art jüngerer Bruder. Der Altersunterschied würde mich in keiner Weise stören. Was sind vier Jahre schon? Aber ich denke an die Komplikationen, die sich daraus ergeben würden. Ich höre ganz deutlich den Aufschrei der Bäuerin, weil ich weiß, welche Vorstellungen sie hat. Ich kenne diese Bauerntochter Margret Inshofer zwar nicht, sie soll aber ganz schön etwas mitbringen in die Ehe, und das spielt in den Berechnungen der Bäuerin eine ganz entscheidende Rolle.

Wenn auch die Zeit im Gefängnis sehr bitter gewesen ist, ich habe doch Lehren daraus gezogen. Ich habe viele Schicksale kennen gelernt, meine Menschenkenntnis ist geschärft worden, und ich habe die Erfahrung gemacht, dass der einzelne wenig ausrichten kann, wenn ein ganzes Volk sich dem Unrecht unterwirft.

Aber die Zeit geht weiter und ich sehe meine Zukunft vorgezeichnet: Ich werde Bauernmagd bleiben, nichts und niemand wird mich aus dieser Welt herausreißen. Sicher haben viele andere Menschen gar nicht die Freiheit, wie ich sie auf dem Berg heroben genieße. Wenn ich morgens aufwache, grüßen mich schon alle Wunder ringsum. Der Enzian blüht, und seine dunkelblauen Flächen sehen aus wie kleine Tümpel, grün umrandet. An den Latschenbüschen hängt der Tau der frühen Morgenstunde, Gamsblümerl sprenkeln das Rinnsal der Quelle, und der Almenrausch will seine Knospen entfalten. Schweigsam und still stehen die hohen Tannen, und aus ihrem dunklen Gezweig heraus ruft der Kuckuck. Sein Rufen ist laut und stark und hört sich an wie das Schlagen einer Glocke vom Turm einer Kapelle, die mitten im Wald verborgen ist. Wenn ich das alles erlebe, dann kann ich verstehen, dass manche Menschen singen müssen bei so einem Erleb-

nis und dass sich ein Dichter angerührt fühlt. Man sagt dann wohl, dass ihn die Muse küsst. Ach ja, langsam kenne ich mich aus, denn ich lese viel – alles, was mir so in die Hände kommt. Nur über Politik lese ich nichts.

28. Juli 1933.

Man hat mir den kleinen Lorenz heraufgeschickt, dass er mir ein bisschen helfe, so wie mir einst Michael geholfen hat. Aber Lorenz ist kein Michael. Er ist faul und habgierig, und er erinnert mich oft an seine Mutter, als sie zu mir noch so ungut gewesen ist. Er hat gerade erst sein erstes Schuljahr beendet, aber sein kindliches Gemüt ist schon etwas verdorben. So nennt er zum Beispiel den Herrn Pfarrer einen Pfaffen. Michael habe ich oft gestreichelt und ihm Märchen erzählt.

Lorenz habe ich schon ein paar Mal streng und laut geschimpft, wenn er mir gar zu freche Antworten gegeben hat. Er gleicht in vielem seiner Schwester Liesl, die kürzlich einmal mit ihrem kleinen Sprössling da gewesen ist. Sie sei mit einem Metzgerauto gekommen, erzählt der Lorenz, mit einem kleinen Anhänger dran. In dem habe sie ein Vierwochenkalb mitgenommen, habe es sogar gut bezahlt, und das habe bei der Mutter viel zur Versöhnung beigetragen.

Ich habe es dem Bauern gesagt, dass mir mit dem Lorenz so viel wie gar nicht geholfen sei und er im nächsten Jahr ruhig wieder daheimbleiben könne.

›Er wird von ihr verzogen‹, sagt der Bauer, der so mager geworden ist, so müd und lustlos in allem. Manchmal kommt er herauf, lässt Karren und Gaul einfach vor der Hütte stehen und legt sich sofort ins Heu, bis ich ihn wecke, weil es Zeit ist, wieder heimzufahren.

8

Zu der Zeit, in der ich dies alles in mein Tagebuch schrieb, war der Bauer schon schwer krank. Er starb im darauffolgenden Sommer, während ich wieder auf der Alm war, an Leberzirrhose, nachdem er drei Wochen im Krankenhaus gelegen hatte. Michael kam mit dem Fuhrwerk herauf. Er war ziemlich niedergeschlagen und versuchte mir zu erklären, wie das sei, wenn man den Vater verliert.

»Ich weiß«, sagte ich. »Ich hab doch auch meine Mutter verloren.«

Michael nickte dazu und sagte: »Alles reden nützt da nicht viel, Sanni. Und der Vater hat ja seine Zeit kommen sehen. Er hätte nicht so viel trinken dürfen. Aber weiß ein Mensch den Grund, warum er in letzter Zeit so oft zur Schnapsflasche gegriffen hat? Manchmal hab ich das Gefühl gehabt, dass er an einem geheimen Kummer litt.«

»Man sieht nie in einen Menschen hinein, Michael.«

»Du in mich auch nicht?«

»Bis auf den letzten Grund nicht, Michael. Etwas bleibt einem immer verborgen.«

Zur Beerdigung konnte ich nicht hinuntergehen, weil ich die Alm nicht verlassen konnte. Aber ich flocht einen Kranz aus Latschen und Bergblumen. Es war ein klarer Morgen mit leichtem Ostwind, sodass man die Totenglocke bis zur Alm herauf hörte und dazwischen die verschwommenen Klänge eines Trauermarsches, den die Musikkapelle spielte. Er war schließlich im Ausschuss des Veteranenvereins gewesen. Deutlicher hörte man die drei Böllerschüsse, die ihm als Frontsoldaten des letzten Krieges ehren sollten.

Ich kniete mich in der Sennstube vor den Herrgottswinkel. Die Fenster standen weit offen, und ein paar Schwalben flogen immer wieder zu einem Fenster herein und zum anderen wieder hinaus. Still betete ich für den Verstorbenen, dem ich, allen bösen Zeiten zum Trotz, so viel zu verdanken hatte. Gerade in den letzten Jahren war er immer mehr wie ein Vater für mich geworden. Ich vergab ihm auch alles, wo ich meinte, dass er einmal an mir schuldig geworden sei, und ich dachte dabei, dass jeder Mensch schwachen Stunden unterworfen ist. Friede seiner Seele, und der Herr schenke ihm die ewige Ruhe.

Als die militärische Dienstpflicht wieder eingeführt wurde, standen die Bauern auf dem Dorfplatz zusammen und beredeten dieses Ereignis ziemlich laut und aufgebracht. Viele von ihnen waren schon in einem Krieg gewesen und ahnten, wohin es führen würde, wenn mit solchem Eiltempo aufgerüstet wurde, wie es in letzter Zeit wieder geschah.

Michael Liegl, der Hartauersohn, wurde, als er achtzehn war, auch eingezogen. Entgeistert schaute er den Einberufungsbefehl an, wonach er sich in einer Kaserne im Allgäu bei den Gebirgsjägern melden sollte. Doch er schüttelte den Kopf, als der Bürgermeister Heck sagte, dass er mit dem Ortsgruppenleiter Altinger, dem Lehrer, bereits gesprochen habe. Sie wollten ein Gesuch um Zurückstellung vom Wehrdienst einreichen, aus Rücksicht, weil er nach dem Tod seines Vaters der Hofbauer war.

»Nein«, sagte Michael. »Danach heißt es dann sonst irgendwann einmal, ich hätte mich gedrückt.«

Am Nachmittag, bevor er einrücken musste, kam Michael zu mir auf die Alm, und so erfuhr ich davon. Er hatte etwas Merkwürdiges in seinen Augen, als er sagte, er sei zum Abschiednehmen gekommen. Und plötzlich sagte er Susanne ohne Umschweife, in echt männlicher Offenherzigkeit: »Von dir kann ich nicht fortgehn, Sanni, ohne dass ich dich geküsst habe. Viele Male, denn es muss für lange Zeit reichen.«

Ich schlug ihm lachend mit dem Spültuch, das ich gerade in der Hand hatte, auf die Finger, die nach mir greifen wollten. »Ach so, meinst du? Wie stellst du dir denn das vor?«

»Genau so.« Blitzschnell umschloss er mit beiden Händen mein Gesicht und küsste mich, dass ich nach Luft ringen musste, als er mich wieder freigab.

»Ach, Michael«, sagte ich in meiner Verwirrung. »Früher einmal warst du mein kleiner Michael, aber du kannst und darfst nicht mein großer Michael sein.«

Mit beiden Händen nahm er mich um die Hüfte und setzte mich auf die Bank vor der Hütte. Dann kniete er vor mir nieder, noch ehe ich mich von meiner Überraschung erholt hatte.

»Und warum nicht?«, fragte er. »Nein, nein, du musst mich jetzt schon anschauen und mir eine ehrliche Antwort geben. Warum nicht, hab ich dich gefragt?«

»Ach, Michael, das weißt du doch selber.«

»Ich weiß gar nichts als bloß das eine, dass ich dich liebe, Sanni, nicht erst seit heute oder gestern, nein, schon immer. Ich habe versucht mir einzureden, wenn ich einmal weg bin von dir, dann könnte das vielleicht nachlassen. Als ich auf der Landwirtschaftsschule war, da habe ich allen Mädchen, die mir begegnet sind, hinterhergeschaut, ob nicht wenigstens eine einzige dabei wäre, die so ist wie du. Einmal ist mir eine begegnet, an der Loisach drunten, da habe ich mir eingebildet, die wäre annähernd so wie du. Sie hat mich mitgenommen in ihr Zimmer, und wir waren eine Nacht zusammen. Aber danach war alles leer in mir. Es war das Herz nicht dabei, Sanni, und ich habe es bitter bereut, dass ich mich nicht aufbewahrt habe für dich.«

Diese leidenschaftliche Beichte ging mir sehr zu Herzen, und als er jetzt schwieg, schaute ich auf den knienden Mann herunter, der mir immer wie ein lieber jüngerer Bruder gewesen war, und nahm dann sein Gesicht in beide Hände. »Michael, für mich aufbewahrt, sagst du – und dass du mich liebst. Ja, wie stellst du dir denn das vor? Du bist ein angehender Bauer, und ich bin nichts weiter als deine Magd. Du vergisst ganz, dass du eine Mutter hast, die ...«

Schnell legte er seine Hand auf ihren Mund. »Das hab ich alles bedacht, Sanni. Aber ich hab keine Angst. Ich werde es ihr sagen, morgen, bevor ich weggehe, sag ich's ihr.«

»Nein, Michael, warte noch, prüfe dich erst, und dann wirst du einsehen, dass du dir das nur einbildest.«

Heftig schüttelte er den Kopf. »Ich bilde mir nichts ein. Man kann ja nicht jahrelang bloß in der Einbildung leben. Es kennt mich doch niemand so wie du. Nicht einmal meine Mutter kennt mich so. Ich weiß nicht, Sanni, wie ich das aushalten soll, wenn ich jetzt fort muss und du mir nicht die Hoffnung mitgibst, dass du auf mich wartest. Was würde mir denn der ganze schöne Hartauerhof nützen, wenn du nicht meine Bäuerin werden möchtest?«

»Von ›nicht mögen‹ ist doch keine Rede«, sagte ich. »Aber siehst du denn nicht ein, dass es unmöglich ist?«

»Als ob für uns zwei etwas unmöglich wäre«, sagte Michael ungestüm. »Etwas anderes wäre es nur, wenn du mich nicht liebst und nicht mit mir leben möchtest. Dann musst du mir das aber gleich sagen.«

Ich schaute ihn lange an und wusste nicht, was ich ihm darauf antworten sollte. »Ja, Michael, ich mag dich auch gern, das weißt du doch – sehr gern sogar.« Ich beugte mich zu ihm herunter und küsste ihn, küsste nicht mehr den Knaben von früher, sondern den Mann.

Ohne dass es weiterer Worte bedurft hätte, standen wir auf und schlugen den Weg den Hang hinauf ein. Höher und immer höher kamen wir über das Latschenfeld, bis dorthin, wo auf einer breiten Fläche der Enzian blühte. Die Almrosen hatten ihre Knospen noch nicht geöffnet, aber ein leiser Wind bewegte die Sträucher, sodass sie sich hin- und herwiegten, als würden sie von einer unsichtbaren Kinderhand geschaukelt.

Dort ließen wir uns nieder.

Der weite Himmel war fast ohne Wolken, und es war so still, dass es fast schon unheimlich war, als ob die Welt den Atem anhielte. Nur einmal hörte man den langgezogenen Schrei eines Habichts. Wir sahen hinauf zum Himmel, der große Vogel schwebte näher, stand dann fast unbeweglich über ihnen, und seine Schwingen schimmerten an den Rändern, dort wo sie die untergehende Sonne traf.

›Wie schön das alles ist‹, dachte ich. Lieber Gott, lass es nicht wieder bloß ein Traum sein. Michael hatte sich auf die Ellbogen gestützt und schaute auf mich nieder. Ich schloss die Augen und sah sein Bild dennoch immer noch vor mir. Langsam hob ich meine Arme, legte sie um seinen Hals und zog seinen Kopf auf meine Brust nieder. »Komm«, flüsterte ich.

Es war so still ringsum wie in einer Waldkapelle. Es duftete stark nach Latschen und Sommer. Der Habicht war wieder da und schwebte über uns und der Stätte unserer Liebe. Sein Gefieder war jetzt vom Abendrot durchleuchtet. Ja, der Abend war schnell über die Bergwelt hergefallen. Nur die höchsten Spitzen loderten noch in einem hellen Licht, als hätte sie jemand angezündet.

»Was denkst du jetzt, Michael?«, fragte ich leise den Mann, mit dem ich zum ersten Mal die Liebe erlebt hatte.

»Ich denke, Sannerl, dass uns zwei niemand und nichts mehr auseinander bringt.«

»Versprich jetzt nichts, Michael.«

»An unserm Hochzeitstag, Sannerl ...«

Ich hielt ihm die Hand vor den Mund. Aber er nahm sie weg und sprach weiter: »Wenn an unserm Hochzeitsmorgen die Glocken läuten und wir uns vor dem Pfarrer die Ringe anstecken, dann wollen wir beide an unsere große Stunde auf dem Berg denken.«

Ich tat so, als träumte ich seinen schönen Traum mit ihm, an dessen Erfüllung ich doch nicht so recht glauben konnte, und fügte mich nur zu gerne in sein zärtliches Schmeicheln, denn zum ersten Mal fühlte ich, dass ich wirklich mit allen Sinnen und mit dem ganzen Herzen liebte. Im Grunde hatte ich Michael immer geliebt, nur hatte ich es immer für eine eher schwesterliche Liebe gehalten, ja, hatte niemals auch nur in Gedanken diese Schranke zu überwinden gewagt.

Nun, da Michael selbst mir seine Liebe gestanden hatte, war mir erst klar geworden, wie viel mehr er mir bedeutete. Meine Liebe machte mich stark, ich wollte alle Anfeindungen, die die Zukunft uns beiden bringen mochte, mit Hilfe dieser Kraft bewältigen.

Ende September 1937.

Ich merkte es gleich, als ich mit dem Vieh von der Alm heimkam, dass Michael es tatsächlich seiner Mutter gesagt haben musste, dass er mich liebe und mich zu seiner Bäuerin machen wolle. Die Bäuerin ist mir gegenüber wieder so kalt und frostig wie ehedem. Kein Wort des Dankes, dass ich das Vieh wieder gut heimgebracht habe, oder sonst eine entgegenkommende Geste.

Zunächst sagte sie noch nichts, aber dann warf sie mir, als wir allein in der Küche waren, ein paar Brocken hin, die ein deutliches Zeichen waren. Sie sagte es so, als führe sie ein Selbstgespräch. Aber es war doch auf mich gemünzt, als sie sagte: ›An den Herd kommt mir so schnell keine her.‹ Oder: ›Solange ich lebe, gebe ich das Heft nicht aus der Hand.‹

Ich bin so fest von Michaels Liebe überzeugt, dass ich versucht bin zu sagen: ›Ich kann's erwarten.‹ Doch ich schweige. Michael zuliebe, denn sie ist ja schließlich seine Mutter. Aber schreiben musste ich es ihm doch.

Ich finde in meinen Briefen nun, wo endlich die wirklich große Liebe mein Herz erfüllt, Worte, wie sie sich ein Dichter nicht schöner ausdenken könnte. Du bist die Liebe meines Lebens, schreibe ich. Wenn es sein müsste, lieber Michael, ich würde für dich sterben.

Michael schreibt mir immer gleich zurück. Er schreibt, er könne es nicht so schön formulieren wie ich, aber er liebe mich genauso, wenn nicht noch ärger. ›Aber harre aus, geliebte Sanni. Ich weiß nicht, ob ich zu Weihnachten schon Urlaub bekomme, doch Ostern ganz bestimmt, sagt der Feldwebel, weil ich ein so guter Schütze bin. Auf fünf Schuss vier Zwölfer. Wenn ich dann Ostern heimkomme, werde ich mit meiner Mutter alles ins Reine bringen. Ich habe dein Bild mit

Reißnägeln an der Innenseite meines Spindes festgemacht. Meine Stubenkameraden sagen alle, dass du ein wunderschönes Mädchen bist, und beneiden mich sehr. Also harre aus, und ich verbleibe mit tausend Küssen dein Michael.‹

Ich habe gemerkt, dass die Bäuerin in meinen Sachen herumschnüffelt. Aber ich habe alle Briefe, auch die von Marianne, in mein Tagebuch gelegt, und das kann ich absperren. Ja, Marianne habe ich auch geschrieben und ihr mitgeteilt, dass ich nun mein Herz rettungslos verloren habe. Ob sie sich vielleicht noch an Michael erinnern könne. Damals sei er noch ein Kind gewesen, aber mittlerweile sei er groß und stark und schön geworden. Dieses ›schön‹ unterstrich ich dreimal.

Mariannes Antwort lässt diesmal etwas länger auf sich warten und ist viel kürzer als sonst. »Ich möchte dir alles Glück dieser Erde wünschen, schreibt sie, aber ich kann es nicht. Immerhin habe ich versucht, dich zu verstehen. Du bist ja so allein, und in dieser schlimmen Zeit, in der ihr leben müsst – sie wird noch schlimmer kommen –, brauchst du etwas, an das du glauben und dein Herz hängen kannst.«

Als Michael einrücken hat müssen, hat uns das Arbeitsamt einen Knecht geschickt. Doch der taugt nicht viel, und ich muss gezwungenermaßen auch an die ganz schwere Arbeit heran.

Aber das macht mir nichts aus. Ich bin jung und stark und – welch ein verrückter Gedanke! – ich bilde mir bei allem ein, dass ich es für Michael tue. Einmal werden es seine Wiesen sein, seine Äcker und sein Wald und damit auch mein Eigentum.

Es ficht mich überhaupt nichts an, und wenn mir manchmal etwas recht schwer wird, dann fällt mir immer Michaels Mahnung ein: »Harre aus.«

12. Dezember 1937.

Da sind wir nun schon mitten im Advent. Die Bäuerin schimpft andauernd, weil Michael zu Weihnachten nicht heimkommt. Es gebe doch so viel zu reden, was den Hof und die Arbeit betrifft. Auch stehe allerhand an. Dabei schaut sie mich an. Aber diese Regierung, räsoniert sie weiter, das seien ja lauter Heiden, denen die Geburt des Herrn ein böhmisches Dorf sei. Sie redet überhaupt viel von Michael. Ob er wohl genug zu essen bekomme? Allerdings, es könne ja auch sein, dass ihm der Barras in gewisser Weise guttue. Dort lerne er Gehorsam. Ob er aber auch weiser geworden sei, das bezweifle sie stark. Dabei schaut sie wieder mich an.

Draußen ist es bitter kalt. Wenn ich in dunkler Morgenstunde mit dem Knecht in den Wald hinaufsteige, um Bäume zu fällen, dann friert mich oft schon an den Zehen, wenn wir beim Holzschlag ankommen. Bäume schlagen ist zwar keine Weiberarbeit, und die Bäuerin hätte für ein paar Wochen leicht einen Taglöhner dazu einstellen können. Aber sie will mich auf diese Weise mürbe machen. ›Dann vergehen dir deine dummen Gedanken‹, sagt sie einmal. Hat die eine Ahnung! Für Michael ist mir nichts zu schwer. Für ihn und unsere Liebe würde ich jedes Opfer bringen. Er bittet mich doch in seinen Briefen immer, dass ich ausharren solle. Ausharren heißt ja wohl so viel wie Geduld haben. Und Geduld habe ich eine ganze Menge, und mein Vertrauen in Michael ist grenzenlos.

Ich habe festgestellt, dass die silberne Ähre auf dem Grabstein durch Wind und Wetter verblasst ist. Ich muss zusehen, dass ich irgendwo etwas Silberbronze auftreibe, um die Ähre nachmalen zu können.

Nach Neujahr muss ich gleich einmal auf die Raiffeisenkasse gehen, um die Zinsen meines Guthabens nachtragen zu lassen. Jetzt habe ich elfhundertsechzig Mark beisammen. Wenn meine Mutter nur wissen könnte, wie reich ich bin!

Zu Lichtmess sollen wir einen neuen Knecht aus der Nachbarschaft bekommen. Ich bin froh, denn der jetzige taugt wirklich nicht viel. Was mich besonders wurmt, ist, dass er die Pferde herunterkommen lässt, die immer Michaels Stolz gewesen sind. Wenn ich Zeit habe, nehme ich manchmal Striegel und Bürste zur Hand und putze sie nach. Wenn nur meine Zeit nicht immer so knapp wäre!

Ich soll schon lange wieder einmal in den Pfarrhof zum Kaffee kommen. Und ich möchte Michael einen wollenen Janker auf Weihnachten stricken. Aber ich komme einfach nicht dazu. Darum werde ich die Wollweste kaufen, die ich bei der Kramerin in der Auslage gesehen habe. Sie ist grau, hat Hirschhornknöpfe und einen dunkelgrünen Kragen. Vielleicht kann ich ein bisschen was herunterhandeln, denn die Kramerin verlangt achtzehn Mark. Bei Barzahlung gibt's doch Rabatt, werde ich sagen.

In der Malervilla geht es häufig recht laut zu. In klaren Winternächten hört man oft Gesang dort oben. Und obwohl die Fahne auf dem Mast jetzt steifgefroren ist, der strenge Ostwind weht sie doch auf und lässt sie dann wieder an den Mast schlagen.

Es ging wieder ins Frühjahr. Viel Grünes war freilich noch nicht zu erspähen, nur die Weiden standen da mit lauter silbernen Knöpflein an den Ästen. Die Sonne musste noch früher und wärmer kommen, dann würde auch der Huflattich bald blühen. Die Bienen begannen auszufliegen, und wenn man darauf achtete, dann konnte man auch den Kuckuck schon rufen hören. Freilich war das noch nichts Endgültiges, denn der Winter war launisch und konnte noch einmal zurückkehren. In den Bauernhöfen begannen sie bereits mit dem Osterputz, und den nahmen sie immer sehr gründlich vor, weil ein solcher Großputz im Jahr nur zweimal vorgenommen wurde: zu Ostern und zur Kirchweih im Oktober.

Auf dem Hartauerhof wurde auch noch der Stall geweißelt, denn Ostern sollte ja der Michael heimkommen. Bei dem böhmischen Gewölbe war das eine sehr schwere Arbeit. Der Knecht fluchte bei dieser ungewohnten Tätigkeit, die Jungmagd Margret weinte, weil ihr wieder einmal ein Kalkspritzer ins Auge geraten war. Nur ich war so voll glückseliger Erwartung, dass mir auch diese Arbeit leicht von der Hand ging. Michael hatte mir vor ein paar Tagen noch geschrieben, dass er die Mutter zu einer Entscheidung zwingen werde, wenn er heimkomme. Er wolle klare Verhältnisse schaffen.

Die Karwoche brachte dann wirklich noch einmal schlechtes Wetter. Regenschauer mit Schnee vermischt zogen über die Landschaft hin, und es war, als fiele alles noch mal in die winterliche Trostlosigkeit zurück.

Ich ahnte nicht, was wirkliche Trostlosigkeit bedeutete, doch ich sollte es bald erfahren. Später hat man mir die Szene in der Kirche geschildert, die der schrecklichen Nachricht vorausgegangen war, welche der Pfarrer uns wenige Tage vor Ostern, dem Ende von Michaels Militärzeit, überbringen musste:

Der Pfarrer war mit seiner Mutter und noch ein paar alten Frauen in der Kirche gewesen, um sie für den Karfreitag vorzubereiten, die Kreuze mit violetten Tüchern zu verhängen und das heilige Grab zu richten, aus dem der Herr am dritten Tage wieder auferstehen sollte, wie es in der heiligen Schrift geschrieben steht. Viel grünes Zeug aus dem Wald schmückte das Grab, und zwischen dem Grün stachen silberne Kerzenleuchter und bunte Glaskugeln heraus.

Pfarrer Franz Weitenauer hatte gerade eine von den rosaroten Glaskugeln in der Hand und betrachtete sie, weil sie einen Sprung hatte, als die Kirchentüre aufgerissen wurde und der Bürgermeister Heck mit schwerem Schritt auf den Steinplatten des Mittelschiffes daherkam. Vor dem Pfarrer blieb er stehen. Sein Gesicht war ernst und aschgrau.

»Sie, Herr Bürgermeister?«, fragte der Pfarrer erstaunt.

»Es ist etwas Furchtbares passiert, Herr Pfarrer.«

»Sie erschrecken mich.«

»Gerade habe ich am Telefon die Nachricht hereingekriegt, dass der Hartauer Michael bei einer Übung im Hochgebirge tödlich abgestürzt ist, zusammen mit zwei anderen.«

Ganz leise klirrte die Glaskugel auf das Steinpflaster, als sie dem Pfarrer aus den Händen fiel. »Um Gottes willen, das ist ja schrecklich. Weiß man es auf dem Hof schon?«

»Nein, ich soll ja die Botschaft überbringen.« Er senkte den Blick und gestand: »Herr Pfarrer, ich kann das einfach nicht.«

Wortlos band der Pfarrer seine blaue Schürze ab und stülpte die aufgekrempelten Hemdärmel herunter.

»Ein schriftlicher Bericht folgt noch, haben die von der Kaserne gesagt«, meinte der Bürgermeister. »Die Leiche wird heute Nachmittag überführt.«

»Heute Nachmittag schon?« Der Pfarrer überlegte kurz. »Sagen Sie dem Mesner Bescheid, er soll im Leichenhaus Ordnung schaffen. Wie gut, dass wir jetzt endlich ein Leichenhaus haben. Und das andere – ja, deswegen werden Sie ja zu mir gekommen sein. Was der Bürgermeister nicht tun kann, dafür muss dann der Pfarrer herhalten. Aber – es gehört ja auch zu meinen Pflichten, Trauernde zu trösten.«

»Ja, ich wäre Ihnen schon recht dankbar, Herr Pfarrer«, sagte der Bürgermeister mit spürbarer Erleichterung.

»Ich werde gehen.«

Zehn Minuten später konnte man den Pfarrer schon mit weiten Schritten durch das Dorf gehen sehen. Dem Ernst der Stunde entsprechend, hatte er seine Soutane angezogen. Bei der Straßenkreuzung bog er ab und ging auf den Hartauerhof zu. Er war ohne Kopfbedeckung, ein erneuter Graupelschauer schlug ihm ins Gesicht, und ein Windstoß wehte seine Schärpe hoch auf. Nur noch wenige Minuten, und die Bewohner des Hofs würden nicht mehr über das Wetter nachdenken, und genausowenig an eine Osterfeier.

Sommer 1938.

Ich habe lange nicht die Kraft gehabt, das Furchtbare niederzuschreiben. Ich musste erst Abstand gewinnen und mich mit Michaels Tod abfinden.

Michaels Tod. Nun, da ich es zum ersten Mal zu Papier gebracht habe, scheint es mir erst so richtig zur grausamen Wirklichkeit zu werden.

Das Schlimmste war, dass ich Michael, meinen Michael, nicht mehr habe sehen können. Sie wollten den Sarg nicht mehr aufmachen, obwohl die Hartauerin es heftig verlangt hat. Ich nehme an, dass der Fels Körper und Gesicht so zerschlagen hat, dass sein Anblick für uns entsetzlich gewesen wäre. Wahrscheinlich war es also besser so, denn jetzt kann ich ihn so in meiner Erinnerung behalten, wie ich ihn zuletzt erlebt habe, gelöst und glücklich, von Liebe und Hoffnung erfüllt bis in die Tiefe seines Herzens hinein.

Ich werde nie vergessen, wie man Michael an jenem Osterdienstag zu Grabe geleitet hat. Der Sarg war mit einer Flagge bedeckt. Sechs Kameraden aus seiner Kompanie trugen ihn auf ihren Schultern. Ein Zug Soldaten mit einem Offizier an der Spitze folgte dem Sarg und zeigte damit, dass Michael einer der ihren war. Das kam auch in den Worten des Offiziers zum Ausdruck. Das war in meinen Ohren eine Anmaßung, denn es ist doch mein Michael gewesen.

Zunächst bin ich so erschlagen gewesen, dass ich gemeint habe, ich könne gar nicht bei der Beerdigung dabei sein. Doch dann hielt ich durch, starrte aber die ganze Zeit nur zu den Bergen hinauf und suchte den Fleck, wo damals der Enzian so üppig geblüht hat.

›Wenn dann unsere Hochzeitsglocken läuten‹, höre ich Michael sagen, während der Offizier von der großen Pflichterfüllung des jungen Gebirgsjägers Michael Liegl sprach und dass Michael einer der Besten der Kompanie gewesen sei. Seine große Liebe habe den Bergen gegolten, und man werde ihm ein ehrendes Andenken bewahren. Das war schon wieder falsch, denn Michaels große Liebe bin ich gewesen und sonst niemand.

Die Bäuerin hat einen Schock erlitten und ist am Grab zusammengebrochen. Sie tat mir von Herzen Leid. Seitdem kränkelt sie. Die Liesl ist auch da gewesen. Sie war ganz modern gekleidet, mit einem Schleier vor dem Gesicht. Sie hat sich wohl schon losgesagt von ihrer Heimat. Recht großspurig hat sie getan und sogar den Leichenschmaus beim Lamplwirt bezahlt.

Aber ich bin nicht hingegangen. Mir war es nach diesem großen Leid wirklich nicht danach zumute, im Wirtshaus bei Leberspätzlesuppe und Kalbsbraten zu sitzen. Ich dachte eher daran, mich auch von einem Felsen zu stürzen, denn dann wäre ich mit Michael, wenn auch nicht im Leben, so doch im Tode vereint gewesen. Ich hätte etwas Schriftliches zurücklassen müssen, damit das Dorf und seine Menschen es erfahren, dass man sogar aus Liebe sterben kann, auch wenn man nur eine kleine Bauernmagd ist.

Ach, diese Liebe, die mich mit Michael verbindet, wer soll das je verstehen können? Gott im Himmel vielleicht, der doch die Menschen füreinander geschaffen hat. Aber wo ist denn Gott geblieben? Warum hat er geschwiegen in meinen leidvollen Tagen und Wochen? Mein Glaube ist doch recht ins Wanken gekommen, und es hat lange gedauert, bis mir seine Allmacht im Werden und Vergehen aller Dinge, im Blühen und Welken in der Natur wieder gegenwärtig wurde. Ohne seinen Willen gibt es keine Sterne und keinen Mond, keine Roggenfelder und keine blühenden Wiesen. Gott lässt die Lerchen fliegen, ohne ihn wären wir wie ein Bienenstock ohne Königin, wie ein Baum ohne Frucht und Schatten. Wenn ich es so bedenke, verstehe ich heute nicht mehr, dass ich nach Michaels Tod fortwollte aus dem Dorf, in dem ich groß geworden bin. Weit fort, irgendwohin, wo mich niemand kennt. Aber wo sollte ich denn hingehen? Was bin ich denn, ich habe ja nichts gelernt als Bauernarbeit? Und wenn ich es genau betrachte, darf ich denn die Bäuerin in ihrer jetzigen Not allein lassen? Der Hof braucht mich, das merke ich mit jedem Tag mehr. Ginge ich fort, könnte ich außerdem nicht mehr am Grab meiner Mutter stehen und nicht mehr an Michaels Grab.

Ich bin ja jetzt wieder auf der Alm. Es ist schon hoher Sommer, und die Almrosen blühen. Ich habe zwei große Sträuße gewunden und habe mich nachts auf den Weg gemacht. Für jedes Grab einen Almrosenstrauß. Die Bäuerin wird sich's schon denken können, woher die Almrosen stammen. Aber mir ist das alles so gleichgültig geworden. Mag sie denken, was sie will, über mich und Michael. Es ist unser Geheimnis gewesen und wird es bleiben. Es wächst ja auch der andere Sohn, der Lorenz heran. Der wird einmal Hartauerbauer sein, und ich werde auch ihm dann dienen als Magd am Hof und zur Sommerszeit als Sennerin auf der Alm.

Jetzt bin ich eine junge Sennerin, aber nach vielen Sommern werde ich eine alte Sennerin sein. Mein Haar wird dann dünn und grau sein, wenn nicht gar weiß, und ich werde niemals einen anderen Mann als Michael gehabt haben, weil ich jedem werde sagen müssen, dass mein Herz für immer nur ihm gehört.

Ich habe noch nie so viel gelesen wie in dieser Zeit. Zwar habe ich keine Bücher mehr zur Hand, aber es bleiben viele Zeitungen und Illustrierte in der Hütte liegen, wenn Bergwanderer eingekehrt sind. Ich bin über alles im Bilde, was in der Welt draußen vor sich geht, und dabei erinnere ich mich daran, wie der Pfarrer gesagt hat, man müsse sorgfältig lesen und sich Gedanken dazu machen.

Es wird auch politisiert in meiner Hütte, aber die Menschen sind vorsichtig geworden und sehen sich zuerst um, wer ihnen zuhört. Noch nie habe ich die Menschen so kennen gelernt wie in diesem Sommer. Die einen stehen wie in Flammen vor lauter Begeisterung, die anderen ziehen den Kopf ein und haben Angst in den Augen, wenn sie zum Himmel hinaufschauen und eine silberne Armada von Flugzeugen mit feinem Gebrumm hoch über die Berge hinziehen sehen, ganz friedlich noch, als seien sie auf der Suche nach Wolken. Es geht mir immer noch so wie früher, wenn ich die Flugzeuge wie Kinderspielzeuge dahinschweben sehe, dann habe ich immer die Vorstellung, es seien silberne Ähren aus einem Weizenfeld, von ei-

nem gewaltigen Sturm in die Unendlichkeit geschleudert.

Ja, es begibt sich viel in dieser Zeit. Alles will heimkehren. Österreich hat heimkehren wollen, und jetzt das Sudetenland. Alle wollen sie heimkehren. Dieses Reich ist wie ein Moloch, der alle Heimkehrenden in seinem Rachen verschlingt. Ich mache mir meine Gedanken, aber im Grunde kümmert es mich nicht, was da draußen in der Welt geschieht. Dieses neue Reich hat mir gleich zu Beginn seinen Stempel aufgedrückt und mich eingesperrt. Ich lebe still und immer noch von Trauer um Michael erfüllt in der Einsamkeit meiner Bergwelt. Sonst ist um mich ein Vorhang gezogen, und ich kann mir gar nicht vorstellen, dass der Vorhang sich einmal heben und mir etwas anderes offenbaren könnte als das einfache Leben einer Bauernmagd.

Winter war es wieder geworden, und in diesem Winter erkrankte die Hartauerin ernsthaft. Es ging nicht mehr ohne Doktor, und dessen Autorität musste sie sich beugen. Sie hatte im Bett zu liegen und war zeitweise sogar ganz ohne Bewusstsein. Aber wenn sie zu ihren lichten Augenblicken kam, dann rechnete sie schon wieder und fragte mich: »Was meinst du, dass der Doktor kosten wird? Und – dass er jeden Tag kommt, das müßte ja auch nicht sein, oder?«

Ich sagte nichts dazu, sondern tat schweigend und geduldig, was mir aufgetragen wurde. Dreimal am Tag Tabletten, zweimal Tee, der das Wasser wegtreiben sollte. Dann musste ich die Kranke waschen und frisch anziehen, Bettwäsche wechseln und am Herd stehen. Alles ging durch meine Hände, gerade als ob ich die Bäuerin hier wäre, so wie es Michael gewollt hatte.

Der Pfarrer kam ins Haus, die Kranke zu besuchen, und ich konnte ihn in aller Unbefangenheit begrüßen. Die kindhafte Verliebtheit, mit der ich einmal zu ihm aufgeschaut hatte, war nur noch eine ferne Erinnerung. Der Pfarrer saß eine Weile bei der Kranken und danach bei mir in der Küche. Wir tranken Kaffee, und ich strich ihm Butterbrote. Bei mir konnte der Pfarrer sagen, was er dachte. »Es wird zum Krieg kommen, Susanne, und wir werden alles verlieren.«

»Ich habe nichts zu verlieren«, antwortete ich. »Nichts mehr«, fügte ich hinzu.

»Du denkst immer noch an den Michael?«

»Ja, und das wird sich auch nicht ändern.«

»Die Zeit heilt Wunden, Kind.«

»Nicht alle. Kleine Wunden vielleicht, die großen bluten innerlich weiter.«

»Kind, Kind, was sind denn das für Gedanken?«

»Das Kind, Herr Pfarrer, ist inzwischen zweiundzwanzig geworden. Und das Kind, Herr Pfarrer –« Ich lächelte versonnen. »Das Kind ist einmal recht verliebt in Sie gewesen. Aber das war eine von den kleinen Wunden.«

»Ich weiß, Susanne. Ich habe es gewusst. Und – Kruste darüber gewachsen?«

»Ja, schon lang. Aber über eins hab ich oft nachgedacht. War denn das eigentlich Sünde?«

»Ach, woher denn, Susanne. Du hast ja nichts begehrt.«

»Nein, begehrt habe ich nichts von dir.«

Da mussten wir alle beide lachen, zumal ich ihn aus Versehen zum ersten Mal wirklich geduzt hatte, so wie ich es damals heimlich in meinen Gedanken getan hatte.

Ich wickelte ihm noch ein paar Schmalznudeln für seine Mutter ein. So viel Recht hatte ich jetzt doch im

Haus, dass ich aus der Küche etwas verschenken konnte, als wäre ich hier die Bäuerin und nicht die Magd.

Es ging schon wieder ins Frühjahr hinein, bis die Hartauerin so weit hergestellt war, dass sie dem Haushalt wieder vorstehen konnte. Das war auch höchste Zeit gewesen, denn es war schon wieder Zeit für den Almauftrieb.

Die Almglocken klangen wieder über Höhen und Schluchten, die Sterne stiegen auf und erlöschten in der Morgendämmerung. Der Kuckuck rief, obwohl die Wälder noch schliefen und erst aufwachten, wenn die Nebel sich verzogen hatten und die Berge im Morgenlicht zu leuchten begannen. Es war wie immer, und so, wie es schon viele Sommer zuvor gewesen war.

Ich war wieder meiner Pflicht auf der Alm verbunden. Es war eine Pflicht, die nicht viele sonst verstanden. Meine Mutter natürlich, aber meine Mutter war tot. Michael war auch tot, und manchmal wunderte ich mich, dass nach diesen unbarmherzigen Schicksalsschlägen in mein Leben alles einfach weiterlief wie zuvor.

Ja, so war das Leben der Sennerin Susanne Reichertseder, und es schien mir, als ob nichts mehr es aus dieser Bahn bringen konnte. Eine neue Liebe würde es nicht mehr geben. Was blieb dann im Leben? Die Tiere gut zu pflegen, dic Hütte in Ordnung zu halten, sehr viel zu lesen, abends ein wenig auf dem Brunnenrand zu sitzen und die Sterne zu zählen, bis der Schlaf auf die Lider fiel.

Draußen aber in der Welt ereignete sich in dieser Zeit vieles, worüber die Menschen redeten und wovor sie Angst hatten. Mehr Wanderer als sonst kamen in diesem Sommer auf den Berg, flüchteten in den Almfrieden, und wenn sie gingen, blieben sie am Waldrand drunten noch einmal stehen und schauten mit wehmütigem Blick zurück, als trügen sie die dumpfe Ahnung in sich, dies alles zum letzten Mal zu sehen.

Ich erfuhr es erst nach dem Almabtrieb, dass am 1. September ein Krieg begonnen hatte. Als ich mit der Herde heimkam, saß die Bäuerin auf dem kleinen Bankerl am Pflanzgartenzaun und schaute mit tränenverschwollenen Augen ganz interesselos der heimkommenden Herde entgegen. Man hatte ihr zwei Pferde aus dem Stall geholt und auch den Knecht. Auf den Feldern standen die Stoppeln noch, sie waren nicht mehr gepflügt worden, und die Äcker warteten auf die neue Saat.

»Mir ist alles gleichgültig geworden«, sagte die Bäuerin. »Und ich frage mich jetzt oft, ob es unseren Herrgott überhaupt gibt und warum er mir den Mann genommen hat und den Buben. Jetzt auch noch die Pferde und den Knecht.«

»Die Pferde und den Knecht, die hat der Krieg genommen, und nicht Gott«, antwortete ich. »Und was den lieben Gott betrifft – steht nicht in der Heiligen Schrift geschrieben: Selig sind, die Leid tragen?«

Da es anders nun einmal nicht ging, nahm ich in meine Hand, was noch zu tun war, spannte das letzte Pferd und einen Ochsen vor den Pflug und setzte ihn in die Erde. Es war wohl ein seltsames Gespann, das da über die Felder schritt. Die Septembertage waren noch warm, ich ging mit aufgeschürzten Röcken und barfuß hinter dem Pflug, von der frühen Morgenstunde bis in die sinkende Dämmerung. Das alles blieb nicht unbeachtet. Es sang mir deswegen zwar niemand ein Loblied, aber ich hatte das Gefühl, dass die Leute im Dorf mir anders begegneten als früher, es war, als habe ich Hochachtung und Ansehen gewonnen. Ich hatte zwar im Gefängnis gesessen, aber was zählte das im Vergleich dazu, dass ich, eine einfache Magd, nicht nur meine eigenen, sondern dazu noch die Aufgaben des Bauern übernahm?

Mitte Oktober wurden dem Hartauerhof zwei polnische Kriegsgefangene als Arbeiter zugewiesen, und damit war es mit der Arbeit dann doch um vieles leichter. Sie wurden vom Arbeitsamt auf Antrag des Bürgermeisters geschickt, und der Hartauerin wurde dabei auch ein Formular übergeben, das sie unterschreiben musste und das an die steinernen Tafeln Moses' erinnerte: »Du sollst nicht ...«

Du lieber Himmel, was man alles nicht sollte! Die Fremden sollten nicht am gleichen Tisch mitessen. Man sollte sich nicht mit ihnen verbrüdern. Und so weiter. Lauter Vorschriften, die von der Hartauerin gar nicht verstanden wurden und von mir nur so weit, dass ich gar nicht daran dachte, sie einzuhalten. Wer bei uns arbeitete, der aß selbstverständlich am selben Tisch wie wir alle. Wo würden wir denn hinkommen, wenn wir die unbegreiflichen Gesetze der neuen Machthaber über das stellen würden, was bei uns schon immer gegolten hatte?

Die Jahre gingen dahin, schwere Jahre für das ganze Land, ja die ganze Welt sogar, und doch schienen sie bei uns am Hartauerhof fast spurlos vorbeizuziehen, als wären wir, die wir schon so viele Schicksalsschläge zu verkraften hatten, in diesem Fall vom Elend ausgenommen worden. Fünf Almsommer waren bereits vergangen, und als ich gerade für den sechsten rüstete, war der Krieg dann zu Ende.

Anderen im Dorf war es schlimmer als uns ergangen, dreiundfünfzig Gefallene aus dem Ort waren zu verzeichnen, und in manchen Stuben bangte man noch, ob nicht der Name des Mannes, Sohnes oder

Bruders, von dem jede Nachricht fehlte, auch noch auf dem Kriegerdenkmal eingemeißelt werden würde. Inzwischen fuhren die Amerikaner mit ihren Panzern schon in das Tal hinein, und weil die Straße viel zu schmal für diese breiten Kolosse war, wühlten sie sich durch die heranwachsenden Saaten und blühenden Wiesen.

Man sollte es gar nicht glauben, wie viele weiße Fahnen es plötzlich gab. Hauptsächlich waren es in Wirklichkeit Betttücher, frisch gewaschen und gebügelt, sodass man die Bügelfalten noch sah, mit denen die Befreier begrüßt wurden. Auch über der Eingangstür des Schulhauses wehte eine weiße Flagge. Der Lehrer aber war verschwunden.

Nur von der Malervilla herunter begann unvermittelt, als man schon dachte, nun sei es wirklich vorbei, ein Maschinengewehr zu hämmern. Ein kurzer Funkspruch, und nach kurzer Zeit brummten zwei Flugzeuge daher und zerfetzten die Villa auf dem Hügel in rauchende Trümmer.

Die Vorausabteilung der Amerikaner wäre vielleicht nach kurzem Aufenthalt wieder weitergerollt. Nach diesem Zwischenfall aber saß die Abteilung ab und machte sich daran, Häuser und Höfe zu durchsuchen. Auch auf den Hartauerhof kamen zwei, ein Weißer und ein Schwarzer. Der Schwarze war wie ein Kind und wollte mit seiner MP den italienischen Zwerggockel erschießen, weil er einer schweren Rhodeländer Henne nachrannte und sie schließlich bestieg.

»Zerverwultigung«, grinste der Schwarze und hob die MP. Der halbwüchsige Lorenz, den mehr der Jeep interessierte als die fremden Soldaten, und die Bäuerin, die zitternd an der Hauswand lehnte, wagten nicht, ihn daran zu hindern. Ich war es, die dem Mann in den Arm fiel und ihn anschrie: »Spinnst du?«

Ob ich die Bäuerin wäre, wurde ich von dem Weißen gefragt, der wohl ein Feldwebel oder so was sein mochte und ein bisschen Deutsch sprach. Ich schüttelte den Kopf und wies auf die Bäuerin, die immer noch an der Hauswand lehnte und jetzt halblaut vor sich hinbetete.

Dass das Haus von oben bis unten durchsucht wurde, konnte ich allerdings nicht verhindern. Der Feldwebel war immerhin so höflich, in holprigem Deutsch zu sagen, dass es seine Pflicht sei. Das Wort Pflicht verstanden wir alle, auch unsere polnischen Arbeiter, denn in den letzten zwölf Jahren war das Wort Pflicht zu einem Leitwort geworden, dessen Missachtung unter Umständen ins Gefängnis oder zu Schlimmerem geführt hatte.

Ob es aber auch zur Pflicht gehörte, die Kammer einer Bauernmagd zu durchwühlen, dass die Bettfedern umeinander flatterten, als schneie es? Erst als einer der Soldaten versuchte, die Truhe zu öffnen, fiel mir mit Schrecken das Gewehr ein, das sich darin befand.

»Aufmachen!«, befahl der Soldat.

»Ich hab keinen Schlüssel«, log ich.

Da zog der Soldat sein kurzes Seitengewehr und sprengte ohne große Mühe den Deckel auf. Zunächst hielt er das verschlossene Tagebuch in seinen Händen. Er drehte es vorsichtig hin und her. Es konnte ja immerhin eine getarnte Waffe sein, ein Funkgerät oder so was. Diesen Deutschen war ja so manches zuzutrauen! Während er noch überlegte und dabei auf das verschnürte Bündel in der Truhe schaute, riss ich ihm das Tagebuch aus den Händen und rannte damit davon. Ich kehrte erst auf den Hof zurück, als es schon dunkel zu werden begann und kein amerikanischer Soldat mehr in der Nähe zu sehen war.

9

In der Kreisstadt, in der sich der Stab der Amerikaner einquartiert hatte, sinnigerweise in dem Haus, das zwei Tage zuvor noch die Kreisleitung der deutschen Machthaber beherbergt hatte, waren überall große weiße Plakate angeschlagen. Es handelte sich um eine Proklamation der amerikanischen Armee, in der der Bevölkerung klargemacht wurde, wie sie sich jetzt zu verhalten hatte. Nach sieben Uhr abends durfte niemand mehr auf der Straße sein. Sämtliche Schusswaffen waren abzuliefern. Wer eine im Besitz behielt, dem drohte die Erschießung.

Wer in dieses Gebäude zum Verhör gebracht wurde, der hatte für gewöhnlich mit mit nichts Gutem zu rechnen. Das war übrigens schon genauso gewesen, als vor den Amerikanern die deutsche Kreisleitung dort ihren Sitz gehabt hatte. Ich machte mich deshalb auf alles gefasst, als ich von den beiden Amerikanern hineingebracht wurde.

Es war gegen neun Uhr vormittags, als der amerikanische Jeep in rasender Fahrt durch das Dorf geprescht war und mit kreischenden Bremsen vor dem Hartauerhof angehalten hatte.

Der Korporal war derselbe, der schon am Tag zuvor die Durchsuchung geleitet hatte. Er wirkte ein bisschen erstaunt, dass ich überhaupt nicht aufbegehrte, als er mir sagte, dass er mich zur Kommandantur bringen müsse. Offenbar hatte er sich darauf gefasst gemacht, mich an einem erneuten Fluchtversuch hindern zu müssen. Doch nach dem gestrigen

Erlebnis war mir klar, dass es kein Sinn hatte, fortzulaufen.

»So?«, sagte ich deshalb nur. »Wenn es sein muss. Was wollen denn die von mir?«

»Nix ville Fragen. Mitkommen.«

»Aber waschen und umziehen werd ich mich ja wohl noch dürfen?«

Ja, aber da müsse er mitkommen. »Du mir nix mehr davonlaufen«, sagte er und folgte mir über die Stiege hinauf.

An der Kammertür blieb ich dann stehen und schaute ihn geringschätzig an. »Das könnte dir so passen. Du bleibst draußen.«

Der Korporal brachte seinen Fuß nicht mehr in die Türspalte, ich schlug sie ihm vor der Nase zu.

»Olala«, sagte der Korporal und pfiff durch die Zähne, als ich nach einer Weile wieder herauskam.

Ich hatte mich entschieden, was auch immer in der amerikanischen Kommandantur auf mich zukommen mochte, dem allem gefasst ins Auge zu sehen. Ich hatte mir überlegt, dass ich mich weniger unsicher bei einer Befragung durch Fremde fühlen würde, wenn ich mich zuvor schön gemacht und eines meiner besten Kleider angezogen hatte. Es war ein hoch geschlossenes Dirndlgewand, am Halskragen mit feinen, weißen Rüscherln und mit einem dunklen Faltenrock, der weit über die Knie hinunterreichte, sodass aber die weißen Zwirnstrümpfe noch herausleuchteten. Das Haar hatte ich nicht in Zöpfe geflochten, sondern hinten zu einem hohen Knoten geschlungen. An den Seiten hingen ein paar Ringellocken herunter.

Als wir hinunterkamen, lehnte die Bäuerin am Herd und weinte. »Was wird über mich noch alles kommen«, jammerte sie. Sie wurde von der Polin getröstet, und der Pole sagte zu mir: »Du keine Angst haben, Susanne. Wir bezeugen können, dass du immer kutt zu uns gewesen.«

Der Lorenz stand im Hof neben dem Jeep, die Hände in den Hosentaschen, genau in der Haltung, wie man seinen Vater oft hatte stehen sehen. »Wirst du wiederkommen?«, fragte er.

Ich zuckte mit den Schultern. Woher sollte ich das wissen? Vorher, als noch die deutschen Machthaber da gewesen waren, kamen Menschen, die man abgeholt hatte, normalerweise nicht wieder. Auch hier im Dorf war das ein oder zwei Mal passiert. Die Amerikaner waren zwar im Dorf als Befreier begrüßt worden, aber vielleicht würde sich in dieser Beziehung ja dennoch nichts ändern? Nach so vielen Jahren unter dem Hakenkreuz vermochte man sich kaum mehr ein Leben vorzustellen, in dem man frei heraus alles sagen konnte, ohne Angst vor einer solchen Abholung haben zu müssen.

Es hatte keinen Sinn, darüber nachzugrübeln, ich würde es schon noch erfahren. Denken konnte ich mir nur, dass diese Abholung mit dem bei mir gefundenen Gewehr zusammenhängen musste, und vielleicht auch damit, dass ich davongelaufen war. Ich bemühte mich, ruhig zu bleiben, stieg in den Jeep und faltete die Hände im Schoß.

Die Kramerin stand gerade unter der Ladentür und schlug die Hände über dem Kopf zusammen, als wir vorbeifuhren. ›Schon wieder die Hartauer Susanne‹, mochte sie denken. ›Was wird sie denn diesmal ausgefressen haben?‹ Wahrscheinlich lief sie nun gleich über die Straße zum Hellauer hinüber. »Habt ihr das gesehen? Die Hartauer Susanne haben sie abgeholt.« Das Dorf hatte also einmal wieder einen Grund, über mich zu reden.

Erst außerhalb des Dorfes gab der Korporal richtig Gas. Der Jeep rüttelte und schüttelte. »Fahr doch nicht so narrisch«, rief ich. Aber der Korporal warf mir nur einen kurzen Blick zu und grinste.

Nach einer halben Stunde lagen dann die Türme der Kreisstadt vor uns, und über den dahinterliegenden Wäldern stiegen gerade die Nebel empor.

In dem Büro, in das ich geführt wurde, befand sich nur ein einzelner, schon etwas älterer Mann in Uniform. Er saß an einem Schreibtisch und las gerade ein Schriftstück, als wir eintraten. Der Mann sah auf und lächelte. Das beruhigte mich ein bissschen, denn so schaute man wohl nicht drein, wenn man jemanden einsperren lassen wollte.

Auf dem Schreibtisch lag allerdings das Gewehr, das bei mir beschlagnahmt worden war. Es ging also wirklich um diese Waffe.

Mein Begleiter sprach den Mann mit »Captain« an. Dieser nickte, winkte mit der Hand, er solle hinausgehen, und dann war ich mit ihm allein.

Zunächst schaute mich der Captain wortlos an, so als ob er darüber nachgrübelte, wo er mich schon einmal gesehen haben konnte. Schließlich räusperte er sich und machte eine einladende Handbewegung. »Nehmen Sie Platz«, sagte er in fließendem Deutsch.

Ich setzte mich auf den Stuhl und gab mir alle Mühe, mir meine Nervosität unter seinem forschenden Blick nicht anmerken zu lassen. »Sie sind?«, fragte er.

»Susanne Reichertseder«, antwortete ich und sah verwundert, wie der Captain zusammenzuckte. »Reichertseder?«, wiederholte er ganz leise, als ob er zu sich selbst sprechen würde. Er stand auf und öffnete das Fenster, als wäre ihm die Luft im Zimmer plötzlich zu stickig geworden. Dann drehte er sich wieder zu mir um.

»Man hat bei Ihnen dieses Gewehr dort gefunden. Wie kommen Sie zu dieser Waffe?«

»Das Gewehr habe ich von meiner Mutter geerbt«, sagte ich.

Wieder reagierte der Mann sonderbar. Er seufzte und fuhr sich mit den Händen über das Gesicht. Als er mich wieder ansah und fortfuhr, wirkte sein Gesicht bedrückt: »Ich habe vorhin vergessen, zu fragen, wie alt Sie sind. Aber jetzt noch eine andere Frage.« Er nahm das Gewehr in die Hand. »Wissen Sie, was die zwei Buchstaben auf dem Schaft zu bedeuten haben?«

»Die Mutter hat mir gesagt, dass mein Vater so geheißen hat: Georg Koffler.«

Der Mann machte ein betroffenes Gesicht und strich sich mit den Fingerspitzen über die Stirn. »Und – deine Mutter? Lebt sie noch?«

Mit zunehmender Verwunderung schüttelte ich den Kopf. Was für ein merkwürdiges Verhör das war! Jetzt hatte der Mann wahrhaftig auch noch angefangen, mich zu duzen. »Als ich zwölf Jahre alt war, ist sie gestorben«, antwortete ich.

»Mein Gott, zwölf Jahre.«

»Ich hab ja schon gesagt, dass sie mir das Gewehr vererbt hat. Und jetzt kommt ihr daher und nehmt es mir weg, das einzige Andenken, das ich an meinen Vater habe.«

»Und dein Vater?«, fragte der amerikanische Captain nun.

Ich machte eine wegwerfende Handbewegung. »Ach der. Der hat uns sitzen lassen in Armut und Schande.«

»Du urteilst hart.«

»Aber gerecht«, gab ich zurück. Ich dachte daran, wie meine Mutter immer felsenfest daran geglaubt hatte, dass der Vater uns eines Tages nachholen würde nach Amerika.

»Man müßte schon die näheren Umstände kennen, bevor man so hart urteilt«, sagte der Amerikaner. »Aber – entschuldige, was darf ich dir denn anbieten? Kaffee oder Tee, oder willst du rauchen?«

»Ich rauche doch nicht«, sagte ich und musste ein bisschen lachen.

Die Vorstellung erschien mir sehr komisch, mir von diesem Mann in Uniform eine Zigarette anbieten, diese zwischen die Lippen nehmen und mir dann von ihm Feuer geben zu lassen.

»Hast du denn gar keine Laster?«, fragte er mich und lächelte ebenfalls.

»Ich glaube nicht«, meinte ich. »Bloß viel Arbeit habe ich, und das ist kein Laster. Aber wie ist es denn? Wollt ihr mich wieder heimlassen oder dabehalten? Was habt ihr eigentlich mit mir vor? Reißt mich der Kerl mitten von der Arbeit weg, um mich nach meinem Vater auszufragen.«

»Beruhige dich. Du wirst wieder heimgefahren. Und was das Gewehr betrifft, es ist streng verboten, jetzt noch eins zu haben.«

»Warum habt dann ihr Gewehre?«

»Das ist was anderes.« Siehe da, der gestrenge Herr Offizier konnte auch lächeln. »Ein Glück für dich, Mädchen, dass du an mich geraten bist. Andernfalls würde man dich wahrscheinlich einsperren.«

Das fand ich so absurd, dass ich laut lachen musste, anstatt den Schrecken zu bekommen, den der Mann mir offenbar einjagen wollte.

Betroffen schaute der Captain mich an. »Warum lachst du?«

»Weil's wahr ist. Zuerst sperren mich die andern ein, die, die ihr jetzt besiegt habt, weil ich angeblich ihre Symbole beleidigt habe. Und jetzt wollt ihr mich wieder einsperren, weil ich so ein altes Gewehr habe, mit dem man vielleicht gar nicht mehr schießen kann.«

»Sag das nicht, Mädchen, es ist ein gutes Gewehr.«

Ganz sachte strichen seine Finger über den Gewehrlauf, als wäre es ein kostbarer Gegenstand und sein Blick wirkte beinahe liebevoll. Dann wurde er plötzlich wieder ernst. »Was hast du da vorhin gesagt? Man hat dich eingesperrt? Das musst du noch genauer zu Protokoll geben. Dann wärst da ja sozusagen eine politisch Verfolgte. Mädchen, da könnte für dich was rausschaun.«

»Wozu soll das gut sein? Für mich braucht da nichts rauszuschauen. Ich will bloß heim zu meiner Arbeit.«

»Die lauft dir zwar nicht davon, aber immerhin lobenswert ...«

Der Captain griff nach seiner Mütze, erhob sich und hielt mir die Türe auf, als ich ebenfalls aufstand. »Ich selber werde dich nach Hause bringen.«

Diesmal fuhren wir nicht mit dem Jeep, sondern in einer großen, lackglänzenden Limousine mit einem Stern an der Seite.

Das Gewehr blieb zurück. Vorläufig wenigstens, hatte der Captain gesagt.

Die ganze Zeit hatte ich mich schon gewundert, dass der amerikanische Offizier nicht nur gut deutsch sprach, sondern manchmal sogar eine deutliche bayrische Dialektfärbung herauszuhören war. Während wir langsam zur Stadt hinausfuhren, entschloss ich mich, ihn direkt danach zu fragen. »Sagen Sie, wieso sprechen Sie so gut Deutsch?«

»Es reden viele Deutsch, weil Amerika ein großes Einwandererland ist. Amerika hat alles, Deutsche, Italiener, Franzosen und besonders auch Iren.«

»Ja, meine Mutter hat mir erzählt, dass man da drüben die Grundstücke geschenkt bekommt. Stimmt das?«

»Nicht direkt geschenkt, aber spottbillig. Was hat dir denn deine Mutter noch alles erzählt?«

»Mein Gott, viel. Vor allem hat sie, solange sie gelebt hat, von ihrem Georg erzählt. Hat immer gewartet, dass er uns Geld schickt, damit wir nachkommen könnten. Aber er hat nichts geschickt, er hat überhaupt nie was von sich hören lassen, der Zigeuner«, erklärte ich.

Der Captain lenkte plötzlich den Wagen von der Straße ab in ein Birkenwäldchen hinein. Dann hielt er, öffnete das Handschuhfach, nahm eine Zigarettenschachtel heraus und zündete sich eine an. Dieses Verhalten fand ich so merkwürdig, dass ich mir keinen Reim darauf machen konnte. Er machte mir nicht den Eindruck, als ob er zudringlich werden wollte. Eher wirkte er verlegen.

Nach ein paar hastigen Zügen von seiner Zigarette streifte der Mann schließlich zunächst die Asche von seiner Zigarette und legte dann seinen Arm auf die Lehne des Beifahrersitzes. Er öffnete den Mund, schloss ihn wieder, holte tief Luft und setzte schließlich noch einmal zum Sprechen an.

»Jetzt hör einmal zu, Mädchen, ich will dich etwas fragen, und du sollst mir eine ehrliche Antwort geben«, begann er. »Schätzungsweise sind jetzt in Bayern so an die fünfzigtausend amerikanische Soldaten. Könnte es nicht sein, dass zufällig auch jener Zigeuner dabei ist, von dem du sagst, dass er dein Vater ist, der dich und deine Mutter verlassen hat?«

Ohne darüber lange nachdenken zu müssen, platzte ich heraus: »Ich würde mich kaputtlachen.« Ich sah zu ihm hin und schüttelte dann den Kopf. »Solche Zufälle gibt's ja gar nicht. Obwohl, vielleicht würde ihn sein schlechtes Gewissen hertreiben, dass er neugierig ist und sich sagt: Muss doch einmal nachsehen, was ich damals zurückgelassen habe?«

»Meinst du? Ja, das könnte schon sein. Aber gesetzt den Fall, es gäbe so einen Zufall, was würdest du dann tun? Würdest du ihn verachten?«

Ich überlegte, und dann schüttelte ich den Kopf. »Nein! Mag er vielleicht auch ein Luftikus gewesen sein, aber er ist halt doch mein Vater.«

Der Captain drehte das Fenster herunter und warf den Zigarettenstummel hinaus.

»Man wirft doch eine brennende Zigarette nicht auf einen Waldboden!«, wies ich ihn zurecht.

»Ich habe sie ja vorher ausgedrückt. Und im übrigen, Susanne – ich danke dir von ganzem Herzen.«

»Für was denn?«, fragte ich erstaunt.

»Dass du mich nicht verachtest.« Er legte den Arm wieder auf den Beifahrersitz, ließ ihn dann auf meine Schultern niedersinken. »Ich bin nämlich der Zigeuner.«

Einen Augenblick lang glaubte ich, dass mich der Schlag getroffen hätte. Ich fühlte mich wie erstarrt, nur hinter meiner Stirn überschlugen sich die Gedanken.

»Hat es dir jetzt die Sprache verschlagen?«, fragte er leise.

Ich nickte und sagte: »Ich kann es einfach nicht fassen! Jetzt, wo es für alles zu spät ist, jetzt bist du da.«

»Es ist für nichts zu spät, Susanne. Wenn ein Herz sich auftut und bereit ist, ein Unrecht gutzumachen, soll das andere Herz sich nicht verschließen.«

Ich konnte nicht anders, als immer wieder fassungslos den Kopf zu schütteln. »Das braucht alles seine Zeit. Ich muss mich erst damit abfinden, dass ich plötzlich einen Vater hab.«

»Zunächst bin ich einmal da. Mir geht es nicht anders wie dir, Susanne. Diese wunderbare Fügung – ich habe von dir nichts gewusst.«

»Du hast ja auch nie etwas hören lassen von dir.«

Der Captain – oder vielmehr: mein Vater, sollte ich nun wohl sagen – machte ein schuldbewusstes Gesicht. »Du weißt nicht, wie das ist, Susanne, wenn man in ein fremdes Land kommt, mit leeren Händen und ohne die Sprache zu verstehen. Ich stand vor dem Nichts. Und das kam, weil ich eigentlich noch gar nicht aufbrechen wollte. Es ist wahr, dass deine Mutter und ich ein Liebespaar waren, und eigentlich wollten wir noch ein Jahr sparen und dann zusammen nach Amerika gehen. Wir hatten das so geplant. Dann hatte ich ein ... äh ... Missgeschick beim Jagen und musste weg aus der Gegend, obwohl ich gerade erst genug Geld für meine eigene Überfahrt beisammen hatte.«

»Das ist noch lange kein Grund, die Frau, die dich geliebt hat, einfach zu vergessen.«

»Ich sage ja: mea culpa.«

»Ja, deine große Schuld.«

Mein Vater senkte den Kopf.

»Susanne, es ist alles richtig, was du mir vorwirfst. Ich habe nicht mehr an deine Mutter gedacht, weil ich so damit beschäftigt war, mich in meiner neuen Heimat einzugewöhnen, Arbeit zu finden, die Sprache zu lernen. Alles war neu und aufregend. Und dann lernte ich dort eine Frau kennen ... wir sind seit über zwanzig Jahren miteinander verheiratet und haben schon erwachsene Kinder.«

Er sah mir direkt ins Gesicht. »Aber eines musst du mir glauben, ich hatte keine Ahnung, dass deine Mutter schwanger von mir war. Sie habe ich betrogen, dass ich damit auch dich betrügen würde, wusste ich nicht. Ich will es wieder gutmachen. Sag es geradeheraus, Susanne, wo und wie ich dir helfen kann.«

Das kam mir ein bisschen zu plötzlich, und das sagte ich ihm auch. Ein Vater, den man erst nach über zwei Jahrzehnten kennen lernt, kann das nicht ungeschehen machen, auch nicht durch große Geschenke. Erst einmal und vor allem wolle ich mir von ihm Zeit erbitten, mich an den Gedanken zu gewöhnen, das ich nun auch das hatte, was sonst jedem anderen selbstverständlich war: einen Vater.

Das alles erschien mir wie ein sonderbarer Traum, und immer wieder musste ich den Kopf schütteln. Nun, da ich es wusste, wer er war, fielen mir schon ein paar Ähnlichkeiten mit dem gut aussehenden jungen Mann auf dem Foto auf. Wie lange hatte meine Mutter fest daran geglaubt, dass dieser Mann ihr in Amerika genauso treu geblieben war wie sie, und dabei hatte er sie einfach vergessen und eine andere geheiratet! Plötzlich brach es aus mir heraus: »Meine Mutter hat deinetwegen nie mehr einen anderen Mann angeschaut. Ich frage mich, ob du das überhaupt wert warst.«

Wieder machte mein Vater ein verlegenes Gesicht. Das wisse er nicht, sagte er, aber vermutlich sei er es wohl nicht wert gewesen. Trotzdem wolle er Gott danken, dass er mich kennen lernen durfte und – dass es mich überhaupt gebe.

Ich wehrte ab, als er mich bat, von mir zu erzählen. Was gab es denn über mich groß zu sagen? »Aber wenn du mich heimfährst, gehst du dann mit mir ans Grab der Mutter?«, schlug ich vor.

»Selbstverständlich.«

»Ich hab auch noch ein Bild von dir«, sagte ich schließlich. »Da hast du noch einen Schnurrbart und einen Bergstecken in der Hand.« Und dann fielen mir die Träume meiner Kindheit wieder ein: »Wenn du mir wenigstens eine silberne Ähre mitgebracht hättest.«

»Eine silberne Ähre? Wie meinst du denn das?«

Natürlich konnte mein Vater nichts davon ahnen. Das war nun eine lange Geschichte, die ich ihm zu erzählen hatte, und ich berichtete ihm, was meine Mutter und ich für Vorstellungen von seinem Leben in Amerika gehabt hatten. Die Zeit war vergessen, und ebenso, dass ich gerade noch behauptet hatte, über mich gäbe es nicht viel zu erzählen.

8. Mai 1945.

Im Radio habe ich heute gehört, dass jetzt erst Waffenstillstand sein soll. Ich bereite mich für den Almauftrieb vor und bin eigentlich froh, dem Trubel, der ungewollt um mich entstanden ist, zu entfliehen. Angefangen hat das alles schon am 3. Mai, als mich der Captain – nein, warum soll ich nicht einfach schreiben: mein Vater – nach Hause gebracht hat. Es haben genügend Menschen gesehen, dass er mit mir auf den Friedhof gegangen und mit mir am Grab der Mutter gestanden ist. Das war eine ganz eigenartige Situation. Mein Vater hatte die Mütze unter seinen Arm geklemmt und die Hände über der Brust gefaltet. Ob er gebetet hat, weiß ich nicht, ich habe nur gesehen, dass seine Augen feucht gewesen sind.

Dann flüstert er mir zu: ›Das Silber der Ähre da auf dem Stein – das ist wohl bloß Silberbronze. Wenn du so viel Wert darauf legst, werde ich sie durch eine echt silberne ersetzen.‹

Wie wir wieder aus dem Friedhof kommen, nimmt er meine Hand und hilft mir in den Wagen wie einer feinen Dame. Wahrscheinlich ist niemandem geholfen, wenn ich erzähle, dass dieser groß gewachsene, drahtige Offizier mein Vater ist. Also belasse ich sie bei ihrer Meinung, dass er mein Geliebter ist. In ihren Augen ist er sowieso ein General mit einer ganzen Menge Macht. Nur dem Pfarrer sage ich die Wahrheit.

Mein Vater scheint wie besessen zu sein, mich als unschuldiges Opfer der braunen Seuche erscheinen zu lassen, dem für die erlittene Gefängnisstrafe Wiedergutmachung zuteil werden muss. Die Malervilla ist zwar zur Hälfte zertrümmert, aber ich bekomme ein Dokument ausgestellt, wonach ich berechtigt bin, darin zu wohnen, bis mit den Besitzverhältnissen alles geklärt ist.

Jetzt weiß ich auch so ziemlich alles aus seinem Leben. Der Traum von goldenen Weizenfeldern ist zwar zerronnen, denn mein Vater hat keine Farm, sondern eine Art Bauunternehmen mit zahlreichen Lastwagen, Schubraupen und Baggern. Außerdem hat er eine Frau und drei Kinder. Er hat mir Bilder von seiner Familie gezeigt, darunter auch ein Bild, das ihn mit einem Schubkarren zeigt, dem einzigen Arbeitsgerät, mit dem er als armer Einwanderer einmal ganz klein angefangen hat. Heute besitzt er eine eigene Firma mit dreihundert Angestellten und Arbeitern. Wenn's wahr ist.

Es ist für mich schon ein recht eigenartiges Gefühl zu wissen, dass ich jetzt auf einmal drei Geschwister habe. Halbgeschwister zwar, aber immerhin, wir haben alle den gleichen Vater. Eine der Schwestern sieht mir unglaublich ähnlich. Vater meint, ich sei bloß noch schöner und reifer, und selbstständiger auf jeden Fall. Er wird mir immer vertrauter, und es ist gerade so, als ob er die ganze Güte und Liebe, die er mir als Kind nicht geben hat können, jetzt auf einmal im Übermaß über mich ausschütten möchte. Wenn er mich in seinen Arm nimmt, habe ich am Anfang Hemmungen gehabt, aber jetzt kommt es mir schon ganz normal vor.

Ich frage ihn nach meinen Halbgeschwistern. Ob sie vielleicht Nachthemden gehabt haben. Ich sage ihm, dass ich als Kind nie eins gehabt habe, bis ich einmal ein Nachthemd geschenkt bekommen habe. Ja, von einer Frau Marianne Lipold, deren Mann die Villa gehört und die mit ihm nach Kalifornien ausgewandert sei. Ob das vielleicht gehe, wenn ich ihm die Adresse mitgebe, dass er sie einmal aufsuche. Es sei wegen der zerstörten Villa, ob die wieder aufgebaut werden oder was sonst mit ihr geschehen solle. Er verspricht, es zu tun. Und auch wenn, wie er vermute, die älteren Jahrgänge bald abgelöst und entlassen werden sollten und er wieder nach Amerika zurückkehren werde, so werde er sich auch von drüben aus um mich kümmern. Ich solle ihm nur schreiben, wenn ich etwas brauche.

Aber ich weiß im Augenblick gar nicht, was ich brauchen könnte. Viel lieber wäre es mir, er würde noch etwas länger bleiben können.

Gestern hat man den Lehrer Altinger gefunden. Er hat sich im Bergwald droben an einem Fichtenast erhängt. ›So ein Narr‹, sagt mein Vater. Seiner Meinung nach hätte man den Ortsgruppenleiter Altinger vielleicht ein paar Monate in ein Lager gesperrt. Dann wäre er wieder ein freier Mann gewesen, vielleicht sogar wieder Lehrer, wenn er so weit umerzogen gewesen wäre, dass er den Kindern Demokratie hätte lehren können und nicht mehr den Unsinn, dass Deutschland zur Herrschaft über die Welt geschaffen sei.

Mir tut es Leid um den Lehrer. Ich habe nie verstanden, wie ein so anständiger Mensch wie er sich so für die braunen Machthaber begeistern konnte. Aber, wenn ich es mir recht überlege, so richtig begeistert war er eigentlich nur am Anfang. Wollte er nicht mehr leben, weil er Angst davor hatte, bestraft zu werden, oder vielleicht auch aus Scham darüber, dass er Lügnern und Verbrechern geglaubt hat und mit schuldig an ihren Verbrechen geworden war?

Draußen ist eine helle Mondnacht, voller Glanz und Wärme. Vorige Woche hat es noch geschneit. In drei Tagen ziehe ich wieder auf die Alm. Vorher werde ich noch zur Beerdigung des Lehrers gehen, und wenn ich die Einzige bin, die ihm die letzte Ehre erweist.

Ich glaube nicht, dass viele zu der Beerdigung kommen werden. Aber damals, bei meiner Gerichtsverhandlung, hat auch er mir helfen wollen, obwohl es auch seine Symbole waren, die ich beleidigt hatte.

Mein Vater sagt, dass er mich auf der Alm besuchen werde. Ein Jeep mit Vierradantrieb schaffe das leicht, notfalls ein leichter Panzer. Ich freue mich darauf. Ich habe ihn gefragt, warum er denn seinen schönen Namen Georg Koffler so verschandelt habe. Er klinge doch viel schöner als dieses George Koveler. Er sagt, dass dies damals von der Einwanderungsbehörde so geschrieben worden sei, und dabei sei es geblieben.

Als ich mit der Herde um die Mittagsstunde auf die Alm zog, sah ich sogleich, als ich aus dem Wald herauskam, dass mit der Hütte etwas nicht in Ordnung war. Die Stalltüre stand halb offen, und auf der Westseite waren die Fensterläden nicht geschlossen. Ich öffnete das Gatter und ließ das Vieh auf die Weide. Zweifellos, es war in der Hütte eingebrochen worden.

Ich schloss die Tür auf und warf vorsichtig einen Blick hinein. »Hallo! Ist hier jemand?«, rief ich. Es kam keine Antwort. Aber dass jemand in der Hütte gewesen war – und sich vielleicht immer noch irgendwo hier aufhielt – war nicht zu übersehen. In der Ecke hinten beim Herd lagen eine Menge Konservenbüchsen, volle und leere. Unter der Bank befanden sich etliche Maschinenpistolen und Gewehre, Stahlhelme und Gasmasken. Also waren Soldaten hier gewesen.

»Das ist ja eine schöne Geschichte«, sagte ich zu mir selber und machte mich erst einmal daran, ein wenig Ordnung zu schaffen. Die leeren Konservenbüchsen warf ich in einen Korb. Dann holte ich ein Gewehr unter der Bank heraus und betrachtete es. Es war ganz anders als jenes, das man mir abgenommen hatte. Was sollte ich nur mit all dem Zeug machen?

Während ich noch überlegte, hatte ich auf einmal das sichere Gefühl, nicht mehr allein zu sein. Ruckartig drehte ich mich um und sah unter der Türe, die zum Heuboden hinaufführte, einen Mann in der feldgrauen Uniform eines deutschen Oberleutnants stehen. Er hob die Arme über den Kopf. Das verblüffte mich zuerst, dann begriff ich, dass es für ihn aussehen musste, als bedrohe ich ihn mit der Waffe, die ich in der Hand hielt. Ich ließ das Gewehr sinken und legte es auf die Bank.

»Wo kommen denn Sie her?«, fragte ich den Mann. »Und wer sind Sie?«

»Gestatten, Reiner Meißner.«

»Sind Sie hier eingebrochen?«

»Ja«, antwortete er mit müder Stimme. »Zwölf Mann waren wir noch aus meiner Kompanie. Die Kameraden habe ich heimgeschickt, entlassen. Ich selber jedoch weiß nicht wohin. Sind im Dorf Amerikaner?«

»Ja. Kommen Sie doch einmal raus aus dem Winkel da hinten.«

Langsam bewegte sich der Mann nach vorne. Seine Uniform war zerschlissen. Am rechten Fuß trug er einen schwarzen Schaftstiefel, der andere Fuß war mit Lumpen umhüllt. Er hinkte ziemlich stark und setzte sich sofort hin.

Jetzt, im hellen Fensterlicht, konnte ich ihn erst richtig sehen. Seine dunklen Augen lagen tief eingebettet in einem ausgemergelten, unrasierten Gesicht. Sein Haar hing ihm wirr in die Stirne herein. Der Mund war schmal wie ein Strich.

»Ich habe mich droben im Heuboden versteckt, als ich die Kuhglocken gehört habe. Ich hab ja nicht wissen können, wer da kommt. Wie weit ist es denn bis ins Dorf?«

»Zweieinhalb Stunden, wenn man gut zu Fuß ist.«

»Dann werde ich mit meinem Fuß wohl sechs Stunden brauchen.«

»Was haben Sie denn an Ihrem Fuß?«

»Granatsplitter, vor drei Wochen bei Karlsruhe.«

»Dann hätten Sie in ein Lazarett gehört.«

»War ich doch. Man hat den Splitter entfernt, doch dann wurde das Lazarett plötzlich geräumt. Ich wollte bei meinen Leuten bleiben – Sie verstehen das vielleicht nicht, aber ich fühlte mich für sie verantwortlich – und wir haben uns durchgeschlagen bis hierher. Die Wunde ist einfach nicht verheilt.«

»Ja – und was soll ich mit Ihnen machen?«

»Ich weiß nicht, was Sie tun werden. Mich an die Amerikaner verraten, oder Sie lassen mich hier, bis ich einigermaßen wieder laufen kann.«

»Das könnte unter Umständen lange dauern. Ich habe jedenfalls noch nie jemanden verraten. Haben Sie Hunger?«

Der Mann schüttelte den Kopf. Er war sichtlich erschöpft und hatte Schmerzen. Aber er schien froh zu sein, endlich mit jemandem sprechen zu können.

»Ich will Ihnen bestimmt keine Umstände machen.«

»Ach was. Jetzt koche ich einen Schmarrn, und dann werden wir einmal nach Ihrem Fuß sehen.«

»Wo bin ich denn eigentlich?«

»Auf der Brachtensteinalm. Und ich heiße Susanne.«

Er aß mit Heißhunger, und als er danach seinen Fuß von den Lumpen und den Verbandspäckchen freimachte, erschrak ich sehr. Der ganze Vorderfuß war glühendrot entzündet und der Verbandsmull voller Eiter.

»Um Gottes willen, wie sieht denn der Fuß aus? Und mit so was rennt der Mensch herum! Du brauchst einen Arzt.«

Ein müdes Lächeln zuckte um den Mund des Mannes. Natürlich, das sagte sich so einfach, er brauche einen Arzt. Einstweilen würde es wohl ohne Arzt gehen müssen.

Nachdem ich den Fuß mit den einfachen Mitteln versorgt hatte, die mir zur Verfügung standen, fiel mein Blick wieder auf das Waffenarsenal unter der Bank. »Das Zeug muss sofort weg«, beschloss ich. »Damit könnten wir beide in Teufels Küche kommen. Kannst du mir dabei ein wenig helfen?«

Am Abend lagen die Überbleibsel der Ausrüstung einer besiegten Armee tief unter der Erde vergraben, und mir war nun sehr viel wohler zumute. Die andere Sorge, die jetzt noch auf mir lastete, war der fremde Soldat in meiner Hütte. Es war klar, dass ich mich strafbar machte, wenn ich ihn verbarg. Aber konnte ich ihn denn fortjagen, ihn mit dem lädierten Fuß einem ungewissen Schicksal überlassen? Ich brachte das einfach nicht übers Herz.

Wir saßen am späten Abend noch lange unter dem milden Schein der Petroleumlampe beisammen. Der fremde Oberleutnant öffnete seine Brieftasche und zeigte mir ein paar Bilder. Das eine Bild zeigte ein ziemlich großes Haus in einem Baumgarten mit einem schmiedeeisernen Eingangstor. Das Bild war so scharf, dass man das Schild neben dem Eingangstor lesen konnte: »Architekturbüro Reiner Meißner«.

Ich hob den Kopf und sah ihn erstaunt an. Dass der Mann auch einen normalen Beruf haben könnte, der Gedanke war mir noch gar nicht gekommen. Obwohl das ja nur einleuchtend war. »Architekt bist du?«

Er nickte und legte ein zweites Bild auf den Tisch. Es zeigte eine wunderschöne, elegante Frau mit einem weißen Pelzmantel um die Schultern.

»Wer ist das?«

Der Oberleutnant schluckte ein paar Mal und gab lange keine Antwort. Endlich sagte er: »Sie war meine Frau. Alice hat sie geheißen. Sie ist tot. Auch das Haus gibt es nicht mehr. Es wurde in einer der Bombennächte von einen Volltreffer zerstört.«

Ich schwieg betroffen. Ein ganze Weile lang war nur der schwere Atem des Mannes zu hören und dazwischen das Ticken der kleinen Uhr an der Wand.

Nach einer Weile wagte ich zu fragen: »Wie lange ist das schon her?«

»Das war am zwölften September vorigen Jahres.«

Ich fühlte Mitleid mit diesem Mann, der alles verloren hatte, was ihm in seinem Leben wichtig gewesen war, und nun einer ungewissen Zukunft entgegensah. Aber was half ihm denn schon mein Mitleid? Bedeutete es ihm überhaupt etwas, dass eine Bauernmagd zu nächtlicher Stunde mit ihm Mitleid bekam?

Abrupt stand ich auf, stellte Wasser auf und holte die Schachtel mit Kamille, von der ich noch einmal Gebrauch machen wollte, bevor der Soldat sich schlafen legte, denn eigentlich hätte er vorher seinen frisch versorgten Fuß stillhalten müssen, anstatt mir beim Wegschaffen der Waffen zu helfen. Nur hätte ich alleine viel zu lange dafür gebraucht, deshalb war seine Hilfe notwendig gewesen.

»Du musst jetzt deinen Fuß noch einmal baden und frisch verbinden.« Unwillkürlich war ich in einen strengen Ton verfallen, und der Mann musste ein bisschen lachen. »Jawohl, Herr Oberstabsarzt!«, antwortete er, und nun lachte auch ich.

»Du schläfst droben im Heu?«, fragte ich ihn, als der Fuß versorgt und frisch verbunden war.

»Ja, die Kammer da draußen war für uns tabu.«

»Dann schlaf gut. Morgen sehen wir dann weiter. Gute Nacht.«

»Gute Nacht, Fräulein oder Frau Susanne.«

»Einfach Susanne und nicht mehr ›Sie‹. Bei uns sagt man ›du‹ zueinander.«

»Ja, Susanne. Und vielen, herzlichen Dank.«

Ich leuchtete ihm noch mit der Lampe über die Stiege hinauf, dann schloss ich leise hinter ihm die Türe.

Besonders gut schlief ich aber nicht in dieser Nacht. Lange lag ich noch wach und starrte zu der hölzernen Decke hinauf. Ich dachte dabei aber weniger an den fremden Mann da droben im Heuboden, als an den amerikanischen Offizier George Koveler, an meinen Vater. Ein Krieg war etwas Schreckliches, aber er hatte in meinem Fall ein Wunder bewirkt. Niemals hätte ich sonst meinen Vater finden können, und wahrscheinlich hätte ich in meinen immer seltener gewordenen Träumen nur einen Farmer neben blühenden Weizenfeldern hingehen sehen, mit einer silbernen Ähre hinter dem Hutband oder zwischen den Lippen.

Ach ja, ich dachte viel nach über ihn in dieser Nacht. »Ich werde immer für dich da sein, wenn du mich brauchst«, hatte er gesagt. Und jetzt, so war mir klar geworden – jetzt brauchte ich seine Hilfe. Wenn einer diesem armen Menschen da droben auf dem Heuboden helfen konnte, dann war es mein Vater.

Eine bessere Idee, wie man dem Architekten Reiner Meißner dabei helfen könnte, sich wieder in ein normales Leben einordnen zu können, fiel mir nicht ein. Er war ein Offizier der deutschen Armee gewesen und würde in Kriegsgefangenschaft kommen. Ob der Vater das verhindern konnte oder wenigstens dafür sorgen, dass er bald wieder freikommen würde?

Es mochte schon Mitternacht sein, und ich konnte immer noch nicht einschlafen, weil mir diese Frage andauernd im Kopf herumging. Schließlich stand ich auf, tropfte ein gehöriges Maß Baldrian auf ein Zuckerstückchen und schlief danach endlich ein. Ich erwachte erst wieder, als die Kühe sich mit ihrem Glockengeläut vor der geschlossenen Stalltüre bemerkbar machten.

Ein Sonntag von seltener Schönheit brach an. Kaum war die Sonne über die östlichen Bergspitzen hochgestiegen, flutete ihr Licht schon warm über den Latschenhang hin, der aussah, als ob Rauch von ihm aufsteigen würde. Aber es war nur der Tau, der verdampfte. Leise klangen die Herdenglocken vom Grund herauf.

Ich deckte den Tisch vor der Hütte. Aus dem offenen Fenster strömte der aromatische Duft von Bohnenkaffee, ein Luxus, den ich meinem Vater zu verdanken hatte. Ich schnitt dünne Scheiben vom

Brotlaib ab, stellte Butter dazu und Marmelade. Dann rief ich gut gelaunt zum Fenster hinein: »Der Kaffee ist fertig! Wenn der Herr jetzt zum Frühstück kommen möchte!«

Reiner Meißner kam zur Tür heraus. Er hatte sich rasiert und sah verglichen mit dem Anblick, den er vor drei Tagen geboten hatte, wie verwandelt aus. Ich hatte sein Hemd gewaschen und gebügelt, und wenn der Architekt Reiner Meißner in früheren Zeiten auch schon bessere Tage erlebt hatte, so schien er sich nun dennoch zu fühlen, als sei er im Paradies. Er humpelte zwar noch immer, aber die Entzündung an seinem Fuß hatte sich schon etwas gelegt.

Unter der Tür blieb er stehen und atmete ein paar Mal tief durch. »Oh«, staunte er, und es war nicht zu erkennen, ob er den herrlich gedeckten Frühstückstisch meinte oder meine farbenfrohe Sonntagskleidung.

»Gut geschlafen?«, fragte ich und bestrich für ihn ein Stück Brot mit Butter.

»Danke, Susanne. Ich weiß bloß nicht, wie ich dir das jemals danken soll. Ich werde bis an mein Lebensende in deiner Schuld stehen.«

»Red doch nicht immer davon.«

»Doch, doch, das muss ich schon. Du weißt ja nicht, wie elend und verzweifelt ich war, nachdem ich meine Männer entlassen hatte. Ich wusste nicht, wie es nun weitergehen sollte. Aber dann bist du gekommen. Du hast mir, dem Fremden, wieder ein bisschen Glauben an das Weiterleben gegeben.«

»Jetzt übertreib bloß nicht, Meißner.«

»Reiner bitte, wenn es geht. Nein, ich übertreibe nicht. Ich habe nur Angst, dass ich dir zur Last fallen könnte.«

»Schlag dir das bitte aus dem Kopf!«

»Ich weiß bloß immer noch nicht, wie es mit mir weitergehen soll.«

Ich stellte meine Tasse hin, stützte den Kopf in die Hand und betrachtete ihn. Das war genau die Frage, die mich selbst auch beschäftigte: Wie sollte es weitergehen? Ich konnte ihn nicht ewig in der Hütte verstecken.

»Wie es weitergehen soll, fragst du?«, begann ich. »Ich will dir einmal was sagen, Reiner. Du darfst nicht dauernd über dein Unglück nachgrübeln. Wenn der Mensch meint, Gott habe ihn verlassen, so muss er nur die Geduld aufbringen zu warten, bis ihm Gott die Hand wieder reicht.«

»Du bist wohl recht gläubig, Susanne?«

»Wenn du das meinst, dass ich meinem Herrgott danke, dass er mich leben lässt und dass ich gesund bin, dann ja.«

»Demnach hätte ich keinen Grund, ihm zu danken, oder höchstens dafür, dass ich dir begegnet bin.«

Meißner trank seine Tasse leer und ließ sich wieder einschenken. »Wo hast du denn diesen herrlichen Kaffee her? Das ist ja alles wie im tiefsten Frieden.«

»Frieden haben wir doch jetzt.« Ich lehnte mich weit zurück und blinzelte in die Sonne. Dann stellte ich die Frage: »Was hältst du denn eigentlich von den Amerikanern?«

»Nicht viel, aber nicht, weil es mir lieber wäre, wenn wir gewonnen hätten. Ich bin froh, dass die Unrechtsherrschaft ein Ende hat. Aber das hätte schon viel früher passieren können, ja: passieren müssen, und dass das nicht geschehen ist, daran sind die Amerikaner schuld. Sie haben viel zu lange untätig zugesehen, wie Deutschland von einem Gewaltherrscher und seinen Komplizen zugrunde gerichtet wurde. Wo waren die Amerikaner, als im Namen Deutschlands ein Land nach dem anderen in dessen Hände gefallen ist? Auch in deinem Namen, Susanne. Und dabei hast du genausowenig wie ich den Bewohnern dieser Länder etwas Böses gewollt. Die Amerikaner hätten das verhindern können, aber sie haben gewartet und gewartet, anstatt dass sie uns den Krieg erklärt hätten.«

Der Mann hatte sich richtig in Zorn geredet. Ich schwieg betroffen. Dass ein Soldat sich heimlich gewünscht hatte, den Krieg zu verlieren, hätte ich mir nicht vorstellen können.

Aber ein Soldat wurde ja auch nicht gefragt, ob er gerne Krieg führen wollte. Er wurde eingezogen – und damit basta.

Reiner Meißner schien meinen Blick zu bemerken, er wirkte plötzlich verlegen. »Susanne, das klang für dich jetzt sicher sehr seltsam. Ich habe als Wehrmachtsoffizier natürlich meine Pflicht getan. Schließlich war ich für das Leben und die Gesundheit meiner Leute verantwortlich. Aber ich bin einmal Architekt geworden, um aufzubauen, nicht um Tod und Zerstörung über andere zu bringen.«

Er verstummte, richtete sich ein wenig auf und horchte nach unten in den Wald hinein, aus dem Motorengeräusch zu vernehmen war. Sein Gesicht war auf einmal angespannt. Er kannte diese Geräusche. »Amerikaner?«, fragte er erschrocken.

Ich lächelte ihn an, doch das beruhigte ihn nicht. »Erwartest du Besuch?«, fragte Meißner misstrauisch.

»Ja, seit Tagen schon.«

»Amerikaner?«

»Ja, Amerikaner. Einen Amerikaner, genau gesagt. Ich bitte dich, mach dich zunächst einmal unsichtbar und komm erst, wenn ich nach dir rufe.«

Unschlüssig erhob er sich.

»Warum soll ich mich nicht gleich stellen?«

»Ist es zu viel für dich, wenn ich dich bitte, Vertrauen zu mir zu haben?«

Er sah mich unschlüssig an, dann sagte er: »Nein, Susanne. Wem könnte ich denn in meiner Lage mehr vertrauen als dir?«

Reiner Meißner verschwand also auf dem Heuboden, und ich ging, um das Gatter zu öffnen.

10

Ohne große Mühe hatte der Jeep mit seinem Vierradantrieb die steilen Bergpfade genommen. Nun stand er mit leicht vibrierenden Kotflügeln vor den Hüttenstufen. George Koveler hatte den Motor abgestellt und sprang vom Jeep herunter, nicht wie ein Mann von achtundfünfzig Jahren, sondern wie ein Zwanzigjähriger. Er lief direkt hinein in meine ausgebreitete Arme. »Endlich kommst du. Ich hab so auf dich gewartet«, sagte ich.

»Der Dienst«, klagte er. »Der Krieg ist zwar aus, aber die Deutschen machen uns viel Arbeit.« Er ging zum Wagen zurück und nahm ein paar Pakete heraus. »Da, Susanne, ein Carepaket und etwas Fleisch.«

Er machte ein paar Schritte ins Innere der Hütte, blieb stehen, nahm die Mütze ab und sah sich um. »Alles noch wie früher«, sagte er wie in tiefer Erschütterung. »Ich hätte nicht erwartet, dass ich das alles noch einmal sehen würde.«

»So sehr hast du uns schon abgeschrieben gehabt?«

Er errötete vor Verlegenheit. »Susanne, wir haben doch ausgemacht, dass wir das Vergangene begraben sein lassen.«

»Entschuldige«, sagte ich. »Das war nicht besonders nett von mir, aber es kam mir gerade so in den Sinn. Ich werde mich in Zukunft zusammennehmen.«

Ich packte nebenbei das Fleisch aus und betrachtete es. »Das ist Schenkelfleisch. Was hättest du denn gerne zu Mittag? Ich kann dir einen Rindsbraten machen oder Gulasch.«

»Gulasch, bitte. Das hat deine Mutter immer so vortrefflich machen können. Aber auch Rehschlegel, wenn ich ihr einmal einen gebracht habe.«

Ich drohte ihm lachend mit dem Finger. »Ich dachte, wir wollen von Vergangenem nicht mehr reden.«

Mein Vater musste auch lachen. »In dieser Umgebung ist das gar nicht so einfach!«

»Da hast du Recht. Und Mutter wird hier für mich nie Vergangenheit sein. Es ist heute noch so, dass ich ihre Anwesenheit hier oben besonders spüre.«

Ich begann damit, für das Essen Zwiebeln zu schneiden, und fuhr mir einmal mit dem Ellbogen über die Augen, weil sie zu tränen begannen. Dann betrachtete ich den Vater, der vorne im Herrgottswinkel saß, die Arme auf die Tischplatte gelegt. So mochte er vor dreißig Jahren auch dort gesessen sein, wenn auch nicht in dieser fremden Uniform, sondern hemdsärmlig vielleicht, mit einer Pfeife im Mund, während die Mutter am Herd gestanden war und einen Schmarrn für ihn gekocht hatte. ›Immer noch ein schöner Mensch‹, dachte ich unwillkürlich. ›Trotz seiner Jahre.‹

»Du, Vater ...« Ich hielt erschrocken inne, als ich merkte, dass ich ihn zum ersten Mal so angesprochen hatte. Auch ihm war es anscheinend aufgefallen, denn ein Leuchten trat in seine Augen. »Ja, Susanne?«

Ich schob zuerst noch den Topf mit dem Fleisch über das Feuer, dann kam ich auch zum Tisch und setzte mich ihm gegenüber.

»Wie ist das, Vater? Hast du eigentlich viel Macht?«, begann ich zögernd.

»So viel, wie einem amerikanischen Captain zugewiesen ist. Das ist in allen Armeen der Welt gleich.«

»Ich meine, ob du auch aus eigenem Ermessen heraus etwas entscheiden kannst.«

»Das kommt darauf an. Ich habe zum Beispiel entscheiden können, dass diese zerbombte Villa in eurem Dorf wieder instand gesetzt wird. Sie ist sozusagen für dich reserviert, und wenn du willst, kannst du im Spätherbst dort einziehen, bis die Besitzverhältnisse endgültig geklärt sind.«

Ich musste bei dieser Vorstellung laut lachen. »Was täte ich denn alleine in der Villa? Da müsste schon auch noch ein kleiner Stall dazugebaut werden, dass ich mir wenigstens ein paar Kühe halten könnte.«

»Darüber ließe sich reden.«

Ich musste wieder nach dem Essen schauen, gab Salz, Pfeffer und Paprika über das Fleisch, goss Wasser nach und rührte um. Nun musste ich endlich auf das zu sprechen kommen, was mir so am Herzen lag. Ich trat zum Tisch zurück, setzte mich ganz nahe an die Seite des Vaters und nahm seine Hand.

»Du hast einmal gesagt, Vater, dass ich immer zu dir kommen kann, wenn ich Hilfe brauche.«

»Jawohl, das habe ich gesagt.«

»Ich brauche jetzt Hilfe.«

»Für dich?«

»Nein, nicht für mich.«

Ich drehte seine Hand um und betrachtete die Linien auf der Innenfläche. »Du wirst einmal sehr alt werden«, sagte ich. »Die Lebenslinie ist stark ausgeprägt.« – Er entzog mir seine Hand und schob sie unter mein Kinn, sodass ich ihn anschauen musste. »Jetzt gleichst du deiner Mutter. Die hat auch immer zuerst um den heißen Brei herumgeredet, wenn sie ein Problem gehabt hat. Also, um was geht es?«

»Es ist sonst nicht meine Art, man hat mir immer vorgeworfen, dass ich so direkt sei. Nun – als ich vor acht Tagen auf die Alm heraufgekommen bin, da war jemand in der Hütte, und – er ist noch da.«

»Wer?«

»Ein deutscher Oberleutnant. Er ist verwundet und kann nicht weiter.«

Das Gesicht meines Vaters verfinsterte sich, und er entzog mir abrupt seine Hand. »Mein liebes Kind, du weißt scheinbar gar nicht, in welch schlimmen Lage du dich befindest. Wer Angehörige der deutschen Wehrmacht versteckt, der macht sich nach unseren Kriegsgesetzen strafbar.«

»Was kümmern mich eure Kriegsgesetze?«, sagte ich und konnte nicht verhindern, dass mein Ton schärfer wurde. »Hier geht es um einen armen, geschlagenen Menschen, und er ist verwundet. Mutter hätte ihn genauso aufgenommen. In solchen Fällen muss man das Herz sprechen lassen und sich nicht nach Verbotstafeln richten.«

»Ach so, meinst du? Du – sag einmal – bist du verliebt in diesen Menschen, weil du dich gar so für ihn ins Zeug legst?«

»Ach Schmarrn«, wehrte ich entrüstet ab. »Daran hab ich noch keine Sekunde gedacht. Muss man denn gleich verliebt sein, wenn man einem Menschen helfen will? Noch dazu einem Verwundeten.«

»Dann gehört er in ein Lazarett und nicht auf eine Alm.«

»Eben, das meine ich ja auch. Aber soll er dorthin kriechen?«

»Und wo ist dieser Oberleutnant jetzt?«

Ich zog den Topf vom Feuer, dann ging ich nach hinten und rief hinauf: »Reiner, komm runter.«

Es dauerte einen Moment, bis Reiner Meißner vom Heuboden herunterkam. Später erfuhr ich, dass sein Vertrauen in mich während der Wartezeit einer harten Prüfung ausgesetzt gewesen war, und eigentlich war das kein Wunder. Was hatte er auch von mir denken müssen, als er mich den amerikanischen Offizier so stürmisch begrüßen sah? Er glaubte natürlich, ich sei seine Geliebte, so wie es manche Leute im Dorf ebenfalls annahmen.

Er hatte dort oben sein Bündel geschnürt und war unschlüssig gewesen, ob er bleiben und der Dinge harren sollte, die da kommen mochten, oder ob er lieber versuchen sollte, nach hinten hinaus aus der Hütte zu fliehen, obwohl ihm klar war, dass er mit seinem Fuß in den Bergen nicht weit kommen würde.

Als ich ihn rief, entschloss er sich, sich dem Ungewissen zu stellen, knöpfte den Uniformrock noch vorschriftsmäßig zu und prüfte den Sitz der Mütze, dann betrat er den Hüttenraum. Er nahm militärische Haltung an und richtete sich straff auf. »Oberleutnant Meißner.«

Auch der Captain hatte sich erhoben, blickte sein Gegenüber nur kurz an, dann wanderten seine Augen über die Auszeichnungen an der grauen Uniform hin: das EK. II, das EK. I, die Nahkampfspange, das Verwundetenabzeichen, den Krimschild.

In diesen Augenblick des Schweigens hinein sagte ich, um kein Missverständnis aufkommen zu lassen: »Das ist mein Vater, Reiner.«

Reiner Meißner sah mich ungläubig an.

Ich nickte und lächelte. »Doch, Reiner, du darfst es schon glauben. Er ist wirklich mein Vater.«

Mein Vater wirkte verlegen. »Bitte, nehmen Sie Platz. Ja – es ist so, wie meine Tochter sagt. Ich dachte, Susanne, du hättest ihm die näheren Umstände bereits erklärt.«

»Nein, Vater, bis jetzt noch nicht.«

Nachdenklich, ja fast umständlich zog Georg Koveler seine Zigarettenschachtel, bot sie dem Oberleutnant an und reichte ihm auch noch Feuer. Meißner machte ein paar tiefe Züge an der Zigarette, die erste, die er seit zehn Tagen geraucht hatte.

»Sie sind verwundet?«, fragte mein Vater.

»Ja, bei Karlsruhe. Granatsplitter.«

»Bei Karlsruhe, wo eine eurer Elitetruppen so erbitterten Widerstand geleistet hat«, sagte mein Vater und nickte. »Lauter blutjunge Menschen. Ich verstehe das nicht, so viel Fanatismus, wenn eine Sache doch schon offensichtlich verloren ist.«

Meißner blickte am Captain vorbei zum Fenster hinaus.

»Sie haben Recht. Von meinen Leuten war kaum einer über zwanzig, und nur eine Handvoll von ihnen ist jetzt noch am Leben.« Er wandte sich zu ihm um. »Diese jungen Leute waren voller Ideale. Fehlgeleitete Ideale, meinetwegen. Sie kämpften so, als ob eine Niederlage ihnen Schlimmeres antun würde als der Verlust ihres Heims durch eine Fliegerbombe oder der Tod von Eltern, Geschwistern und Freunden. Sie hatten Angst davor, dass bei einer Niederlage ihre Vorstellung von der Welt in Trümmer gehen würde.«

Der Captain nickte. »Mag sein. Und doch, wer es wagt, sich auf den Trümmern des alten ein neues Weltbild zu bauen, der wird mit Sicherheit glücklicher damit werden, als er es mit dem alten gewesen ist. Wir werden unseren Teil dazu beitragen, dass sie unser amerikanisches Ideal der Demokratie kennen und hoffentlich auch schätzen lernen.«

Reiner Meißner lachte bitter auf. »Deutschland ist ein Trümmerhaufen. Niemand interessiert sich im Moment für politische Ideale. Warum auch? Unser letztes politisches Ideal hat genug Unheil angerichtet. Die Leute wollen nichts außer einem Dach über dem Kopf und etwas zu Essen im Bauch – und sie wollen bei ihrer Familie sein. Wenn sie noch eine haben ...«

Er stockte und presste die Lippen zusammen. Mein Vater sah ihn mitleidig an. Er schien zu ahnen, dass es besser war, nicht nach Reiners Familie zu fragen.

»Sie haben Recht«, sagte er ruhig. »Doch nicht lange, und die Menschen werden sich wünschen, in einem geordneten Staatswesen zu leben, einem Staat, dem sie vertrauen können. Wir wollen diesen Staat schaffen. Nicht heute, und auch nicht morgen, aber schon jetzt haben wir begonnen darauf hinzuarbeiten.«

Ich hatte dem Wortwechsel der beiden zugehört, ohne mich einzumischen, aber nun wollte ich das Gespräch wieder auf das lenken, was mir am Herzen lag. »Entschuldige«, wandte ich mich an meinen Vater. »Was wird denn nun mit ihm geschehen?«

»Er wird in ein Gefangenenlager kommen, wahrscheinlich nach Bad Aibling, und dort wird untersucht, wie schwer er politisch belastet ist. Davon hängt es ab, wie lange er interniert bleiben muss. Aber er gehört wahrscheinlich zunächst in ein Lazarett oder in ein Krankenhaus.«

»Ich bin Ihr Gefangener, Herr Captain. Es liegt nun ganz bei Ihnen, was Sie mit mir machen«, sagte Reiner Meißner.

»Ja, nicht wahr, Vater. Du wirst doch sicher diesen armen Menschen mit hinunternehmen ins Tal und in ein Krankenhaus bringen. Und vielleicht findest du ja eine Möglichkeit, ihm so einen Wisch auszustellen, der dem Architekten Meißner wieder in ein geregeltes Leben hineinhilft.«

Mein Vater unterdrückte ein Lächeln. »Du stellst dir das alles so leicht vor, Kind.«

»Du kommst doch aus dem Land der unbegrenzten Möglichkeiten. Mutter hat immer gesagt, wenn man will, geht alles.«

Georg Koveler seufzte. ›Wie sollte man gegen so viel blindes Vertrauen mit nüchternem Realismus ankommen?‹, dachte er wohl in diesem Augenblick. »Ich bin tatsächlich befugt, ihm, wenn nichts Gravierendes dagegen spricht, innerhalb weniger Tage die Entlassungspapiere auszustellen. Aber nur unter bestimmten Voraussetzungen.« Es war klar, dass er sich nicht auf der Stelle auf eine Zusage festnageln lassen wollte. Er kannte Meißner nicht und konnte nicht wissen, ob sich nicht doch noch Hinderungsgründe ergeben würden.

Ich sah ihm seine Unschlüssigkeit an und entschloss mich, das Eisen jetzt zu schmieden, solange es noch heiß war: »Wenn du den Architekten mit hinunternimmst ins Krankenhaus und ihm die Entlassungspapiere ausstellst, dann, lieber Vater, werde ich dich nie mehr um Hilfe bitten. Und es wird doch gehen. Mutter hat immer gesagt …«

»Ja, ja, ich weiß schon: Wenn man will, geht alles«, unterbrach mich mein Vater. »Aber wir haben auch unsere Dienstvorschriften, nach denen auch ich mich zu richten habe. Vielleicht kann ich es aber einrichten, dass man in diesem Fall eine Ausnahme macht. Das kann ich dir aber nicht fest versprechen, dazu müsste ich erst mehr über ihn wissen.«

»Na also«, lachte ich und fiel meinen Vater stürmisch um den Hals. Dann legte ich Teller und Besteck auf, brachte den Topf mit dem Gulasch an den Tisch und faltete die Hände über der Brust.

»Segne, o Herr, uns Speise und Trank,
nimm hin, o Herr, unseres Herzens Dank.«

»A good appetite«, sagte der Captain.

»Bitte, Vater, sprich wenigstens da heroben Deutsch. Du wirst ja mit der Mutter auch Deutsch geredet haben.«

»Nein, Bayrisch«, antwortete er und zwinkerte mir zu.

»Sie hat dich jedenfalls verstanden und hat an dich geglaubt, sonst wär ich ja nicht da.«

28. August 1945.

Mir kommt es so vor, als erlebte ich gerade den schönsten Almsommer meines Lebens. Der Vater kommt regelmäßig jede Woche einmal herauf, und ich freue mich jedesmal auf eine ganz neue Art. Letzte Woche hat er mir tatsächlich das alte Gewehr wieder gebracht, das meiner Mutter einmal Talisman gewesen ist und das auch ich behüten will, solange ich lebe, denn ohne dieses alte Gewehr wären wir uns vielleicht nie begegnet.

Nur über etwas bin ich doch ein wenig enttäuscht. Reiner Meißner ist aus dem Krankenhaus am 18. Juli als geheilt entlassen und mit den nötigen Papieren versehen worden. Vater sagt, dass er diese Entlassung leicht und ohne Gewissensbisse hatte in die Wege leiten können.

Er hätte wenigstens doch einmal noch heraufkommen können. Schließlich hat er seinen Stiefel dagelassen, den hätte ich ihm mitgeben wollen. An den Schlaufen habe ich ihn an der Bretterwand der Hütte aufgehängt. Nicht einmal einen Gruß hat er noch bestellt für mich, dieser Architekt. Da sieht man es einmal wieder. Macht aber nichts, durch Enttäuschung lernt man. Und ich weiß auch, dass ich aus meiner Haut nicht herauskann. Wenn wieder einmal jemand mein Mitleid braucht, dann werde ich ihm doch die Hilfe nicht versagen, auch wenn ich nicht einmal ein Dankeschön dafür zu erwarten habe.

Vater sagt mir, dass an der Villa fleißig gearbeitet wird. Er will nicht, dass ich länger Magd bleibe. Ja, das ist alles recht und schön, aber was soll ich denn ganz alleine in der Villa, wenn er einmal nicht mehr da ist?

Gestern hat die braun gefleckte Kuh, die auf den schönen Namen Sybille hört, Zwillinge geboren. Zwei Kühkalberl, die heute bereits auf ihren langen Beinen – wenn auch ein wenig ungeschickt – um die Mutter herumstelzen und nach ihrem Euter suchen. Wenn der Lorenz am Samstag mit dem Fuhrwerk wieder heraufkommt, wird er Augen machen. Aber er wird genausowenig ein Lob für mich über seine Lippen bringen wie sein Vater. Für diesen Vierzehnjährigen ist es eine Selbstverständlichkeit, dass ich meine Kraft und meine Sorge an den Hof verschenke, wie es immer gewesen ist, ohne viel Dank. Ich bin eben die Magd, die Lorenz immer nur dann umschmeichelt, wenn er amerikanische Zigaretten erbetteln will, mit denen er einen schwunghaften Schwarzhandel betreibt.

Der Winter lag wieder über dem Land. Es war so viel Schnee gefallen, dass die Menschen über das viele Schneeschaufeln stöhnten. Die Hartauerin war froh, dass ich wieder im Hause war, denn es ging ihr nicht gut. Ihre schwere Krankheit hatte ihr viel von ihrer früheren energischen, manchmal groben Art genommen, und zuweilen sprach sie sogar andeutungsweise aus, dass sie früher an mir und meiner Mutter vielleicht nicht ganz richtig gehandelt hatte.

Mangel an Leuten gab es auf dem Hof nicht mehr. Es waren zwei Soldaten bei uns hängen geblieben, die nicht wussten, wohin sie sich wenden sollten. Außerdem hatte man eine Flüchtlingsfrau mit zwei Kindern einquartiert. Ich war nunmehr nur noch in Haus und Stall beschäftigt, und von niemandem bekam ich ein unrechtes Wort zu hören. Lorenz sagte sogar einmal, dass ich eine Perle wäre. Aber das war nur wegen der Zigaretten, denn mein Vater kam weiterhin alle acht oder vierzehn Tage auf den Hof. Als er die Sache mit den Zigaretten durchschaute und mit seinen Gaben zurückhaltender wurde, war ich für den Lorenz dann auf einmal keine Perle mehr, sondern einfach ein Amiliebchen.

Vielleicht dachten auch verschiedene Ortsbewohner so, denn niemand außer dem Pfarrer kannte die wahren Zusammenhänge. Aber das hinderte die Leute nicht, mich immer wieder um meine Vermittlung bei den Amerikanern zu bitten. Ich könne doch bezeugen, dass man niemals mit dem Herzen dabeigewesen sei und immer mit Grüß Gott gegrüßt habe, und nicht mit Heil Hitler.

Dieses Anbiedern war mir sehr unangenehm, aber in manchen Fällen sprach ich wirklich mit meinem Vater. Man hatte zum Beispiel nämlich den Ortsbauernführer Niggl verhaftet und in ein Lager gesperrt. Er habe, so lautete die Begründung, als Funktionär durch seine Tätigkeit als Ortsbauernführer für das Regime gewirkt. Das fand ich wirklich zum Lachen. Der Mann hatte sich nichts zuschulden kommen lassen, alles was man ihm vorwerfen konnte, war dieses Amt, in dem er dafür zuständig gewesen war, den einzelnen Höfen kriegsgefangene Fremdarbeiter zuzuteilen. Er war nicht einmal Parteimitglied gewesen. Der Bürgermeister hatte ihn zum Ortsbauernführer ernannt, weil er einer der angesehensten Bauern am Ort war und er ihn dafür für befähigt gehalten hatte, das war alles gewesen. »Wenn man diesen Mann einsperrt, dann könnt ihr mich auch gleich einsperren, denn ich habe während des Krieges auch geackert und gesät und mitgeholfen für das deutsche Volk die Ernährung zu sichern. War denn das ein Verbrechen?«

Nein, das natürlich nicht, beruhigte mich mein Vater, aber diejenigen, die von der Nazipartei in Amt und Würden gesetzt worden waren, und wäre es auch nur beim Roten Kreuz gewesen, waren zunächst einmal verdächtig. Wenn es sich so verhielt, wie ich es sagte, würde er sicher rasch wieder freikommen. Er werde meine Mitteilung jedenfalls weiterleiten, damit man der Sache nachgehe.

Unnachsichtig sperrten diese Amerikaner allerdings jeden ein, der sie belog. Und gelogen wurde viel in dieser Zeit, mit Absicht und auch mit Unverstand. Wie sollte sich denn so ein Bäuerlein in einem Fragebogen mit 136 Fragen auch auskennen? Und wer war denn nicht irgendwie ein bisschen angeschlagen?

Ich selbst war dabei eine Ausnahme, denn man erinnerte sich im Dorf noch gut daran, dass ich wegen Beleidigung der Nazi-Symbole ins Gefängnis gekommen war. Allgemein wurde im Dorf wohl immer noch angenommen, dass man es mir zu verdanken habe, dass das Dorf bislang wenig behelligt worden war. Nirgends eine Willkür, keine Vergewaltigung, keine Brandschatzung, kein Diebstahl, mit Ausnahme einer Gans, die ein Soldat aus reinem Mutwillen mit seinem Revolver erschossen hatte. Und dieser fidele Schütze aus Texas sollte dafür drei Tage Bau erhalten haben. Dass man mir eine Liebschaft mit einem amerikanischen Offizier nachsagte, minderte meinen Ruhm nicht. Ich ließ die Leute in ihrem Glauben, denn dass es sich um meinen Vater handelte, das hätte mir ja doch niemand geglaubt.

Als mein Vater mir mitteilte, dass er aus der Armee entlassen werde und in die Vereinigten Staaten heimkehren müsse, traf mich das zutiefst, denn insgeheim hatte ich gehofft, er würde noch länger bleiben oder vielleicht gar nicht mehr zurückgehen nach Amerika.

Aber dann schalt ich mich wieder eine dumme Gans. Drüben warteten eine hübsche Frau und drei Kinder auf den Vater. Natürlich musste er zu ihnen zurückkehren.

Nein, ich musste vernünftig sein, auch wenn er mir nichts zurückließ, dieser Vater, als jenes alte Gewehr, das er meiner Mutter schon einmal zurückgelassen hatte. Aber hatte er nicht sonst so viel für mich getan, ohne große Reden darüber zu halten? Die Malervilla stand inzwischen wieder in vollem Glanz da, sogar ein kleiner Stall war seitlich davon errichtet worden. Schwarz auf weiß hatte ich es in der Hand, dass ich dort einziehen konnte. Ich hatte die Schlüssel dafür, und selbst die einst in Sicherheit gebrachten Bilder hingen wieder dort. »Off limits« stand an der Haustüre geschrieben. Nur ich allein hatte Zutritt.

Der Vater sagte, dass er nicht ohne Dank gehen wolle: »Du hast mir all die Liebe geschenkt, die ich dir versagt habe, als du sie gebraucht hättest, in deiner Kindheit und Jugend. Du hast mir die ganze Zeit, in der wir jetzt zusammen waren, keine Schuld zugemessen, und du brauchst auch nicht glauben, dass ich dich vergessen werde.«

Ach ja, wir redeten vieles jetzt, wenn wir auf der Alm beieinandersaßen, gerade so, als wollte der Vater vor seiner Abreise noch alles das sagen, was bisher verschwiegen geblieben war.

»So jemanden wie dich, Susanne, kann man nicht vergessen.«

»Doch, doch«, sagte ich. »Einmal ist einer da gewesen, du weißt es ja, dieser Oberleutnant Meißner. Er hat nie mehr etwas von sich hören lassen.« Mein Blick fiel auf die Wand, und ich musste lachen. »Aber einen einzelnen Stiefel hat er mir zurückgelassen. Was für ein Erinnerungsstück! Mit dem Gewehr, das du der Mutter dagelassen hast, hätte man wenigstens noch etwas anfangen können!«

Mein Vater, stellte sich dann heraus, hatte sich auch seine Gedanken gemacht, wie wir zusammenbleiben könnten. Er schlug mir vor, nach Amerika nachzukommen, sobald ich Gelegenheit dazu bekäme. Aber ich schüttelte nachdrücklich den Kopf. »Nein, Vater, von hier gehe ich nicht weg, selbst wenn es drüben tatsächlich silberne Ähren zu ernten gäbe. Ich weiß nicht, ob du mich da verstehst, ich bin zu sehr meiner Heimat verhaftet.«

Je näher der Tag kam, an dem wir voneinander Abschied nehmen mussten, desto schwerer wurde es mir ums Herz. Und als der Moment des Abschieds gekommen war, er den Arm um mich legte und mich an sich zog, da war mir, als müsse mir das Herz brechen. Aber ich nahm mich zusammen und lächelte ihn tapfer an.

»Leb wohl, mein Kind.«

»Leb wohl, Vater.« Ich streckte mich ein wenig und küsste ihn. »Vergiss mich nicht«, wollte ich sagen und verschluckte es dann doch.

Dafür sagte er es: »Vergiss mich nicht, Susanne.«

Ich schüttelte den Kopf. »Dazu bist du mir viel zu vertraut geworden, Vater.« Und nach einer Weile: »Sagst du es – deiner Familie da drüben, dass es mich gibt?«

»Das hab ich ihnen doch schon längst geschrieben«, schmunzelte er.

»Dann grüß sie schön von mir. Und wenn du wirklich einmal da drüben eine silberne Ähre finden solltest, bitte, schick sie mir.«

Er wollte nicht weinen, aber er schluckte doch verdächtig oft. Und seine Augen waren auch feucht, als er sich noch einmal umschaute und den Anblick der

Umgebung in sich aufnahm: Den Bergwald, der bereits in der flammenden Schönheit seiner Herbstfarben stand, und das Rudel Rehe, das ganz langsam oberhalb des Latschenfeldes hinzog. Ein leiser Windstoß ging durch den alten Ahornbaum hinter der Hütte. Ein paar gelbe Blätter wirbelten über das Dach herüber und lagen dann auf dem Sitz des Jeeps.

Entschlossen, weil man einen Abschied nicht endlos ausdehnen sollte, sprang der Captain jetzt in den Wagen, ließ ihn anspringen und fuhr langsam davon, sich immer wieder umwendend und zurückwinkend, bis ihn die Bäume des Waldes verdeckten. Es mochte vielleicht Zufall sein, aber die ganze Herde war beim Lärm des Motorengeräusches über das Almfeld heruntergerannt und stand mit bimmelnden Glocken am Wege, als hätten sie diesem Menschen noch ein Abschiedsgeläut zu geben, das ihm vielstimmig im Echo durch den Wald nachrollte.

Im Frühjahr darauf starb die Hartauerbäuerin. In der Sterbestunde war der letzte Gedanke der Hartauerin gewesen: »Ich bitte dich, Susanne, lass den Lorenz nicht im Stich. Schau, er ist ja noch so jung, und der Hof – der Hof, der braucht dich ja notwendig.«

Zur Beerdigung kam auch die Liesl und hatte ihren Sohn dabei. Die Liesl war sehr dick geworden in den Jahren. Sie war sehr freundlich zu Susanne und gestand ihr danach beim Leichenschmaus im Nebenzimmer des Lamplwirts: »Ich denke oft an dich, Sanni, und wie du mir immer bei den Schulaufgaben geholfen hast. Ich hätte dir eigentlich viel dankbarer sein müssen. Aber jetzt sag ich dir, Sanni, wenn er sich aufspielt, der Lorenz, und meint, er könnte dich drangsalieren, dann kommst du einfach zu mir. Ich kann dich notwendig brauchen, und du brauchst keine Bauernmagd mehr machen. Und bezahlen würde ich dich auch nicht schlecht.«

»Ich dank dir schön, Liesl«, antwortete ich. »Aber ich hab es deiner Mutter versprochen, dass ich auf dem Hof bleibe. Wie geht's denn dir überhaupt? Lebt die Tante noch?«

»Ja, aber sie ist schon recht hinfällig. Vor zwei Jahren hat sie mir bereits alles überschrieben. Die Wirtschaft, die Metzgerei, das Haus und noch ein paar Grundstücke. Deswegen braucht aber der Lorenz nicht glauben, dass er mir mein Erbteil nicht rauszurücken braucht. Bis jetzt hab ich ja noch nichts bekommen.«

»Das wird beim Nachlassgericht schon alles geregelt werden.«

Die Liesl nickte lebhaft, dass ihr Doppelkinn wackelte, und mahnte ihren Sohn: »Aloiserl, tu die Suppe blasen, iss nicht allweil so heiß in dich hinein. Das ist ungesund. – Ja, und sonst, Sanni? Rührt sich denn bei dir noch gar nichts? Aber du wirst schon einen Hochzeiter auf der Seite haben?«

Ich schüttelte den Kopf. »Es hat ja auch bloß einen für mich gegeben, und das war dein Bruder Michael.«

»Ja, da hat mir die Mutter einmal was vorgejammert.«

»Gejammert, ja«, lächelte ich bitter vor mich hin, »anstatt dass sie froh gewesen wäre.«

»Du weißt doch, wie sie war, die Mutter. Manchmal hat sie schon so altmodische Ansichten gehabt. Aber lassen wir ihr den Frieden. Hat's ja auch nicht leicht gehabt im Leben.«

»Der Herr geb ihr die ewige Ruhe«, sagte ich und schaute auf die Uhr. Daheim im Hof war niemand als die zwei zurückgebliebenen Soldaten und die Flüchtlingsfrau Erika Lohner mit ihren zwei kleinen Kindern. Fast jedem Hof waren inzwischen Flüchtlinge zugewiesen worden.

»Ob wir die wieder einmal losbringen?«, hatte der Lorenz kürzlich einmal gefragt. Was wusste denn dieser Bengel schon, was es hieß, seine Heimat zu verlieren? Er hatte ja eine. Vielleicht konnte er das noch gar nicht richtig schätzen. Da hätte er mich fragen müssen. Ich wusste, was einem so ein Bauernhof wert sein konnte, selbst wenn er einem nicht gehörte.

Es dauerte gar nicht lange, bis es zu einem Zerwürfnis auf dem Hartauerhof kam. Wir saßen gerade beim Abendessen, als der Lorenz aus der Kreisstadt heimkam, wo ihm beim Vormundschaftsgericht eröffnet worden war, dass er zwar der Alleinerbe wäre, aber seiner Schwester Liesbeth 20.000 Mark als Erbteil auszubezahlen hätte. Ferner hätte seine Mutter noch verfügt, dass er der Magd Susanne Reichertseder für treue, langjährige Dienste auf dem Hof das silberne Geschnür und die goldene Riegelhaube auszuhändigen hätte.

Er schirrte das Pferd gar nicht aus, sondern brummte nur den einen von den Mannsbildern an: »Tu den Gaul in den Stall.«

Thomas hieß der Mann, und er erinnerte sich, dass höchstens einmal ein Feldwebel in der Kaserne so mit ihm umgegangen war.

Lorenz riss seine Joppe herunter. Die schwarze Krawatte hing ihm schief am Hals, seine Augen waren rot unterlaufen.

»Hast du zu tief ins Glas geschaut?«, fragte ich, holte noch einen Teller für ihn aus der Anrichte und stellte ihn auf den Tisch.

»Das geht dich einen Dreck an. Soll ich mir vielleicht von einem Dienstboten schon Vorschriften machen lassen, ob ich ein paar Schoppen trinken darf?«

Die Kinder der Flüchtlingsfrau rückten ängstlich an die Seite ihrer Mutter, sie zitterten vor Angst. Die beiden Männer sahen sich verlegen und unschlüssig an. Von denen hatte keiner die Möglichkeit, den Bauern in seine Schranken zu weisen. Also blieb mir nichts anderes übrig, als das selbst zu tun. »Schrei nicht so und führ dich anständig auf«, sagte ich ruhig zu ihm. Das brachte ihn allerdings erst recht in Harnisch. »Ich schrei, wie ich mag«, tönte er noch lauter als zuvor. »In meinem Haus, da bin ich der Herr, und ich werd es euch schon zeigen, wo der Bartl den Most holt. Jetzt weht ein anderer Wind.«

»Ja, vielleicht trocknet dir der neue Wind das Nasse hinter deinen Ohren«, sagte ich und munterte die anderen auf, dass sie weiteressen sollten.

»Sei du ganz ruhig. Was bist denn schon du: die Magd, und zu sagen hast du hier überhaupt nichts, du Amimensch.«

Nun reichte es. Ganz ruhig stand ich auf, ging auf den Burschen zu und holte weit aus. Der Schlag in sein Gesicht war so klatschend und stark, dass es den Lorenz für einen Moment zurücktaumeln ließ. Doch dann ging er mit beiden Fäusten auf mich los.

Das hätte er besser nicht getan, denn ich dachte nicht daran, in so einem Fall Rücksicht darauf zu nehmen, dass er viel zu betrunken war, um gegen mich ankommen zu können. Der Kerl hatte eine Lektion verdient, wenn er sich einbildete, mich verprügeln zu können. Meine Schläge saßen, anders als die, die er mir zu geben versuchte: im Gesicht, im Nacken, unter dem Kinn, so lange, bis er winselnd am Boden lag und bettelte: »So hör doch auf.«

Ja, nun hörte ich auf, sagte aber abschließend: »So geht es dir jetzt jedesmal, wenn du meinst, du kannst dir so etwas herausnehmen.«

Ächzend erhob sich der Lorenz, lehnte sich an die Wand, warf wütende Blicke zum Tisch hin und schrie, soweit ihm das Schreien mit den geschwollenen Lippen noch gelang: »Und ihr hockt alle da und schaut zu, wie die auf mich einschlägt. Aber das werd ich mir merken. Und du – dass du es weißt, du kannst dein Bündel packen und gehen. Dich will ich nimmer auf dem Hof sehen.«

Nun erschrak ich doch ein bisschen. Hier war ich aufgewachsen, hatte meine ganze Kraft und Jugend an den Hof verschenkt. Und nun wies mich dieser Lauskerl vor die Tür. Lass den Lorenz nicht im Stich, hatte die Bäuerin mich auf dem Sterbebett noch angefleht. Ich hatte es versprochen, zumal ja da auch noch gesagt woden war, dass ich auch auf dem Hof gebraucht wurde. Und nun so etwas! Aber ich fragte ihn nur: »Hast du dir das auch überlegt?«

»Da brauch ich nicht lang überlegen. Ich hoffe nicht, dass ich dich morgen früh noch anschaun muss.«

»Gut, dann geh ich. Und zwar gleich.«

»Ja, wenn du nur schon weg wärst.«

In dieser Nacht noch packte ich alles zusammen, was mir gehörte, sperrte Koffer und den Kasten ab, schulterte den Rucksack und verließ durch den Stall den Hof. Vor jeder Kuh, vor jedem Kälbchen blieb ich stehen, streichelte ihnen den Wulst zwischen den Hörnern, steckte dem Pferd noch etwas Heu in die Raffel und schloss dann hinter mir die Stalltüre.

Es war Nacht draußen, eine Nacht ohne Sterne, und es roch nach Regen. Nur ein Fenster war im Hof noch erleuchtet, das dort oben, wo die Flüchtlingsfrau mit ihren Kindern schlief.

Wie immer, wenn mich ein Kummer bedrückte, ging ich durch den nächtlichen Friedhof an das Grab der Mutter und redete mit ihr. Was ich ihr heute zu sagen hatte, das würde selbst die Mutter nicht verstehen. Obwohl die Nacht so finster war, hob sich die silberne Ähre leuchtend vom dunklen Stein ab.

Mitternacht schlug es, als ich den Friedhof wieder verließ. Langsam stieg ich das schmale Sträßlein hinauf zur Lipoldschen Villa, kramte den Schlüssel aus dem Kittelsack und schloss die Türe auf. Ich fand den Lichtschalter gleich rechts neben dem Eingang, und als ich die Türe hinter mir ins Schloss zog, war mir zumute, als habe sich auch hinter meinem bisherigen Leben eine Türe geschlossen. Ich würde die Kleider einer Bauernmagd ablegen und fortan eine andere sein.

11

21. Mai 1948.

Seit ich keine Bauernmagd mehr bin, habe ich mich zu einem ganz anderen Menschen entwickelt. Zwei Jahre ist das nun schon wieder her. Aber ich werde niemals jemandem begreiflich machen können, wie mein Herz damals geblutet hat, als die Zeit des Almauftriebs gekommen ist und ich hier unten bleiben musste. Ich kam mir wie eine Ausgestoßene vor, zumal die Menschen im Dorf auch lange nicht gewusst haben, wie sie die neue Situation jetzt einschätzen sollten. Mein Zorn auf den Hartauer Lorenz war damals riesengroß, denn seine jugendliche Flegelhaftigkeit war es, die mein Leben so grundlegend verändert hat. Heute habe ich das längst vergessen und überwunden, ja ich bin sogar froh darüber. Ich sitze da heroben in diesem herrlichen Haus mit den vielen Zimmern und dem riesengroßen Grundstück. Fünf Tagwerk sind es, wie ich aus den Katasterpapieren ersehen habe. Ich kann mir eine Kuh halten, zwei Schafe und ein Dutzend Hühner. Ja, ganz habe ich mich von meiner bäuerlichen Herkunft nicht lösen können. Im Haus selber habe ich keine Veränderungen vorgenommen. Die Bilder sind auch wieder alle da, nur im Flur ist etwas neu. Da hängt jetzt das alte Gewehr meines Vaters und ein glänzender, schwarzer Schaftstiefel.

Dass ich hier wohne, das hat im Dorf am Anfang zu allerlei Vermutungen Anlass gegeben. Die einen sagen, dass es ein Geschenk des amerikanischen Cap-

tains für erwiesene Liebesdienste sei. Die anderen meinen zum Teil, dass ich mir diesen Besitz widerrechtlich zugeeignet habe und schließlich sind andere wieder der Meinung, dieser Besitz sei mir als Entschädigung für die erlittene Gefängnisstrafe zugesprochen worden.

›Für so was tät ich mich auch gern ein paar Wochen einsperren lassen‹, soll kürzlich der Hufschmied Lermer geäußert haben.

Ich erfahre diese Sachen immer vom Pfarrer, der in der Woche einmal zum Kaffee kommt. Meist ist auch seine Mutter dabei. Und Kaffee habe ich ja genug, wie mir auch sonst nichts abgeht, denn der Vater schickt mir jeden Monat ein großes Lebensmittelpaket und Zigaretten. Er schreibt mir auch jeden Monat einen Brief, legt Bilder bei von seinem Baggerbetrieb und jedesmal auch einen Zehndollarschein. Der Sparkassenleiter ist deshalb voll übertriebener Höflichkeit zu mir. ›Fräulein Reichertseder‹, sagt er zu mir, und ›Hochverehrtes Fräulein Reichertseder‹, wenn er mir schriftlich etwas mitzuteilen hat. Ein Fräulein Reichertseder bin ich jetzt auch für ein paar andere, für die ich früher nur eine unbedeutende Bauernmagd gewesen bin.

Mein Vater hat drüben auch mit Marianne Verbindung aufgenommen. Kürzlich bekam ich nach langer Zeit von Marianne wieder einen Brief. Sie schreibt, dass mein Vater bei ihr gewesen sei und ihr alles erzählt habe. Sie freue sich, dass gerade ich es bin, die die Villa jetzt bewohne, und ich solle auf jeden Fall weiterhin dort bleiben. Geld wolle sie dafür keines, sie sei ja froh, dass sich jemand darin befinde und alles in Ordnung halte. Ich möge nur auf die Bilder achten, denn wahrscheinlich plane sie für das nächste Jahr eine Ausstellung in Philadelphia. Ihr Mann sei 1944 gestor-

ben und habe ihr ein großes Vermögen hinterlassen. Wenn es so weit sei, ob ich dann die Bilder alle verpacken und herüberschicken könne? Eine Speditionsfirma übernehme den Transport. Die Bilder stünden jetzt wieder hoch im Kurs, während sie von den Nazis als entartete Kunst bezeichnet worden seien. Merkwürdig, sie schreibt nicht, dass sie selber einmal herüberkommen möchte. Aber sie vergisst nicht, dass sie noch einen Nerzmantel im Haus hat, über den ich verfügen könne, auch über die Bibliothek. Der Nerzmantel ist natürlich längst nicht mehr da. Es wundert mich auch, dass Marianne am Schluss ihres Briefes nicht mehr mit tausend innigen Küssen meine Marianne verbleiben will, sondern nur, dass sie mich aus der Ferne segnen wolle und mir für mein weiteres Leben alles Gute wünsche.

Marianne ist also ebenfalls Vergangenheit, wie auch dieser Andreas Bürgle, Michael, der Hartauerhof und der schwarze Schaftstiefel an der weißen Wand draußen im Flur.

Warum ich den überhaupt aufbewahrt habe? Wenn ich darüber nachdenke, muss ich den Kopf schütteln.

Was mir in meinem jetzigen Leben besonders zugute kommt, ist die Bibliothek im Wohnzimmer. Ich lese viel und kann mein Wissen dadurch erweitern. Besonders liebe ich Biographien. Biographien gibt es nur über große Männer der Geschichte, der Wissenschaft oder der Kunst. Über eine Bauernmagd gibt es keine Biographie. Die würde auch niemand interessieren. Oder vielleicht doch? Sehr bewegt hat mich die Lebensgeschichte von Franz Liszt, aber auch die von Napoleon Bonaparte. Alle die interessieren mich ganz besonders, die aus der Armut kamen. Kürzlich habe ich ein Buch von Emile Zola in die Finger bekommen. ›Nana‹ heißt es, es hat mich sehr aufgewühlt.

Aber gar so viel Zeit habe ich auch nicht zum Lesen. Abends halt immer im Bett. Am Tag zu lesen, da würde ich mich vor mir selber schämen. Ich stehe immer noch um vier Uhr in der Frühe auf, gehe in den Stall hinüber und melke meine Kuh, die ich Isolde getauft habe, weil ich damals gerade Richard Wagners Lebenslauf gelesen habe. An Wagner hat mich allerdings gestört, dass er seinem Freund Bülow die Frau ausgespannt hat. Hat das sein müssen? Na ja, sein Schwiegervater Liszt ist ja auch gerade kein Heiliger gewesen. Als Kind hatte ich meine Puppe ebenfalls Isolde getauft, daran erinnere ich mich noch. Wie ich damals auf diesen Namen gekommen bin, weiß ich nicht mehr.

Was mich oft bedrückt, ist der Umstand, dass ich nie an der Seite eines Mannes glücklich sein und nie Kinder haben werde. Aber irgendwie liegt das vielleicht an mir selber, an meiner kühlen, zurückhaltenden Art, die man mir fälschlicherweise als Hochmut auslegt und doch nichts anderes ist als die Angst vor einer neuen Enttäuschung. Immerhin wird mir nachgesagt, dass ich zwar schön und begehrenswert sei, aber kalt wie ein Fisch.

Das Grundstück ist sehr heruntergekommen gewesen. Es ist ja nie gedüngt worden. Und wenn man dem Boden nichts gibt, kann er auch nichts zurückschenken. Das ist genauso wie mit der Liebe. Wer nichts gibt, kann nicht wiedergeliebt werden. Ich habe zunächst einmal also fünf große Fuder Mist gebraucht. Die hat mir der Holzinger Gregor gebracht. Aber er hat kein Geld dafür genommen, sondern pro Fuder drei Schachteln Chesterfield. Der Gregor riss mir auch ein Tagwerk Wiesen um für einen Acker. Ich baute etwas Gerste an für die Hühner, einen Streifen Weizen und den Rest mit Kartoffeln. Ich kann mich also ganz gut ernähren, auch ohne die Pakete aus Amerika. Mein Gott, was habe ich für eine kindliche Freude gehabt im ersten Jahr, als mein Weizenäckerlein in die Ähren schoss. Nachts stand ich dann manchmal am Fenster und schaute hinunter. Wenn der Mond draufschien, dann sah alles so silbern aus. Beim Tag aber hatte das Feld wieder die natürliche Farbe des Reifens. Schweigend trugen die Ähren das Brot für das nächste Jahr in sich, und manchmal meinte ich, der Nachtwind trüge bereits den Geruch des Brotes.

Immer wenn ich ein Fuhrwerk brauche, dann sage ich es dem Holzinger Gregor. Er redet ein bisschen viel. Er ist in Frankreich Soldat gewesen und spitzt dann seinen Mund und rollt viel sagend die Augen, wenn er von seinen Liebesabenteuern in Paris erzählt. Wahrscheinlich stammt von ihm die Aussage, dass ich kalt wie ein Fisch sei, denn ich gehe nie auf sein Gerede ein.

3. Juni 1948.

Vater hat mir diesmal einen Zwanzigdollarschein beigelegt und dazu geschrieben, ich solle mir einen Schäferhund zulegen, denn das Grundstück liege so allein und abseits, und es treibe sich nach einem verlorenen Krieg viel Gesindel herum. ›Um es dir ehrlich zu sagen, liebe Susanne‹, schreibt er weiter, ›manchmal habe ich Angst um dich, obwohl ich weiß, dass du tapfer bist und furchtlos. Habe ich dir schon einmal geschrieben, dass dein Bild, schön eingerahmt, in meinem Büro auf dem Schreibtisch steht? Doris, das ist unsere Jüngste, betrachtet es oft und sagt dann: smartes Girl. Und was meine Frau betrifft, sie möchte dich unbedingt kennen lernen. Möchtest du nicht doch einmal herüberkommen, wenn schon nicht für immer, dann wenigstens auf Besuch? Ich höre dich schon

›nein‹ sagen. Na ja, wenn einmal die Zeiten wieder geordneter sind, kommen vielleicht wir dafür dich besuchen.‹

Ich habe lachen müssen, denn es treiben sich wirklich allerhand Gestalten herum, jetzt in den warmen Frühlingsnächten.

Aber das ist kein Gesindel, es sind junge, verliebte Menschen aus dem Dorf. Ich höre manchmal ihr zärtliches Geflüster über die hohe Ligusterhecke, die mein ganzes Grundstück umschließt. Es ist nicht Neid, der mich dabei überkommt, aber es weht mich eine leise Traurigkeit an, dass der Mai des Lebens an mir vorübergegangen ist, denn ich bin ja nun doch schon einunddreißig Jahre alt.

Ich habe jetzt Gelegenheit, dem Hartauer Lorenz eins auszuwischen. Die Flüchtlingsfrau Erika Lohner kommt mit ihren zwei Kindern manchmal zu mir und klagt darüber, wie gemein und unverschämt der Lorenz sie oft behandelt. Nie ein Wort des Dankes für die viele Arbeit, nie ein liebes Wort für die Kinder. Sie sind die Flüchtlingsbagage für ihn und sonst nichts. Ich überlege, ob ich sie nicht bei mir aufnehmen solle. Dann wäre ich nicht mehr so allein in dem großen Haus, und es wären Kinder im Haushalt. Das würde mir schon gefallen.

Als ich ihr den Vorschlag mache, fällt sie mir weinend um den Hals, und ich habe dabei das Gefühl, als hätte ich vom Himmel den Wink erhalten, mich des am Morgen abgerissenen Kalenderblattes zu erinnern, auf dem geschrieben steht: Bedenke jeden Abend, wenn du dich schlafen legst, ob du an diesem Tag etwas Gutes getan hast.

Zu Pfingsten geschah es dann, genauer gesagt am Pfingstsonntagmorgen, als die Kirchenglocken fürs

Hochamt zusammenläuteten, einem Morgen voll feierlicher Schönheit. Von allen Richtungen her gingen Menschen auf das Dorf zu. Sie grüßten einander, und ich wurde auch gegrüßt, als ich auf dem Weg zur Kirche war. Ich dachte: ›Man muss erst jemand sein, dass einem Freundlichkeit geboten wird.‹

Auf einmal fiel mir ein Mann auf, der beim Lamplwirt unter der Türe stand. Er trug eine helle Hose, eine dunkelblaue Jacke, ein weißes Hemd und eine blau getupfte Krawatte. Er lächelte mir über die Straße herüber entgegen.

Ich dachte, ich hätte nicht richtig gesehen. Ein Windstoß wehte mir die Bänder des Hutes ins Gesicht. Ich hob die Hand und strich die Bänder auf den Rücken zurück, wohin sie gehörten. Dann sah ich wieder hin, und der Mann stand immer noch da drüben, und er sah auch noch genauso aus wie das Bild, das ich von dem verwundeten Soldaten in der Almhütte im Gedächtnis behalten hatte.

Jetzt gab er sich einen Ruck, kam über die Straße herüber, stellte sich vor mich mit leuchtenden Augen und streckte mir beide Hände entgegen.

»Einen recht schönen, guten Morgen, Susanne.«

»Guten – guten – Morgen, Reinhold Meißner«, antwortete ich in meiner Verwirrung über die unverhoffte Begegnung.

Er schüttelte lächelnd den Kopf. »Nicht Reinhold, Reiner heiß ich. Ein Zeichen, dass du mich schon vergessen hast?«

»Oder umgekehrt«, sagte ich ein wenig unsicher, weil ich immer noch nicht glauben konnte, dass er es wirklich war. Er sah gut aus. Sein Gesicht war nicht mehr so durchfurcht und von Sorge gezeichnet wie damals. Und doch wusste ich nicht, sollte ich mich freuen oder ärgern, weil er so lautlos und ohne ein

Zeichen einfach aus meinem Leben gegangen war und nun, Jahre später, plötzlich wieder auftauchte und mich anstrahlte, als ob ich mich darüber freuen müsste. Aus diesem Gefühl heraus, halb Freude, halb Ärger, sagte ich etwas spitz: »Bist du gekommen, um dir deinen Stiefel abzuholen?«

Er schaute mich verdutzt an. »Ich weiß nicht, was du meinst, Susanne. Auf alle Fälle, ich war gestern auf der Alm, aber du warst nicht mehr da.«

»Nein, schon lang nicht mehr.«

»Ja, das hab ich dann erfahren ...«

»Und wo kommst du so plötzlich her?«

»Ich habe hier übernachtet, und jetzt wollte ich zu dir hinauf.«

Die Kirchenglocken begannen wieder zu läuten, zum letzten Mal. Ich musste mich beeilen, wenn ich nicht zu spät kommen wollte.

»Treffen wir uns nach dem Hochamt?«, fragte ich.

»Nein, ich begleite dich, wenn es dir recht ist.«

Ich fühlte mich ein bisschen unbehaglich, weil ich die neugierigen Blicke der Kirchgänger in meinem Nacken spürte, die den fremden Mann an meiner Seite musterten, als hätte er gestern erst in die Raiffeisenkasse eingebrochen. Aber gerade der Leiter der Raiffeisenkasse war es, der vor uns beiden umso tiefer seinen Hut zog, als wittere er eine neue Kontoeröffnung, zumindest für die nächste Zukunft, denn recht lange konnte es mit dieser Reichsmark ja nicht mehr weitergehn.

Ja, ein bisschen peinlich war es mir schon, dass dieser Reiner Meißner so unverhofft an meiner Seite ging. Als wir ins Glockenhaus eintraten, war Meißner schneller als ich. Er tauchte seine Finger in das Weihwasserbecken und bot mir seinen Zeigefinger, dass auch ich von dem geweihten Wasser etwas abbekam.

Dann ging er mit mir durch das Mittelschiff und blieb an der Bankreihe stehen, wo ich nun auch den angestammten Platz Marianne Lipolds innehatte, die ja trotz ihrer Ehe mit einem Juden selbst keine Jüdin, sondern katholisch und eine regelmäßige Kirchgängerin gewesen war. Zuerst kniete ich hin und senkte den Kopf, dann aber machte ich eine Handbewegung zu meinem Begleiter hin und deutete neben mich. Das würde den Leuten im Dorf natürlich wieder Gesprächsstoff liefern. Ein Mann an meiner Seite – und noch dazu ein gepflegter und gut aussehender Mann.

»Wo hat sie denn den aufgerissen?«, flüsterte der Holzinger Gregor dem Staudinger Sebastian zu und dachte dabei an die Amizigaretten, die ihm nun vielleicht geschmälert werden könnten.

Auch der Pfarrer nahm den Fremden in Augenschein, als er auf die Kanzel stieg. Ich sah es wohl und dachte dabei: Jetzt wird er auch schon ganz grau an den Schläfen, mein Pfarrer Weitenauer. Die kurze Predigt hörte sich Meißner sehr aufmerksam an, und manchmal warf ich verstohlen einen Blick auf sein Gesicht. Eigentlich war es frech und wunderbar zugleich, dass er sich so selbstverständlich an meine Seite gedrängt hatte, wo ich doch gestern nicht einmal gewusst hatte, ob er überhaupt noch lebte.

Reiner Meißner blieb auch noch an meiner Seite, als ich nach dem Hochamt zum Grab meiner Mutter ging. »Echt Silber?«, flüsterte er mir ins Ohr, als er die silberne Ähre gemustert hatte. Ich nickte und dachte: ›Was fang ich denn mit dir jetzt an?‹ Ich wusste, dass daheim von Frau Lohner, die ich vor einer Woche mit ihren Kindern in mein Haus aufgenommen hatte, das Mittagessen vorbereitet wurde. Es gab eine Ente, beim Hartlbauern für 20 Camel erworben, und selber geriebene Kartoffelknödel.

Als wir aus dem Friedhof kamen, fragte ich ihn direkt: »Ja, was mach ich denn jetzt mit dir?«

»Ich habe gedacht, dass ich dich zum Essen beim Lamplwirt einlade.«

»Nein, umgekehrt. Ich lade dich ein. Zum Essen bei mir daheim«, schlug ich vor.

Während wir langsam den Hügel hinaufgingen, erfuhr ich, wie seither sein Leben verlaufen war. »Ich wollte dir erst wieder unter die Augen treten, Susanne, wenn ich meine Existenz einigermaßen gesichert wusste. Ich war nichts, ich hatte nichts und ich bin dir schon einmal zur Last gefallen.«

»Ach, rede doch keinen Unsinn, Reiner.«

Wir standen jetzt vor dem Ligusterzaun, nahe der Eingangspforte. Ringsum zwitscherten ausgelassen die Vögel. Schmetterlinge gaukelten über die Hecke hin, und am Himmel segelte nur eine einzige, weiße Wolke. Aus der Tiefe des Grundstücks hörte man plötzlich Kinderstimmen.

»Kinder?«, fragt er und sah mich erschrocken an.

»Ich habe eine Flüchtlingsfrau mit zwei Kindern bei mir aufgenommen. Und wo steckst du jetzt?«

»Seit zwei Wochen in München. Vorerst in einem großen Architekturbüro. Aber sobald es geht, werde ich mich selbstständig machen.«

»Ich bin jetzt auch selbstständig«, lächelte ich. Dann fasste ich ihn am Arm. Im Flur nahm ich meinen Bänderhut ab, und in dem Augenblick sah er den Stiefel an der Wand hängen.

»Mein Stiefel?«, staunte er.

»Mehr hast du mir ja nicht zurückgelassen.«

»Ich habe ja gewusst, dass ich wiederkommen würde, auch wenn es lange dauert.«

»So, das hast du gewusst?«, sagte ich trocken. »Ich nicht. Woher auch?«

Ich ging ein paar Schritte nach vorne und öffnete die Küchentüre. »Erika, leg ein Gedeck mehr auf, wir haben einen Gast.«

Der Gast blieb über die zwei Pfingstfeiertage, und zwar in meinem Haus. Er hatte seinen Koffer beim Lamplwirt geholt, und es war überhaupt alles anders verlaufen, als er es sich vorgestellt hatte. Auf der Alm hatte er mich überraschen wollen, hatte mir ein Geschenk übergeben wollen für alles, was ich damals in seiner großen Not an Güte und Hilfsbereitschaft ihm zu geben hatte. Es war eine herbe Überraschung für ihn gewesen, statt meiner ein grobschlächtiges Frauenzimmer vorzufinden, das nur verächtlich die Lippen geschürzt hatte, als er wissen wollte, was aus Susanne geworden sei.

»Ach die – die ist sich zu schade geworden fürs Bauerndienen.«

Ja, und nun saß er mit mir hier, weit oberhalb des Hauses, am Waldrand auf einer Bank. Reiner Meißner hatte seine Joppe neben sich auf die Bank gelegt. Nun entnahm er ihr ein kleines, in Seidenpapier gewickeltes Päckchen und überreichte es mir.

»Das ist für dich, Susanne.«

»Was ist das?«

»Mach es nur auf.«

Ich sah ihn eine Weile unsicher an, bis dann meine Finger sich doch an der Verschnürung zu schaffen machten. Ein kleines Etui kam zum Vorschein. Als ich es öffnete, stockte mir der Atem. Auf dunkelrotem Samt lag eine echte weiße Perlenkette, ein Ring mit glitzernden Diamanten und ein dünnes goldenes Kettchen mit einem Kreuz daran.

»Nein, das kann ich nicht annehmen.«

»Warum nicht?« Enttäuschung malte sich auf seinem Gesicht.

»Das ist viel zu wertvoll für mich.«

»Für dich, Susanne, ist überhaupt nichts zu wertvoll. Es ist von meiner Frau. Das wenige, das gerettet werden konnte. Sie hatte die Sachen ausgelagert, in einem Bankfach hinterlegt.«

»Dann ist es für dich erst recht eine Verpflichtung, dass du es als Erinnerung aufbewahrst.« Ich schloss den Deckel und wollte ihm das Etui zurückgeben.

Aber er schüttelte den Kopf. »Willst du mich beleidigen, Susanne?«

»Aber – aber – warum gerade ich?«

»Weil ich niemanden weiß, der würdiger wäre, diesen Schmuck zu tragen.«

»Ja, das meinst du jetzt vielleicht. Eines Tages kommt dann jemand, der diesen Schmuck zu Recht tragen sollte.«

Er nahm meine Hand und hielt sie fest. »Susanne, du hast so viel Gutes an mir getan, und ich habe es mit nichts vergelten können, und ich wollte das doch so gerne. Ich stand mit leeren Händen im Leben und hab mir erst wieder eine Existenz schaffen müssen. Aber das ist erst der Anfang. Ich will mich wieder selbstständig machen, und das möglichst bald. Wenn man nicht mehr so jung ist ...«

»Warum, wie alt bist du denn?«, unterbrach ich ihn.

»Dreiundvierzig, Susanne. Damals auf der Alm, da hatte ich schon mit meinem Leben abgeschlossen. Aber dann bist du gekommen und hast mir den Becher des Erbarmens gereicht, und ich hab wieder Freude am Leben draus getrunken.«

»Es ist aber nur Milch gewesen«, platzte ich unwillkürlich heraus, denn das mit dem Becher des Erbarmens hatte wirklich zu komisch geklungen. Ich konnte nur hoffen, dass er sich nicht beleidigt fühlte, weil ich nun lachen musste. Aber Reiner lächelte ebenfalls, wurde dann aber gleich wieder ernst.

»Ich bin nicht mehr jung genug ...«

»Sag das nicht dauernd«, unterbrach ich ihn. »Du bist dreiundvierzig, ein Mann in den besten Jahren. Du willst noch was erreichen, hast du gesagt.«

»Ja, aber allein geht das nicht, Susanne. Ich brauche einen Kameraden an meiner Seite, einen Menschen wie – wie – dich.«

Ich schloss die Augen, weil mir plötzlich ein bisschen schwindelig geworden war. Ich konnte es einfach nicht fassen. Da saß ein Mann neben mir, ein feiner, gebildeter Mensch aus einer ganz anderen Welt, und sagte ganz einfach, dass er mich brauche. Vielleicht wusste er gar nicht, was das für ein ungeheuer großes Wort für mich war. Gebraucht zu werden für sein neues Leben, für seine Pläne, für seine Zukunft. Ohne die Augen zu öffnen, verlangte ich: »Sag das noch einmal, Reiner.«

Und wieder sagte er: »Ich bin nicht mehr jung genug, um mit großen Liebesbeschwörungen vor dich hinzuknien, um dir einen Himmel voller Seligkeiten zu versprechen. Ich weiß nur, dass mir ein Leben ohne dich trostlos erscheint. Ich kann dir immer wieder nur sagen: Ich brauche dich, Susanne.«

Das alles kam für mich so unverhofft wie ein Blitzstrahl aus heiterem Himmel. Trotzdem glaubte ich zu begreifen, was dieser Reiner Meißner meinte, wenn er sagte, dass er mich brauche. Wenn ich es nüchtern betrachtete, dann würde das Geborgenheit für mein ganzes Leben bedeuten, eine häusliche Gemeinschaft, einen Ringtausch vor dem Altar, Liebe, Kinder. Alles das, was ich für mich eigentlich schon abgeschrieben hatte, denn ich war mit dreiundreißig ja auch schon kein junges Mädchen mehr.

Das alles war überhaupt viel zu ernst, um es noch nüchtern betrachten zu können. Ich horchte auf meinen Herzschlag, aber der war ganz ruhig. Dann wandte ich mein Gesicht und schaute den Mann so prüfend an, als wäre er ein Buch, in dem man die Seiten umblättern konnte. Aber es war nichts Unsicheres dabei, nichts Unklares. Auf jeder Seite bot sich ein klares, gestochen scharfes Bild mit nur drei Worten darunter: Ich brauche dich.

Weit hinter uns im Wald begann ein Kuckuck zu rufen. Er musste sich in der Zeit geirrt haben, denn das tun sie sonst meistens nur in der Morgenfrühe.

Endlich war ich fertig mit meiner Betrachtung und stellte die Frage: »Und du meinst, Reiner, dass es mit dir – mit mir – mit uns beiden gut geht?«

»Ja, das weiß ich so sicher, wie hinter dem Vaterunser das Amen kommt.«

»Vor dem Amen aber kommt zuerst noch: ›Gegrüßt seist du, Maria.‹ Und – woher weißt du das so genau? Du kennst mich doch gar nicht richtig.«

»O Susanne, ich kenne dich besser, als du glaubst. Einer Frau, die ohne Zögern einem Fremden zu helfen bereit ist wie du, der kann man sein Leben anvertrauen. Bitte, Susanne, vertrau du mir auch das deine an, und ich schwöre dir, dass du es keine Stunde bereuen wirst.«

Mein letzter innerer Widerstand fiel in sich zusammen. »Ich möchte dir das auch schwören, Reiner. Aber du müsstest mich nehmen wie ich bin. Ich bin nicht so klug und so gebildet wie du. Ich bin immer noch mit Herz und Händen der Erde verhaftet. Wenn man einmal hinter dem Pflug gegangen ist, wenn man gesät und geerntet hat, dann ist das so, als habe man Wurzeln geschlagen, die einen nicht mehr loslassen. Darum hab ich ein bisschen Angst, Reiner, dass mir deine Welt vielleicht zu fremd ist, um in ihr zufrieden leben zu können.«

Als ich geendet hatte, nahm er mein Gesicht in beide Hände und sagte ganz ernst: »Ja, wenn das so ist, liebe, geliebte Susanne, dann müssen wir gegen die Angst etwas tun. Wir müssen sie fortküssen.«

Gerade als wir damit beginnen wollten, schrie der Kuckuck wieder, und zwar ganz nahe hinter uns. Sein Rufen klang so dröhnend aus dem Gezweig einer Fichte, als wollte er uns erschrecken. Aber wir lachten nur. Und nach jedem Ruf, den der Kuckuck herausschmetterte, küssten wir uns. Danach wollte keiner sich mehr erinnern, wer mit der Küsserei eigentlich angefangen hatte.

12

22. Mai 1950.

Ich habe heute nach langer Zeit wieder einmal mein Tagebuch hervorgeholt. Du lieber Gott, was ist inzwischen alles passiert. Eine solche Menge von Ereignissen, dass ich gar nicht recht weiß, wo ich anfangen soll. Als ich die letzten Zeilen hineingeschrieben habe, da bin ich noch die Susanne Reichertseder gewesen. Jetzt bin ich die Frau Susanne Meißner, Mutter eines Sohnes Gottfried und zum zweiten Mal in anderen Umständen. Kurz nach der Währungsreform haben wir geheiratet. Reiner ist an diesem ganz und gar verregneten Sonntag ins Schulhaus gegangen und hat unsere achtzig Mark abgeholt. Wir sind auf einen Schlag alle arm gewesen, das ganze Dorf, alle Menschen im Land. Das heißt, Reiner und ich sind eigentlich nicht so schlecht drangewesen, denn ich hatte siebenhundert Dollar vom Vater, und die sind nicht abgewertet worden. Bald darauf schickte mir Vater fünfhundert Dollar, weil ich ihm geschrieben hatte, dass ich heirate und dass er ja den Mann, diesen Reiner Meißner, kennen gelernt habe. Wir sind damit eigentlich für die damaligen Begriffe sehr reich gewesen.

Reiner hat sich gleich nach der Währungsreform selbstständig gemacht, und an unserer Eingangstür hängt ein Schild: Architekturbüro Meißner. Am Anfang ist nicht gleich viel losgewesen mit der Bauerei, aber jetzt kann er sich kaum retten vor Aufträgen. Sein erstes Projekt ist eine Schule in einem Vorort Münchens gewesen. Danach kamen immer mehr dazu.

Reiner ist sogar so was wie ein Stararchitekt geworden. Aber dadurch ist er auch viel unterwegs, kommt oft eine ganze Woche lang nicht nach Hause. Aber dann schreibt er mir Briefe voll glühender Liebe. Fast jeden zweiten Tag kommt ein Brief von ihm.

Reiner ist ein wunderbarer Mensch. Ich hätte nie geglaubt, dass ein Mann so rücksichtsvoll sein könne, so zärtlich und fürsorglich. Er geht in seiner Arbeit und in der Sorge für seine Familie auf. Am Anfang hat ihm unsere Flüchtlingsfrau im Büro bei den Schreibarbeiten geholfen. Aber sie hat im Vorjahr auch geheiratet, einen Schreinermeister aus dem Nachbardorf.

Ich mache mir oft Gewissensbisse, dass ich Reiner so gar nicht helfen kann bei seiner Arbeit. Aber er lacht mich dann bloß aus und sagt, dass ich ihm doch sowieso schon so viel helfe. ›Dass du da bist, das allein ist mir schon eine große Hilfe.‹ Außerdem hätte ich ja auch noch meine kleine Landwirtschaft. Er begreife überhaupt nicht, dass ich das alles so mit leichter Hand schaffen könne. Den Haushalt, die Tiere und jetzt auch noch den kleinen Buben. Dabei ist das für mich alles nur ein Spiel, wenn ich bedenke, dass ich früher als Magd oft vierzehn und sechzehn Stunden am Tag habe arbeiten müssen.

Manchmal haben wir auch Gesellschaft. Das bringt Reiners Beruf mit sich. Ein paar Herren vom Kreisbauamt, den Pfarrer und neuerdings auch den neuen, jungen Lehrer mit seiner Frau. Ich habe das zwar nicht gelernt, aber es ist nicht sonderlich schwierig, wenn man ein Gespür dafür hat, eine kalte Platte nach dem Geschmack solcher Besucher herzurichten. Um den Wein kümmert sich Reiner. Ich habe aber auch schon derbe Kost auf den Tisch gestellt: Kraut mit Knödel und geräuchertes Wammerl. Oder einen Schweinebraten mit Kartoffelknödeln. Und es hat ih-

nen immer vortrefflich geschmeckt. Einmal ist Reiner heimgekommen und hat mich in den Arm genommen, weil ihm der Kreisbaumeister gesagt hat, nirgends schmecke ihm das Essen so gut wie bei Frau Susanne.

An den Gesprächen beteilige ich mich kaum. Die Männer reden vom vergangenen Krieg oder von Bauwerken. Reiner hat ja seine Finger überall drin, wo etwas geplant wird. Einmal ist auch die Frau Landrat mitgekommen, und als die Männer wieder zu fachsimpeln begonnen haben, da ist sie mit mir in die Küche gegangen. Wir haben dann bloß über Frauensachen geredet, und ich musste ihr auch erklären, wie ich das mit der Ente gemacht habe, weil sie oben so braun und knusprig gewesen ist. Ich habe ihr gesagt, dass man sie während des Bratens immer wieder mit Bier einpinseln müsse, mit dunklem Bier.

Ich habe auch versucht, mich an die Umgangsformen der so genannten besseren Damen zu gewöhnen. Aber danach, als sie fortgewesen sind, hat mich Reiner wieder in seinen Arm genommen und gesagt: ›Meine liebe Susanne, ich bitte dich herzlich, bleib bloß so wie du bist. Mit dem Hintern zu wackeln wie die Frau Kreisbaumeister, das bringst du doch nicht fertig, und ich will es auch gar nicht.‹

Aber einiges muss ich ihnen doch abschauen. Ich halte meine Augen offen, zum Beispiel, wenn Reiner den Damen die Hand küsst, was die dabei machen. Ich habe festgestellt, ich darf meine Hand nicht so hoch emporheben, der Herr muss sich schon ein bisschen niederbeugen müssen. Aber diese Handküsserei finde ich eigentlich läppisch. Wenn diese Herren wüssten, dass ich mit diesen Händen früher Kühe gemolken habe! Ich mag das nur nie erwähnen.

Reiner ist da etwas anders. Der erzählt ganz ungeniert, dass ich früher Sennerin gewesen bin, dass ich gepflügt und gesät und dass ich ihn außerdem sozusagen vor dem Untergang bewahrt habe.

Zu Weihnachten hat sich Reiner sein erstes Auto gekauft und hat dann so lange auf mich eingeredet, bis auch ich den Führerschein gemacht habe. Sonntags fahren wir dann irgendwohin, essen in einem vornehmen Restaurant, sitzen an einem See oder auf einem Berg, genießen die Ruhe und sind voller Vertrauen zueinander. Ich stecke mir in so einem Restaurant immer verstohlen die Speisekarte ein und probiere dann daheim die Rezepte der Gerichte aus, die Reiner besonders gut schmecken: ein Pfeffersteak zum Beispiel oder einen Wiener Rostbraten. Es ist nur schade ...

Ich habe unterbrechen müssen, weil Klein-Gottfried von sich hören hat lassen. Aber er hat nur im Traum geredet und schläft jetzt wieder ruhig weiter. Ja, ich wollte schreiben, dass es schade ist, weil Klein-Gottfried das Autofahren nicht recht verträgt und ihm immer schlecht dabei wird. Der neue Doktor im Dorf hat ihm nun Tropfen verschrieben. Die soll ich dem Kleinen zwei Stunden vor der Abfahrt eingeben. Und es ist jetzt auch tatsächlich besser geworden.

Ich habe Reiner gesagt, er solle doch unsere Gäste bitten, dass sie mich nicht immer mit gnädige Frau anreden. Wenn sie gnädig sagen, fallen mir immer die Kuhschweife ein, die mir die Kühe beim Melken ins Gesicht geschlagen haben. Seitdem sagen sie einfach die Frau Susanne. Frau Susanne bin ich auch, wenn ich ins Dorf komme, zum Metzger oder in den Kaufladen.

Vater schickt jetzt keine Lebensmittelpakete mehr, weil ich ihm geschrieben habe, dass man bei uns auch wieder alles erhält. Aber sie sind mir damals eine große Hilfe gewesen, weil ich alles damit habe eintauschen können.

Übrigens, die Kuh habe ich jetzt hergegeben. Aber ich werde Reiner zu Weihnachten ein Pferd schenken, damit er reiten kann, weil er so oft davon redet, wie gerne er das früher gemacht hat. Milch und Semmeln werden uns jetzt jeden Morgen ins Haus geliefert. Ja, ja, ich bin eine feine Frau geworden, das lässt sich nicht mehr verleugnen.

Mein Gott, es geht schon auf Mitternacht. Vielleicht schreibe ich morgen oder übermorgen weiter. Zeit habe ich ja jetzt viel mehr dazu als früher. Reiner ist heute in Fürstenfeldbruck und kommt erst morgen Abend zurück. Ich freue mich schon darauf.

Ich hatte bei dieser zweiten Schwangerschaft den sehnlichen Wunsch, dass es diesmal ein Mädchen werden sollte, und wenn man nach den alten Bauernweisheiten ging, war zu erwarten, dass mein Wunsch erfüllt werden sollte: Diese Schwangerschaft war lange nicht so mühsam wie meine erste. Ich hatte kein Sodbrennen mehr, es war mir nicht immer so schlecht und ich musste nicht mehr erbrechen.

Beim ersten Kind hatte ich ganz nach bäuerlicher Art daheim mit der Hebamme entbunden. Diesmal bestand Reiner darauf, dass ich ins Kreiskrankenhaus ging. Er selber brachte mich mit dem Wagen hin, saß dann im Gang und rauchte vor Aufregung eine Zigarette nach der anderen, obwohl er sonst ein recht mäßiger Raucher war. Er rannte im Gang auf und ab und benahm sich gerade so, als stünde er selber vor der Entbindung.

Endlich sagte ihm die Schwester, dass er eintreten dürfe, und man zeigte ihm hinter einer Glasscheibe ein winziges Menschenkind, das die kleinen Fäustchen schon unter dem Kinn geballt hatte wie ein Boxer in Wartestellung.

»Und?«, fragte er gespannt.

»Es ist ein Mädchen.«

»Na, Gott sei Dank. Um Susannes willen sag ich das.«

»Ja, ja«, lächelte die Schwester unergründlich. »Eine kleine Skorpionin, und Skorpione werden mit dem Leben leichter fertig als andere.«

Erst danach kam er zu mir ins Zimmer. Er zog sich einen Stuhl an mein Bett und nahm meine Hände. Reiner hatte einen riesengroßen Strauß roter Rosen mitgebracht, der auf dem Tisch in der Helle des Fensters stand. Ich wandte den Kopf dorthin.

»Schön«, sagte ich, »wunderschön. Aber warum gibst du so viel Geld aus, Reiner? Daheim blühen doch die Astern noch.«

Acht Tage blieb ich im Krankenhaus, obwohl ich am dritten Tag schon wieder heimwollte. Aber der Chefarzt sagte, dass eine Frau in meinem Alter sich mindestens zehn Tage schonen müsse. Und was der Chefarzt sagte, das war für Reiner wie das Evangelium.

Ich war allerdings ziemlich beleidigt. »Wirft der mir mein Alter vor«, klagte ich meinem Mann. »Und dass ich zehn Tage dableiben muss. Das sagt er ja bloß, weil er einen Haufen Geld damit verdient. Dass ich auch noch einen Buben daheim hab, daran denkt der nicht. Wie geht's ihm denn überhaupt, meinem Gottfriederl?«

»Mach dir doch darum keine Sorgen, Susanne. Tagsüber passt die Kathi vom Hollingerbauern auf ihn auf und kümmert sich ein bisschen um den Haushalt, und abends, da bringe ich ihn ins Bett. Da muss ich ihm immer Märchen erzählen. Aber ich kann das wohl nicht so gut wie du. Immer möchte er das Märchen von der silbernen Ähre erzählt bekommen. Er sagt, du hättest ihm, bevor du weggegangen bist, erzählt, dass die silberne Ähre auf Reisen gegangen wäre, und nun will der Fratz wissen, wann sie wiederkommt und wo sie überhaupt hingegangen ist.«

Da musste ich lachen. »Ja, die silberne Ähre. Von der darfst du ihm nichts zusammenphantasieren. Die gehört mir ganz allein. Aber dass wir noch einmal darauf zurückkommen, wegen der zehn Tage. Acht tun es auch. Was eine gesunde Bäuerin ist, die steht am dritten Tag schon wieder auf. Wo käme man denn da hin, wenn die Arbeit wartet?«

»Du bist aber keine Bäuerin mehr. Du bist die Frau eines Architekten.«

»Das vergesse ich schon nicht, Reiner, keine Sorge. Ich fühle mich nur nicht richtig wohl, wenn ich kein Auge auf dich und den Kleinen haben kann. Isst du auch richtig? Wirst du satt?«

Er nickte und streichelte mir über die Wange. »Mittags geh ich manchmal auch zum Lamplwirt.«

»Kocht sie ordentlich, die Kathi?«

»Doch, ich bin zufrieden. Stell dir vor, gestern hab ich Lüngerl mit Knödl gegessen. Du, das hat mir aber geschmeckt.«

»Gut, wenn ich wieder daheim bin, koche ich dir das auch einmal. Ich mag es auch gern, und vor allem, es ist ein billiges Essen. Du, Reiner, magst mir nicht morgen einmal meinen Buben mitbringen? Der soll seine kleine Schwester auch sehen, und ich hab so Sehnsucht nach ihm.«

Schließlich setzte ich es durch, dass mein Mann mich mit dem Kind nach acht Tagen heimnehmen durfte.

»Wär ja noch schöner«, sagte ich zum Abschied zum Arzt, »zehn Tage im Bett liegen, und daheim wartet die Arbeit.«

Ich hatte schon Recht, es gab noch Arbeit genug ums Haus herum. Der Pflanzgarten war noch nicht abgeräumt, das Laub der Obstbäume musste zusammengerecht werden, Mist für das kleine Ackerland brauchte man, und was halt der späte Herbst forderte von einer Frau, die zwar eine Dame hätte sein können, in ihrem Herzen aber immer noch eine Bäuerin war.

Das Kind wurde Regina getauft, weil Reiners Mutter so geheißen hatte. Es war ein sehr fröhliches kleines Ding, und es sah von seiner Wiege aus mit großen Augen auf die ersten Schneeflocken, die gegen Ende November fielen. Sie fielen den ganzen Tag und die Nacht auch noch. Es schneite uns fast ein da oben, und der Architekt Reiner Meißner musste von seinem Zeichentisch aufstehen und hinausgehen, um mir die Schneeschaufel aus der Hand zu nehmen.

»Was fällt denn dir ein?«, sagte er vorwurfsvoll. »Die Regina schreit. Soll ich sie vielleicht stillen?«

Er schaufelte Schnee um das ganze Haus herum bis hinunter zur Straße, und er sagte danach, als ihm der Schweiß über den ganzen Körper rann, dass ihm das direkt eine Wohltat gewesen sei, körperlich zu arbeiten.

»Dafür kriegst du aber heute Mittag auch Lüngerl mit Knödl von mir gekocht«, lachte ich und richtete ihm frische Wäsche her.

Es wurde Weihnachten, und wir feierten zum ersten Mal zu viert. Ich wurde mit einem Nerzmantel überrascht, der mir viel zu teuer vorkam, doch das wollte ich nicht sagen, um Reiner nicht zu kränken. Reiner bekam von mir einen Trachtenanzug mit Hut und Gamsbart. Als Reiner ihn aufsetzte und sich im Spiegel betrachtete, sagte er, dass er sich wie ein Schlossherr oder ein Herrenbauer darin vorkomme.

Dann fasste er mich an der Hand und sagte, er wollte mich ins Büro führen und mir noch etwas zeigen. Aber das ging nicht, denn ich hatte auch noch etwas herzuzeigen, und das wollte ich unbedingt als Erstes noch vorher tun. Ich führte ihn hinaus in die Nacht, in den Stall hinüber. Und Reiner traute seinen Augen nicht: Stand doch dort in der Box, bis über die Fesseln hinauf im Stroh, eine wunderschöne Fuchsstute, und daneben hing das Sattelzeug mit den blitzenden Steigbügeln an der Wand.

Reiner schüttelte nur immerzu den Kopf. »Wie hast du das nur geschafft, ein Pferd ungesehen an mir vorbeizuschmuggeln? Nein, diese Überraschung.«

Ich legte die Arme um seinen Hals und küsste ihn innig auf den Mund. »Lass es mein Geheimnis sein, lieber, geliebter Mann, du.«

»Ja, aber dann komm, lass dir auch mein Geheimnis zeigen, geliebte Susanne.«

In seinem Büro lag die Überraschung auf dem Boden groß ausgebreitet: Eine mächtige Planskizze, die gezeichneten Umrisse eines Krankenhauses in einer größeren Stadt.

»Du?«, fragte ich ungläubig und schlug die Hände zusammen.

»Ja, ich. Seit gestern weiß ich es, dass der Bau mir zugesprochen worden ist. Aber – was ist denn, Susanne, warum weinst du denn?«

Sie hängte sich an seinen Hals. »Vor Glück, Reiner, vor lauter Glück. Wer hätte denn geglaubt, dass wir zwei einmal so reich sein würden?«

»Reich kann sich nur der Mensch fühlen, der die Armut kennt«, antwortete er.

Dann gingen wir wieder hinüber zu den Kindern.

Später, als die Kinder längst schliefen, spazierten wir Hand in Hand hinunter ins Dorf zur Christmette.

Die Glocken läuteten feierlich über den Schnee hin, und die Sterne standen am Nachthimmel, als wären sie eigens für die Christnacht dort angebracht worden.

Irgendwann nach Jahr und Tag.

Ich mag schon gar kein Datum mehr hinschreiben, die Zeit ist mir verlorengegangen, die Monate, die Jahre. Und sie waren so voller Ereignisse, dass ich gar nicht mehr nachgekommen wäre, alles aufzuschreiben. Wenn ich heute in den Spiegel schaue, sehe ich zwar noch gar keine Falten in meinem Gesicht. Aber das Haar an den Schläfen beginnt silbergrau zu schimmern. Ich habe sie mir nachfärben lassen wollen, aber Reiner ist dagegen. Er sagt, dieses Silber an meinen Schläfen wirke damenhaft, und er liebe es sehr.

Reiners Haar dagegen wird allmählich richtig weiß. Es wird auch immer schütterer, und er trägt seit zwei Jahren eine Brille. Wie ein ganz vornehmer Herr sieht er so aus. Unter der Woche sind wir jetzt ohne Kinder. Gottfried studiert Betriebswirtschaft, Regina ist auch schon im zweiten Semester und will einmal Innenarchitektin werden. Darüber sind wir Eltern sehr, sehr froh, dass unsere Kinder wissen, was sie einmal werden wollen.

Ich muss – dass ich es nicht vergesse – auch noch erwähnen, dass Frau Marianne Lipold in Amerika drüben verstorben ist. Sie hat mir das Haus vermacht, und es gehört jetzt richtig uns. Bisher war es ja immer noch ihr Eigentum, aber sie wollte nie Miete von uns haben, obwohl ich ihr ein paar Mal geschrieben hatte, dass wir ihr gerne Miete bezahlen würden. Das sei ja nicht mehr als recht und billig.

Mein Vater war vor zwei Jahren mit seiner Frau drei Wochen auf Besuch hier. Sie ist eine liebe, sehr vornehme Frau, die mir immer in ihrem spärlichen Deutsch zu verstehen gegeben hat, dass sie mich ›ganz diff in ihr Härz geslossen‹ hat. Mein Vater trug einen breitrandigen, an der Seite etwas aufgestülpten Texanerhut. Damit erregte er überall Aufsehen. Er ist auch gealtert, sein Haar und Bart sind grau geworden, und manchmal hält er mit seiner rechten Hand die linke, weil sie ein bisschen zittert. Ganz hoch angerechnet habe ich ihm, dass er mit einem großen Rosenstrauß an das Grab meiner Mutter gegangen ist.

Wir fuhren viel in der Gegend herum. Plötzlich fiel ihm ein, dass er unbedingt auch auf die Alm wolle. Ich selber bin seither nie mehr oben gewesen. Wir rüsteten uns mit gutem Schuhwerk aus, weil wir dachten, mit dem Wagen doch nicht ganz hinauffahren zu können. Aber das hat sich offenbar schon lange geändert: Es führt jetzt eine breit angelegte Straße hinauf. Ich war furchtbar enttäuscht. Vor der Hütte war ein riesiger Parkplatz. Die Hütte selber ist groß ausgebaut worden. Statt Milch bekamen wir Bier oder Wein, statt eines Schmarren Wiener Schnitzl mit Pomfritz (ich weiß nicht, wie man das schreibt), und statt der Kühe weidet jetzt nur mehr Jungvieh auf den Hängen. Ja, dieser Hartauer Lorenz versteht sein Geschäft. Er hat die Alm an zwei junge Leute verpachtet, die sie auch im Winter für die Skifahrer bewirtschaften. Wenn seine Eltern das sehen könnten, sie würden sich im Grab noch umdrehen. Meine Mutter übrigens auch. Tut doch mir schon das Herz weh.

Als mein Vater und seine Frau wieder nach Hause mussten, haben wir sie nach München zum Flughafen gebracht. Beim Abschied weinte ich bitterlich, weil Vater sagte, dass wir uns jetzt wohl das letzte Mal gesehen hätten, es sei denn, wir kämen einmal hinüber. Aber daraus wird wohl nichts werden, weil ich vor dem Fliegen Angst habe. Reiner und ich schauten dem Flugzeug nach, bis es am fernen Horizont verschwunden war. Dann sind wir ins Stadtinnere gefahren, wo wir uns mit den Kindern im »Schwarzwälder« zum Mittagessen trafen.

Es ist schon Nacht, als wir wieder heimfahren. Nachts fahre jetzt immer ich, weil sich Reiners Augen nicht mehr so an das Dunkle gewöhnen können. Er sitzt dann neben mir, verschränkt die Hände im Schoß und denkt immer über etwas nach. Auf dieser Fahrt frage ich ihn, ob er sich denn nicht bald zur Ruhe setzen wolle. Wir seien doch reich genug.

Er antwortet mir: ›Meine liebe Susanne, ein Freiberuflicher wird sich niemals zur Ruhe setzen. Wenn ich nicht mehr planen, denken, zeichnen und rechnen könnte, dann würden die Gehirnzellen absterben, und das wäre der Tod. Übrigens, wenn wir schon so reich sind, wie du sagst, warum schielst du dann beim Einkaufen immer nach den billigen Sonderangeboten?‹

›Weil mir das so im Blut liegt‹, antworte ich ihm.

Reiner beschäftigt jetzt in seinem Büro drei Mitarbeiter und eine Sekretärin. Ein bisschen Kleinkram kann ich ihm abnehmen. Ich fahre für ihn ins Landratsamt oder auch einmal auf eine Baustelle und bin sehr stolz darüber. Größere Touren fahren wir jetzt grundsätzlich gemeinsam. Einmal sind wir ins Württembergische gefahren. Da wollte ein Gutsherr und Brauereibesitzer seine veraltete Brauerei ganz neu aufbauen. Es dreht sich um ein Millionenprojekt. Reiner war diesem Gutsherrn von einem Kriegskameraden empfohlen worden. Wir sitzen im Büro dieses Herrn von Polk, die Männer am Schreibtisch debattieren über den Skizzen und Aufzeichnungen. Ich habe hinten in einem bequemen Lehnstuhl Platz genommen, habe ein Glas Wein vor mir stehen und lese in ei-

ner Illustrierten, als es plötzlich klopft. Ein Mann tritt herein, eine hoch gewachsene Erscheinung, in Reithose und Stiefeln. Sein Gesicht ist braun gebrannt, zwei scharfe Falten ziehen sich von der Nase zu den Mundwinkeln herunter, und auf der Stirne glänzt eine Narbe. Trotzdem erkenne ich ihn sofort wieder.

›Was gibt's?‹, fragte der Gutsherr unwillig. ›Hat man Ihnen denn nicht gesagt, dass ich nicht gestört werden will?‹

›Es handelt sich um den Mähdrescher, Herr von Polk. Die Reparatur dauert länger als vorgesehen, weil erst Ersatzteile bestellt werden müssen. Aber die Zeit drängt, der Roggen wird schon überreif.‹

›Dann rufen Sie doch Gut Heimhausen an. Die haben zwei. Die können sicher einen davon für ein paar Tage ausleihen. Übrigens – das ist mein Gutsinspektor Bürgle – Herr Architekt Meißner und seine Frau.‹

Der Gutsinspektor sagt, dass es ihn freue, und macht auch zu mir eine kleine Verbeugung. Ich sehe, wie er kurz zusammenzuckt, nur einen Moment, dann lächelt er und sagt: ›Verzeihung gnädige Frau, ich war einen Augenblick der Meinung, wir hätten uns schon irgendwo gesehen. Eine Verwechslung oder …‹

Sollte ich es gut sein lassen? Aber so edel bin ich dann auch wieder nicht, dass ich mir eine Bemerkung verkneifen könnte. Immerhin hatte ich mir ja damals die Antwort auf seinen gemeinen Brief verkniffen.

›Nein, nein, es ist keine Verwechslung, mein Herr. Ich bin schon die Frau, die nicht leuchten und glühen hat können für jenes Reich, das Sie und Ihresgleichen gestalten wollten. Susanne Reichertseder war damals mein Name, heute Meißner.‹

Ich sehe, wie sich sein Gesicht dunkelrot färbt. Dann dreht er sich um, rennt hinaus und schlägt die Tür krachend hinter sich zu.

Auf der Heimfahrt befragt mich Reiner mit keinem Wort über diesen kleinen Vorfall. Ich habe ihm ja alles aus meinem Leben erzählt. Er meint nur, dass man einem Menschen keinen Vorwurf machen solle, weil er einmal einem Irrtum erlegen ist. ›Geglaubt‹, sagt er, ›haben wir Jungen damals so ziemlich alle an das neue Reich. Und wenn wir es genau betrachten: Susanne, soll ein kleiner Mensch nicht irren dürfen, wenn sich die Großen auch heute noch unentwegt irren?‹

›Ja‹, sage ich, ›du hast Recht, Reiner. Nur diesem Inspektor hab ich es sagen müssen, denn er hat mich damals in die tiefste Verzweiflung gestoßen. Und eins weiß ich, Reiner, du hättest es nicht getan.‹

›Nein, ich nicht‹, antwortet Reiner.

Und als ich weiterfrage: ›Warum nicht?‹, antwortet er ganz einfach und schlicht: ›Weil ich dich lieb habe.‹

Wieder einmal neigte sich ein Sommer dem Herbst entgegen. Ich war mit meinem eigenen Wagen, einem Kadett Cabriolet, unterwegs. Ich hatte das Dach zurückgeschlagen, der Fahrtwind zerzauste mein Haar und wehte kühlend um meine Schläfen. Hin und wieder unternahm ich so eine Fahrt, und konnte mich dabei ganz dem Gefühl hingeben, ein beneidenswertes Leben zu führen. Das Wohlstandswunder an sich berührte mich innerlich kaum. Ich konnte auf so einer Fahrt ins Blaue vor einem kleinen Bauerngasthof absteigen und nur eine Leberknödelsuppe essen oder ein Tiroler G'röstl. Ich wusste eigentlich nie, wohin mich die Fahrt führen würde. Und gerade das war ja das Wunderbare, kein bestimmtes Ziel erreichen zu müssen, sich nur die Gegend anzuschauen, dieses üppige Bauernland ringsum. Jedenfalls, abends war ich immer wieder daheim. Ich konnte anhalten und aussteigen, wo ich wollte, mich auf einem Hügel ins Gras setzen und meine Vergangenheit an mir vorüberziehen lassen.

Ich fand ein kleines Cafe in der Traunsteiner Gegend und setzte mich unter einen Sonnenschirm. Mein Blick ging über sanfte Wiesenhügel und Waldschneisen. Irgendwo in der Nähe musste ein kleiner See sein. Man sah das Wasser nicht, aber man roch es förmlich, und man hörte auch, wenn der Wind sich drehte, das fröhliche Gelächter Badender. Einmal sah ich drunten einen Zug vorbeirasen, und ich musste daran denken, dass ich und Reiner, als wir noch keinen Wagen gehabt hatten, auch in so einem Zug nach Venedig gefahren waren. Das war kurz nach der Währungsreform gewesen, und Reiner hatte gerade sein erstes Honorar erhalten.

An all das musste ich jetzt wieder denken. Auch an meine eigene Zeit des Mühens und der Armut. Wie hatte man sich schinden müssen in der Gluthitze des Sommers, besonders in der Erntezeit. Und wie hatte sich das alles geändert. Ich hatte es ja heute wieder gesehen. Riesige Getreidemäher polterten über die stillen Äcker. Daneben riss ein sechsschariger Pflug schon wieder die Erde um für die neue Saat. Das alles wurde von einem einzigen Mann, dem Bauern selber, bewerkstelligt. Es gab keine Knechte und Mägde mehr. An ihre Stellen waren Maschinen getreten. Aber das war nicht mehr ganz dasselbe, denn Maschinen haben keine Seele. An all das musste ich denken. Auch daran, dass man heute aus dem Boden viel mehr herausholte als früher. Dies aber gereichte ihm nicht immer zum Vorteil. Als der Kunstdünger aufgekommen war, da hatte man gemeint, das Ei des Kolumbus erfunden zu haben, aber das alles ging doch nur auf Kosten des Bodens, der langsam verbrennt. Ich fragte mich schon manchmal, ob mit dem Fortschritt nicht etwas Wichtiges verloren gegangen war.

Die Sonne stand schon etwas schräg, als ich aufbrach und die Heimfahrt antrat. Aber dann hielt ich doch an, um das Schauspiel der untergehenden Sonne zu betrachten. Ich hatte es ja oft genug auf der Alm erlebt, wie die Berge langsam den rötlichen Glanz der sinkenden Sonne in sich aufnahmen. Aber es war immer wieder schön, dies zu betrachten.

Die Dämmerung legte sich bereits über das Dorf, als ich dort ankam und auf den Friedhof ging, ans Grab der Mutter. Die Schrift auf dem Grabstein verschwamm schon ein bisschen im Dämmerlicht des Abends. Nur die silberne Ähre leuchtete noch hell heraus. Aus dem Wirtshaus hörte man lärmende Stimmen.

Da und dort sah man noch ein schwer beladenes Erntefuhrwerk in einen Hof einfahren. Es hörte sich jedesmal wie fernes Donnergrollen an, wenn die Fuhren über die steilen Tennbrücken rumpelten, von schweren Traktoren gezogen, denn nirgends mehr standen Pferde im Stall, sie schienen ausgestorben zu sein – genauso wie die Knechte und Mägde.

Ich sah den im Alter noch zum Dekan beförderten Franz Weitenauer brevierlesend durch seinen Garten gehen. Nachdem seine Mutter verstorben war, führte ihm jetzt eine Ordensschwester den Haushalt. Seine Schritte waren klein geworden, seine einst so straffen Schultern gebeugt, sein weißes Haar leuchtete in der Dämmerung. Manchmal blieb er stehen und schaute zu den Bergen hinauf, als suchte er nach den ersten Sternen.

Der Mesner kam durch den Gottesacker getrippelt, um den Abendsegen zu läuten. Er blieb stehen und lüftete den Hut.

»Recht schönen, guten Abend, Frau Susanne.«

Als der letzte Glockenton verklungen war, bestieg ich den Wagen und fuhr den Hügel hinauf. Ich brauchte nicht einmal aussteigen, als ich beim Haus ankam. Sobald die Vorderräder eine bestimmte Stelle der Zufahrt berührten, öffnete sich das Tor ganz von selber.

Reiner saß auf der Bank vor dem Haus. Ich erschrak ein bisschen, als ich ihn so sitzen sah, die Schultern hochgezogen, eine Brille vor den Augen. Es war nicht mehr zu übersehen, er war sehr gealtert.

Ich setzte mich zu ihm, ganz nahe an seine Seite. »Da bin ich wieder, Reiner.«

Er fasste nach meiner Hand, musste sie ungeschickt suchen, so schlecht waren seine Augen schon geworden. »Hast du einen schönen Tag gehabt, Susanne?«

»Ja, es ist wunderschön gewesen, Reiner.«

»Ich werde mich an den Augen operieren lassen, dann kann ich wieder alle Schönheiten der Welt mit dir sehen.«

Die Nacht fiel jetzt schnell über das Tal herein. Die Sterne kamen auf und standen anfangs wie brennende Funken am dunklen Himmel, bis sie dann ausgeblinzelt hatten und in ein ruhiges, klares Leuchten wechselten.

Die ganze Unvergänglichkeit und die Allmacht Gottes offenbarten sich in so einem Sternenhimmel.

Ganz still saßen wir beiden. Und als mein Mann mir sagte, es sei so wunderbar, dass es mich gebe, so war das ganz einfach eine Liebeserklärung, auch wenn die Worte so leise fielen wie der Tau, der langsam die Gräser im Garten benetzte. Ich verstand sie doch und legte meinen Arm um seinen Hals. Zwei miteinander alt gewordene Menschen waren wir. Gute Jahre hatten wir miteinander gehabt, und wenn Gott es so wollte, dann würden wir noch mehr gute Jahre miteinander haben. Die Zeit würde es zeigen.

Wir saßen noch lange so beieinander, erst als der Nachtwind stärker und kühler in den alten Bäumen hinter dem Haus zu rauschen begann, standen wir auf und gingen zusammen ins Haus.

Anna Sch.